ISBN : 978-2-494148-02-4

Combats d’une vie

Noémie Barronie

"Le seul vrai combat de tout homme l'oppose à sa propre lâcheté."

Tonino Benacquista

Prologue

Juin 2017

— T'es vivant ?

Sur le seuil de la porte, les bras croisés et le visage fermé, Toby attend que je l'invite à rentrer. Avec son ton cassant, il va encore me faire la morale sur ce qu'il estime aller de travers pour moi, et ça me fait chier ! Je n'ai pas le temps pour ça, j'ai un combat qui commence dans moins de deux heures et je dois absolument me préparer. S'il n'est pas content, je n'en ai rien à foutre. Je n'ai de comptes à rendre à personne.

— Oui, comme tu peux le voir, je me porte à merveille ! Maintenant que tu t'es assuré de mon état de santé, Doc, tu peux t'en aller. J'ai des choses à faire ! Salut !

Je lui ferme la porte au nez, mais il l'arrête avec son pied. D'une voix dépourvue de gentillesse, je lui réponds :

— Qu'est-ce que tu veux ?

— T'aider, Will, rien de plus.

— Merci, mais… je n'en ai pas besoin, je vais bien. Alors, maintenant va-t'en !

— N'oublie pas que je suis ton meilleur ami, si tu me repousses et que tu m'envoies balader c'est qu'il y a forcément un problème. Je te reconnais plus. Tu es froid, méprisant, et je ne suis pas le seul à m'inquiéter. Ta mère et ta sœur sont inquiètes. Tu ne leur donnes aucun signe de vie, tu ne réponds même pas à leurs messages. Ce n'est pas cool de ta part. Je sais ce que tu ressens et…

— Arrête ! T'as aucune idée de ce que je ressens. Et je n'ai pas besoin de votre pitié !

— Pitié ? Ça fait deux mois, Will ! Deux mois, que tu t'es lancé dans des combats illégaux. Et beaucoup trop de combats, si tu veux mon avis. Regarde l'état de ton visage ! Et quand je vois certaines de tes blessures, je ne sais pas si elles cicatriseront. C'est certainement la colère qui te fait agir ainsi, mais il faudra bien qu'un jour tu affrontes cette douleur au lieu de te mettre en danger inutilement.

— En danger ? Depuis quand les combats de boxe sont-ils dangereux ? Oui, je suis en colère, je souffre et ces combats me permettent de me sentir mieux. Et en bonus, ça me rapporte un max de fric !

— C'est donc ça, l'appât du gain, qui t'intéresse ? Bravo ! Belle image que tu donnes à ton fils…

Sous un élan de colère, je plaque Toby violemment contre le mur, le poing levé.

— N'utilise pas mon fils pour me culpabiliser !

— Vas-y, frappe-moi ! Allez ! Je ne résisterai pas, je ne me battrai pas contre toi !

J'ai une folle envie de frapper sa tête de « je sais tout », je ne sais pas ce qu'il me retient. Je reste en position pendant plusieurs minutes avant d'abaisser mon poing. C'est mon pote, mon frère, je ne peux pas ! Je le lâche enfin. Il se rhabille et se dirige vers la porte d'entrée.

— Tu crois vraiment que t'as pas de problème ?

J'ai honte de ma réaction excessive. Ça fait deux mois que j'ai cette colère qui me ronge et je ne me contrôle plus. Toby a raison. Qu'est-ce qu'il peut être agaçant ! Avant, la boxe était pour moi un sport, un loisir où je m'épanouissais, aujourd'hui c'est le moyen que j'ai trouvé pour ne pas sombrer totalement.

— Tu espères quoi ? Que je te dise que je vais arrêter ? J'le ferai pas, je sais pas mentir.

— Tu fais comme tu veux, c'est ta vie après tout. Mais il serait temps que tu passes à autre chose. Cherche un travail honnête, refais ta vie, profite de Gabriel.

— Tu penses que c'est si facile, qu'il suffit que je claque des doigts pour que tout redevienne comme avant ?

— Non, bien sûr que non. Je connais un très bon psy qui pourrait t'aider.

— T'as qu'à te le mettre où je pense, ton psy !

Il soupire, exaspéré.

— C'est inutile d'insister. Mais, j'espère que tu ne tomberas pas sur de mauvaises personnes qui pourraient s'en prendre à toi, à ta famille ou à ton fils. Réfléchis-y. Au revoir, William.

1.

Décembre 2017

Ressaisis-toi, Will ! Il est hors de question de perdre ce soir. Ça fait des mois que je suis vainqueur et ce n'est pas maintenant que ça va changer. Assis sur mon tabouret, j'attends la deuxième reprise. Il me faut une nouvelle stratégie. D'un point de vue physique, il est bien trop fort pour moi, ma seule chance c'est de le prendre par surprise.

Tellement focalisé sur mon rival, j'entends à peine Alain qui me supplie de déclarer forfait, que mes blessures au visage sont bien trop graves pour continuer. Le nez ensanglanté, les lèvres gonflées, les traînées de sang sur mon torse, rajoutés aux plaies de mon précédent combat, qui n'ont pas encore guéri, je ne dois pas être beau à voir. Mon adversaire en revanche, malgré les beignes que je lui ai mises, est dans une forme olympique incroyable.

Honnêtement, je ne crois pas du tout à mes chances de gagner ce soir. Je suis épuisé, mes muscles me font horriblement mal, j'ai des vertiges incessants. Je devrais ralentir, je le sais. Avec trois affrontements par semaine, je n'ai même pas le temps de repos réglementaire. Alain n'arrête pas de me le répéter. Pour lui, je vais finir par avoir des séquelles irréversibles ou par y rester.

— T'es sûr de vouloir continuer ? T'as aucune chance de le remporter, fils. J'ai accepté de t'accompagner et de t'entraîner, mais pas pour te voir te faire aplatir. Et je crois toujours que ces combats c'est une mauvaise idée. Il y a aucune règle, aucun combat loyal. Regarde-le, il doit peser trente kilos de plus que toi. Il est temps d'abandonner avant qu'il te laisse sur le carreau.

Oui, je devrais ! Mais ma fierté est bien plus importante que mon état de santé. Que vont-ils penser si j'abandonne ? Me traiter de lâche ? Impossible ! Et puis, vont-ils me permettre de combattre à nouveau si je déclare forfait ? Je ne peux pas décevoir la foule qui, ce soir, est euphorique. Mon prénom est acclamé, ils applaudissent à chacun de mes coups portés à ce type, que je ne connais même pas. « J » quelque chose, je crois. Ils sont tous derrière moi et ayant plusieurs victoires à mon actif, je suis certain que les paris ont explosé. Tout cet argent qu'ils pourraient perdre si je suis KO.

— Oui, je continue ! Finis de nettoyer mes plaies, ça devrait suffire jusqu'à la fin du combat.

— Ouais, ça va plus être très long !

J'ignore sa vacherie et me replace en face de mon adversaire. En position, prêt pour la reprise.

— Je vais me faire une joie de t'achever mon gars !

Avec son sourire méprisant, son regard noir et son cynisme, putain, même Superman aurait peur. L'arbitre prononce le mot « Boxe » et « J-machin » se jette sur moi et me roue de coups. Je parviens à me mettre en position de défense, mais celle-ci, plus que médiocre, n'est pas très efficace. Par manque de vigilance, il me balance d'une rapidité incroyable, un direct et un uppercut en plein visage.

C'étaient les coups de trop. Malgré la meilleure de mes volontés, je m'effondre au sol. La foule retient son souffle. La chute fut brutale. Tellement brutale que les vibrations sont passées tout le long de mon corps. Je sens la présence de deux personnes à côté de moi. Le bourdonnement dans les oreilles et le brouillard qui me couvre la vue, je n'arrive pas à distinguer leurs visages. Dans un moment de lucidité, j'entends un décompte. Merde ! Le combat ! Je tente de me redresser sur mes jambes, mais elles n'ont plus la force de supporter mon poids.

— Non, fils, arrête !

— Le combat n'est pas terminé. Alain, aide-moi ! Je t'en prie !

— Je peux t'aider à te relever, mais c'est terminé, je viens de confirmer à l'arbitre que tu n'étais plus capable de te battre.

— QUOI ! Pourquoi ?

Je n'ai pas eu le temps de me mettre en colère qu'un violent vertige m'envahit. Le sol se dérobe sous mes jambes, je m'écroule une nouvelle fois et sombre dans l'obscurité.

2.

Il m'a fallu un moment avant de comprendre ce que je faisais allongé sur le banc du vestiaire. Enfin, disons plutôt, un recoin de cette vieille usine, reconvertie en ring avec des casiers rouillés. Je ne sais pas s'ils servent encore. Peut-être que si, une veste dépasse de l'un d'entre eux. Ça ne me tente pas, j'aurais peur de choper une saloperie et je viens généralement avec le strict minimum, clés de voiture, papiers d'identité, téléphone que je fourgue à Alain avant chaque combat. Qu'il accepte en râlant comme toujours. Il n'est pas là d'ailleurs et ça m'étonne qu'il m'ait laissé seul ici.

La foule est plus qu'agitée, j'entends même comme des cris de... panique ? Non, je dois délirer. Qu'est-ce qui pourrait les effrayer ? Avec tout ce que j'ai pris dans la gueule, il est plus probable que je ne sois pas lucide dans mes interprétations. Je n'ai aucune idée de l'heure qu'il est et du temps que j'ai dormi. Je glisse une main dans une de mes poches pour choper mon téléphone... Merde ! Alain est parti sans moi, avec mes affaires. Quel abruti ! Comment je vais faire pour rentrer chez moi ? Je trouverai une autre solution la prochaine fois. Attends un peu que je le voie, que je lui dise le fond de ma pensée et…

— Super, t'es réveillé ! Alain se précipite vers moi, affolé.

— Qu'est-ce qu'il se passe ? T'as couru ?

— Il y a une descente de flics, il faut dégager !

— Quoi ? Depuis quand, ils font des descentes ?

— Je ne sais pas, tu devrais demander à ton pote. Mais là, c'est pas la question. Allez !

— C'est pas grave, j'ai l'habitude ! d'un air désinvolte, je repose ma tête sur le banc.

— Ouais, peut être que c'est ton trip, mais moi je n'ai pas envie d'aller en taule. Alors, grouille-toi !

Ce n'est pas la première fois que je me fais arrêter et avec l'aide d'Alex, je sais que je ne risque pas grand-chose, mais ce n'est pas juste pour Alain. Avec un manque de motivation, je me lève et le suis. Je me sens beaucoup mieux depuis la fin du combat, un petit dodo et hop c'est reparti.

— Bon, fils, le plan est simple, on quitte les vestiaires, on se faufile parmi la foule pour rejoindre le couloir qui mène à l'arrière de l'usine. Si je souviens bien, il y a une porte par laquelle on pourra s'enfuir.

— Un jeu d'enfant, chef ! Tu te crois dans un film ?

— Non, mais j'aimerais que ce soit *comme dans un film*, ils ne se font jamais prendre.

Moi qui me suis moqué de la simplicité de notre « *mission* », je me suis vite rendu compte qu'elle était loin d'être facile. Après plusieurs tentatives, nous avions enfin réussi à rejoindre la foule, mais se frayer un chemin parmi elle était une étape périlleuse. Les gens se dispersaient, couraient dans tous les sens, bousculant au passage Alain et moi à plusieurs reprises. Des cris surgissaient de part et d'autre de l'usine, des bombes fumigènes éclataient à plusieurs endroits. Il était maintenant impossible de distinguer notre objectif. Si on ne m'avait pas dit qu'il s'agissait d'une descente policière, j'aurais pu croire à une attaque terroriste. Jamais je n'aurais pensé me retrouver dans une situation pareille et quand je vois le visage d'Alain, blanc comme un linge, il doit regretter à cet instant d'être venu avec moi ce soir. Je crains fort qu'après cette mésaventure, il ne veuille plus m'épauler.

Par chance, je parviens à apercevoir une faille dans la foule. Par une poussée d'adrénaline, je prends Alain par le bras et je le conduis dans cette direction. Nous courons jusqu'au couloir. Il avait raison, il y a bien une porte. Elle est verrouillée ! Merde !

— C'est l'autre porte ! crie Alain.

Celle-ci est ouverte. Une fois franchie, je sens un soulagement immense. Courbé et mes mains sur les genoux, je reprends mon souffle. C'est bien la première fois que je cours aussi vite.

— Stop, arrêtez-vous !

Et merde ! On a été bien bête de gober qu'ils n'allaient pas surveiller toutes les sorties ! Quand nous nous retournons, trois lampes torches sont pointées sur nous.

— Bonjour, messieurs ! Comment allez-vous ?

— Tu crois que c'est le moment de faire la causette ? me demande Alain.

— Est-ce un brin d'ironie ?

— Oh la ferme !

Je sais que je devrais me taire, mais je ne peux pas. Et c'est là mon défaut. Dans toutes les situations même les plus stressantes, mes paroles dépassent mes pensées et mon sarcasme reprend le dessus, ce qui agace beaucoup mon entourage.

Je m'adresse de nouveau aux flics :

— Pouvez-vous abaisser tout ça, je vous prie ? Le coup des lampes torches dans la gueule, j'avoue que ça nous fait un peu flipper !

Pendant une mini seconde, je cherche plusieurs solutions pour nous sortir d'ici. Je n'en vois malheureusement qu'une : se taper un sprint jusqu'à l'autre bout de l'usine. Une fois là-bas, je pourrai facilement atteindre ma voiture et me barrer. Je connais très bien les environs, un point avantageux pour nous. Mais avant de me lancer, comme un fugitif, j'en viens à me demander si Alain pourrait supporter une telle distance en courant. Il n'est plus très jeune et ces dernières minutes ont déjà été plus que sportives. Je dois avouer que moi-même, je ne sais pas si j'y arriverai.

— N'y pense même pas ! une voix jaillit du flic à ma droite.

J'ai comme l'impression qu'il a pigé ce que je cherchais à faire. Celui-ci s'approche de nous et mon plan d'évasion vient de s'envoler en voyant son flingue braqué sur moi. Il est clair qu'entre se prendre une balle ou passer quelques heures en prison, le choix est vite fait. Je regarde Alain, d'un air désolé, et lui fais comprendre qu'il va devoir me supporter pendant ces prochaines heures.

***

Il est plus de cinq heures du matin et pas l'ombre d'un flic à l'horizon. Le bureau en face est vide, l'ordinateur est éteint et nous, nous sommes là, pauvres couillons, enfermés dans cette minuscule cellule comme des lions en cage. Je croyais qu'Alex serait présent et qu'il m'aurait fait sortir depuis longtemps. Non, je suis resté là, à écouter les plaintes de mes chers camarades. Heureusement, Alain est avec moi, avec qui j'ai pu avoir des conversations civilisées. Les individus avec lesquels on partage notre cellule sont aussi bizarres les uns que les autres. Trois d'entre eux sont ivres, à la limite du coma, dont un que nous avons dû supplier plusieurs fois de ne pas enlever son pantalon. Les deux autres qui communiquaient dans une langue inconnue n'arrêtaient pas de danser, chanter, se mouvoir dans tous les sens, avec des gestes théâtraux. Au début, je trouvais ça divertissant. Ça faisait passer le temps. Mais là, je n'en peux plus, ils sont inépuisables. En bonus, j'ai dû m'habituer aux odeurs, entre la transpiration des autres, moi qui sens le fauve et un ivrogne qui, j'en suis sûr, s'est pissé dessus, je me demande comment j'ai pu supporter ça jusqu'à maintenant. Je me surprends moi-même !

Une heure plus tard, un flic de petite taille et corpulent arrive enfin. Son visage hargneux ne m'inspire pas confiance. Je ne sais pas si je vais pouvoir en tirer grand-chose. Je profite tout de même de l'occasion pour lui sauter dessus.

— Je veux voir le lieutenant Martial, immédiatement.

J'aurais peut-être dû mettre les formes. Sans même m'adresser un regard, le flic me répond sur un ton qui en dit long sur ce qu'il pense de nous.

— Tu n'es pas dans une position à exiger quoi que ce soit et il n'est pas en service.

— Je n'ai pas besoin de votre mépris, je veux juste rentrer chez moi.

— Personne ne bouge de là. Quand il y a une affaire de stupéfiants en cours, tous les prévenus sont entendus, les uns après les autres.

Il prononce ces derniers mots avec un sourire narquois, à croire qu'il jubile de notre situation.

— Vous croyez que ça m'amuse d'être ici !

— Toi, non. Mais moi, ça m'amuse beaucoup.

Objectif numéro un : garder son calme. Avec ce crétin, c'est loin d'être facile.

— Regardez-nous ! On a vraiment l'air de dealers ? Mon ami a cinquante ans passés, il a autre chose à faire. Moi, j'étais là-bas pour un combat de boxe, ça ne constitue pas un crime ! Et eux... J'les connais pas !

— C'est vrai que vous n'avez pas l'air d'être des barons de la drogue, mais c'est la procédure, maintenant, boucle-la !

Je fournis un effort surhumain pour ne pas l'insulter de tous les noms et pourtant Dieu sait que j'en ai envie. Il faut que je garde mon calme, m'énerver davantage ne ferait qu'aggraver les choses. Je décide de me comporter comme un petit garçon attendant sagement l'arrivée du père Noël.

***

J'ai passé le reste de la journée à tourner en rond dans cette foutue cage. Je suis fatigué, épuisé de ne pas avoir fermé l'œil de toute la nuit et je meurs de faim. Bien que nous ayons eu un repas, on ne peut pas dire que je me sois régalé. Je ne rêve que de trois choses : une douche, une pizza et mon lit !

Chacun de mes camarades de cellule l'a quittée puis regagnée les uns après les autres. Avec les grammes d'alcool qu'ils ont dans le sang, je ne sais pas s'ils ont pu en tirer grand-chose. Alain vient de partir à son tour. Bien sûr, je suis le dernier et c'est grâce au bougre de flic, je présume. Il ricane. Il joue avec mes nerfs.

Ce qui m'inquiète en revanche, c'est que ça fait plus de quarante-cinq minutes que Alain est parti et il n'est toujours pas revenu. Je regarde vers le bureau, le flic grincheux est fixé sur son ordinateur.

— Hey, mon policier préféré ! Vous pouvez me dire où est passé mon ami ?

— Oh on t'a pas dit ! Il a été libéré et on n'avait aucune raison de le garder ici.

— OK je suis content pour lui et moi dans l'histoire ?

— Toi… Tu restes là !

J'aimerais pouvoir effacer son sourire. La tête contre le mur, ça devrait faire l'affaire.

— Et pourquoi ?

— Désolé, ce sont les ordres !

— Les ordres de qui ?

— De moi !

3.

Une voix forte et puissante a résonné dans toute la pièce. Je me tourne dans sa direction et une silhouette imposante fait son apparition dans l'encadrement de la porte. Je ne vois pas encore son visage, mais je connais son identité. Les mains dans les poches, il s'approche légèrement et donne un signe de la tête au flic grognon. Celui-ci s'avance vers moi en attrapant une paire de clés. Après près d'une journée entière enfermé, je vais enfin sortir de ce trou.

Ça fait plusieurs semaines que je n'ai pas vu Alex. Je suis content, que malgré notre dernière entrevue, qui je dois l'admettre ne s'est pas très bien passée, il soit là pour me venir en aide une nouvelle fois. On n'est pas souvent d'accord et nous avons des points de vue tellement différents, mais je sais que je peux compter sur lui. Toby et Alex sont des amis d'enfance, on se connaît depuis la primaire. On a grandi et fait nos études ensemble jusqu'à la fin du collège. Puis chacun, nous sommes partis dans nos filières respectives. Alex a été toujours passionné par le métier de policier qu'exerçait son père. Il a suivi ses pas.

Toby, très doué en sciences, s'est naturellement tourné vers la médecine. Il travaille au CHU de Bordeaux. Et moi, ayant commencé la boxe très jeune, le sport était le domaine où j'excellais le mieux et où je m'épanouissais. Je n'étais pas fait pour de grandes études, je n'étais pas vraiment un élève assidu et exemplaire comme mes amis. Alors après le bac, j'ai suivi plusieurs formations pour être animateur sportif spécialisé dans le kickboxing en parallèle des compétitions que j'ai arrêtées à la naissance de mon petit garçon.

Bon là de suite, Alex n'a pas l'air commode. Il est froid, distant. Loin de mon frère avec qui je fais des parties de poker. Il n'a même pas pris la peine de me regarder. Il rentre dans la cellule, me fait face et dans un mouvement violent, il me plaque le visage sur les barreaux. D'un coin de l'œil, je vois sa paire de menottes dans une de ses mains. Il n'est pas sérieux ! Il croit quoi, que je vais m'enfuir ou lui faire une attaque à la Bruce Lee !

— C'est vraiment nécessaire ?

— La ferme !

Ça fait trois fois qu'on me demande de la fermer en moins de vingt-quatre heures, ça commence à me chauffer. Qui plus est, Alex qui me prend pour un criminel endurci ne m'aide pas à garder mon sang-froid. La colère monte, je suis au bord de l'explosion.

Alex saisit mon bras et me traîne en dehors de la pièce. Tant mieux, je ne pouvais plus supporter l'autre « face de cactus », retourné à son bureau. Nous arrivons dans une salle d'interrogatoire. Elle est minuscule, les murs sont gris avec une table et deux chaises au milieu. Alex me jette littéralement à l'intérieur.

— Assieds-toi ! Il faut qu'on parle ! m'ordonne-t-il en enlevant les menottes.

— Mince, je me faisais une joie de jouer au Scrabble.

Il me lance un regard noir avant de reprendre d'une voix dure :

— Tu crois que j'ai envie de rire ?

— Pourquoi pas ! Ça te fera du bien ! Tu m'as l'air de mauvaise humeur aujourd'hui et…

Sans que j'aie le temps de réagir, il saisit le col de ma veste, me soulève et me plaque contre le mur. Il a beau faire une tête de moins que moi, sa force est déconcertante. Je dois avouer que pour la première fois, je me sens ridiculement intimidé.

— Cette fois, tu vas m'écouter ! Ton petit jeu malsain de « voyou » est terminé. Ton état d'ivresse, l'agression verbale d'un flic et maintenant je te retrouve impliqué dans ces trafics ! Bravo, tu t'améliores !

— Je participe juste à des combats, c'est tout. Je ne pense pas que ce soit un crime et je ne sais même pas de quels trafics tu parles. Tu peux me lâcher ?

Il hésite. Il se radoucit et me laisse respirer. Il contourne la table et m'invite à m'asseoir de nouveau. Dans un comportement absurde, au cas où Alex aurait encore envie de me faire valdinguer à travers la pièce, je m'accroche à la table. Il reprend :

— Sais-tu qui organise ces combats ?

— Non, je devrais ?

— Ça fait des mois que tu y vas et tu n'es pas capable de me donner une identité ?

Je ne me suis jamais posé cette question. À vrai dire, la foule sait qui je suis par mes victoires, mais de mon côté, je ne connais personne. Ah si, Nicolas. Il m'avertit les jours et les heures des prochains combats. Enfin, « connaître » est un bien grand mot. Cela dit, je n'aime pas du tout le ton accusateur qu'a employé Alex. Ce n'est plus mon ami de toujours que j'ai en face de moi, mais uniquement un flic qui veut résoudre une affaire.

— Ne me dis pas que tu me crois suspect !

— On peut se poser la question.

Je le foudroie du regard, si bien qu'il aurait grillé sur place. Je serre de plus en plus les mains autour des barreaux sous la table. Tellement fort qu'une douleur vient peu à peu. J'ai mal et je m'en fous. Je préfère ça que de péter un câble qui, j'en suis sûr, pourrait m'attirer de sacrés ennuis. Je n'arrive pas à croire qu'il peut penser une chose pareille. OK, je reconnais avoir déconné ces derniers mois, mais tout de même.

— Si c'est une blague, ce n'est vraiment pas drôle !

— C'est dommage, toi qui avais le sens de l'humour !

Nous restons quelques minutes à nous regarder dans le blanc des yeux. Aucun de nous deux a osé briser le silence qui s'est imposé jusqu'au moment où un collègue d'Alex est venu s'assurer que tout allait bien. On ne sait jamais, peut-être qu'on se serait entre-tué. Le collègue parti, Alex reprend la parole :

— Ton ami n'est pas impliqué, pas plus que toi.

— Alors, pourquoi nous avoir gardés ?

— Disons que je voulais te donner une leçon.

Et c'est là que ça me revient en mémoire :

— C'est toi qui as ordonné de nous laisser en cellule toute la nuit ?

Avec son air satisfait et son sourire machiavélique, il est clair que la réponse est oui. Je ne peux tenir mon sang-froid. Je bondis de ma chaise et la balance en arrière.

— Tu n'es qu'un putain d'enfoiré !

— Mais je t'en prie, j'ai été ravi de t'aider pour tes précédentes arrestations ! Si j'avais su, je t'aurais laissé plus longtemps en prison. Ce n'est pas comme si c'est facile de rendre des comptes à des supérieurs !

— Tu attends quoi, que je te remercie de m'avoir « donné une leçon » ? Je n'ai plus cinq ans, Alex !

— Eh ben, on dirait pourtant !

Il fronce les sourcils avant de pousser un profond soupire. Il plonge ses mains dans les poches de son pantalon et en sort plusieurs affaires personnelles qu'il dépose sur la table. En l'occurrence, les miennes. Je n'ai plus aucun doute lorsque j'aperçois le porte-clés que m'a offert Gabriel pour la fête des Pères. Mon petit porte-bonheur dont je ne me sépare jamais.

— Je vais te laisser sortir, mais avant je dois te mettre en garde. Arrête ces combats ainsi que les paris qui pèsent sur ta tête. Ces gens sont loin d'être des saints. Nous avons découvert que les combats n'étaient qu'une façade.

D'une voix plus calme, je lui demande :

— Tu sais ce qu'ils cachent ?

— Pas encore. Mais nous avons une raison de penser qu'il s'agit de trafic d'armes et de drogue. Et surtout, nous avons constaté des disparitions inquiétantes, des personnes qui avaient un lien avec ces types. Soit, ils ont disparu volontairement, soit ils ont été réduits au silence. Alors, je t'en prie, sois prudent !

4.

Deux heures que j'erre dans les rues de Bordeaux sans vraiment savoir où aller. Les membres gelés, le vent glacial qui me caresse la nuque, il est difficile de me protéger des trois degrés qu'il règne dehors. Les personnes autour de moi sont toutes habillées de doudounes, écharpes, gants alors que je suis simplement vêtu d'un short et d'une veste. J'ai l'air totalement idiot à côté. Je parviens tout de même, par je ne sais quel miracle, à avancer.

Je sais que j'aurais pu rentrer chez moi, me doucher, me reposer, me réchauffer. Avec le tramway, c'est assez rapide, mais je ne voulais pas rester seul dans mon appartement. Pas après ce qu'Alex m'a dit. Ses paroles me hantent, j'avais besoin de cette marche pour y voir plus clair. Les disparitions dont il m'a parlé m'ont fait un peu peur, je l'admets, j'étais loin de me douter de ce qui pouvait se cacher derrière.

Ce qui m'a le plus bouleversé, c'est ce qu'il a prononcé avant mon départ : « *Depuis quand t'as pas vu ton fils ? Est-ce que tu trouves normal que Lydia m'appelle pour calmer le petit parce que son père lui manque ?* ». Ça fait un mois que je n'ai pas passé du temps avec lui. J'étais trop amoché et je ne voulais pas qu'il me voie dans cet état. Je pensais le préserver en le tenant éloigné de moi. Visiblement, j'avais tort ! Je dois être là pour lui. J'aime mon fils, il est tout pour moi et pourtant j'ai été négligent envers lui. Il est temps pour moi de me reprendre en main, d'arrêter ces idioties, de retrouver mon petit garçon, ma famille, mes amis. J'espère qu'ils me pardonneront pour tout ce que j'ai fait, les méchancetés que j'ai pu leur balancer alors qu'ils ne le méritaient pas. Tous ont voulu m'aider à surmonter les épreuves que j'ai traversées. Certains penseront que ma réaction et mon comportement étaient disproportionnés, c'est bien possible, mais c'était plus fort que moi. Je me suis perdu dans ces combats pour oublier cette souffrance qui me rongeait de l'intérieur. Qui me ronge toujours d'ailleurs.

J'avais une vie parfaite, tout ce qu'il y a de plus normal. J'ai rencontré Lydia, j'avais vingt-trois ans et ç'a été un véritable coup de foudre. Nous nous sommes installés ensemble dans un joli appartement au centre de Bordeaux, quelques mois plus tard. Nous avons vécu à deux pendant trois années avant qu'elle ne m'annonce qu'elle était enceinte. Jamais, je n'avais ressenti un tel bonheur. J'étais le plus heureux des hommes. Mais cette femme dont j'étais éperdument amoureux est aussi la femme qui m'a trahi à de multiples reprises. Toby m'avait mis en garde, mais je ne voulais pas le croire. C'était évident qu'il se trompait, qu'elle ne pouvait pas me faire ça. Malheureusement pour moi, il avait raison.

Je l'ai découvert le jour où j'avais pris une décision importante sur l'avenir de notre couple. Je remontais la rue de chez nous lorsque je l'ai vue, là, embrassant langoureusement un autre homme. Moi, j'étais planté comme un con, portant dans une main l'étui que contenait la bague que je voulais lui offrir.

Ma première réaction a été de coller mon poing dans la gueule de ce mec qui tripotait ma femme tant qu'il pouvait. Enfin, la vérité, je lui ai collé plusieurs coups à ne plus pouvoir m'arrêter. Lydia, à côté, me suppliait de le laisser tranquille. Ce qui m'a valu ma seconde réaction que je regrette encore aujourd'hui. J'ai attrapé Lydia et je l'ai traînée jusqu'à notre appartement dans l'espoir d'avoir une explication plausible à ce que je venais de voir. Une fois la porte d'entrée franchie, je l'ai agrippée par les deux bras et je l'ai plaquée contre le mur. À ce moment-là, je ne maîtrisais pas ma force et ce n'est qu'après que j'ai remarqué que je lui faisais mal. J'admets perdre mon sang-froid dans certaines situations, mais je ne suis pas un homme violent et encore moins envers les femmes. J'étais dans un tel état de rage que je n'arrivais pas à me contenir.

— Je suis désolée que tu l'aies appris de cette façon, mais je t'en prie, lâche-moi ! Tu me fais mal ! m'avait-elle dit.

Devant son visage apeuré, je devais me calmer et, la seule façon que j'avais de le faire, c'était de sortir cette colère. Le mur était une bonne solution. J'ai pris un grand élan et j'ai mis mon poing dedans. Un trou s'était formé dans le placo à l'impact.

Lydia, toujours à côté, s'était muée dans le silence, ne sachant pas quoi faire ni quoi dire. Elle ne s'attendait pas à une telle réaction de ma part. En même temps, j'étais loin de m'imaginer ce qu'il se passait en mon absence.

— Tu as couché avec lui avant que j'arrive ? lui avais-je demandé, les dents serrées.

— Oui.

— Dans notre lit ?

Elle est restée silencieuse, elle se doutait que j'allais partir en vrille.

— Réponds !

— O… Oui.

Un deuxième poignard venait de m'être planté dans le dos, et celui-ci m'a achevé. Il ne fallait pas longtemps avant que je débarrasse la commode de l'entrée d'un revers de main, que les bibelots posés se brisent par terre. Un cadre photo où nous étions, elle et moi, une famille soudée, vola à travers la pièce pour s'écraser sur le mur. Heureusement, Gabriel n'était pas là pour voir cette scène. Je ne pouvais m'empêcher de regarder Lydia avec dégoût, je devais m'éloigner. J'ai pris mon sac de sport qui traînait dans le salon et enfournai quelques affaires de première nécessité. Lydia sur mes talons me suppliait de ne pas la quitter. Elle croyait quoi franchement ? Qu'après ce que j'ai découvert, j'allais faire comme si rien ne s'était passé ?

— Will, je t'en prie ! Ne me quitte pas ! On devrait parler. Et… et pense à Gabriel, que va-t-il croire s'il ne te voit pas rentrer ?

— Tu es bien gonflée de me dire ça. C'est toi qui viens de faire voler cette famille en éclats ! Dis-lui que je suis chez son oncle Toby. On lui expliquera plus tard que ses parents se séparent.

Elle s'était alors mise à pleurer, pensant peut-être que ça me toucherait. Elle s'était trompée.

Mon sac prêt, je me dirigeais vers la porte d'entrée lorsque Lydia m'attrapa par le bras.

— Je suis sincèrement désolée. Si tu restes, on pourra résoudre les problèmes entre nous.

— Non, Lydia ! C'est fini ! Je reviendrai plus tard pour prendre toutes mes affaires. Je te laisse l'appartement. Inutile de bouleverser davantage Gabriel.

J'ai abandonné notre foyer où j'avais vécu six années de bonheur, piétinées par Lydia en quelques minutes. J'ai claqué la porte derrière moi, marquant ainsi la fin de mon couple.

Plusieurs jours après l'avoir quittée, je suis retourné la voir pour essayer d'arranger les choses. Je l'aimais et j'étais prêt à lui pardonner et à recommencer à zéro. Elle s'était contentée de partir avec un autre mec. J'ai appris, plus tard, que ce n'était pas la première fois qu'elle me trompait. Je m'en suis voulu d'avoir été aussi idiot, je n'ai rien vu. Évidemment, j'étais amoureux.

Malgré le soutien de mes proches, c'est depuis ce jour-là que j'ai perdu pied. Je n'arrivais pas à faire le deuil de mon couple. Je n'ai toujours pas réussi d'ailleurs. Je me suis réfugié chez Toby qui m'a hébergé pendant plusieurs semaines avant de retourner vivre chez mes parents. Pas très glorieux pour un mec proche de la trentaine.

C'est par hasard que j'ai entendu parler de combats clandestins dans un des bars où j'avais pris l'habitude d'aller pour oublier l'échec de ma vie. Ils se passaient dans une vieille usine désaffectée sur les quais de Bordeaux. Je l'ai visitée un soir par curiosité.

De l'extérieur, on avait vraiment l'impression que l'usine était abandonnée depuis des années. En revanche, une fois à l'intérieur, elle reprenait vie. Des centaines et des centaines de personnes s'étaient réunies pour profiter d'une bonne soirée. D'un côté, il y avait un ring où se déroulaient les combats, de l'autre, un espace « boite de nuit » avec bar, piste de danse et DJ. Ces soirées se passaient essentiellement dans la partie la plus grande de l'usine. Des bâtiments, plus petits, y étaient rattachés, mais je n'ai jamais su ce qu'il y avait dedans, les portes étaient toujours verrouillées. Je ne comprenais pas pour quelle raison, mais avec ce que Alex m'a expliqué plus tôt dans la journée, je comprends pourquoi personne ne pouvait y pénétrer.

Je déteste ces endroits habituellement. Pas cette fois. Pour la première fois depuis des jours, j'avais enfin réussi à ne plus penser à Lydia, même si ce n'était que pour quelques heures. Je me suis inscrit sur la liste des participants pour les combats, en précisant que j'avais des années de boxe derrière moi et que j'avais toutes mes chances.

Mon premier adversaire avait déjà gagné plusieurs combats consécutifs. Je l'ai mis à terre en un seul round. Impressionné par mes performances, on m'a proposé d'autres affrontements que j'ai acceptés. Deuxième victoire, troisième victoire, quatrième victoire. C'est à ce moment-là que j'ai acquis la confiance des parieurs et que j'ai commencé à gagner de l'argent. De l'argent facile, c'est vrai. Je m'en foutais. Le principal pour moi c'était de me sentir bien.

Dans un coup de folie, j'ai décidé de quitter mon boulot. Les combats suffisaient à subvenir à mes besoins et à ceux de mon fils. Grâce à Yann et ses talents d'agent immobilier, j'ai pu m'installer dans un appartement dans la banlieue bordelaise. Parfait pour un père célibataire. Je n'aime pas beaucoup ce mec, mais comme il sort avec ma sœur, je le tolère par respect pour elle.

Tellement absorbé par mes pensées, je ne m'étais pas rendu compte que j'étais déjà arrivé au pont levant. Je suis tout proche de l'usine. Je devrais en profiter pour récupérer ma voiture qui se trouve dans un quartier à un ou deux kilomètres. Enfin, j'espère qu'elle y est toujours.

Les oiseaux ont laissé leur place aux hiboux, les rats sortent des égouts pour savourer le festin des poubelles. Quelques bourdonnements de moteurs, quelques danses des phares sur la route viennent interrompre la tranquillité de la nuit. Je ne suis plus qu'à quelques mètres. Seul dans une rue déserte, peu éclairée, pourtant, pour une raison que j'ignore, j'ai l'impression d'être suivi. J'accélère le pas.

Cette sensation est de plus en plus forte. Je me retourne, personne. Je continue mon chemin. Des bruits surgissent des buissons.

— Bon, qui est là ? Si c'est une blague, ce n'est pas drôle. Allez voir ailleurs si j'y suis !

Toujours personne. Ce jeu de cache-cache commence à me chauffer et si ce sont des adolescents qui n'ont que ça à foutre, je vais leur montrer comment je m'appelle.

Au moment où je m'apprêtais à fouiller le buisson, un rat surgit, coursé par un chat. Un soupire d'exaspération s'échappe de ma bouche. J'attrape mon téléphone, pour m'occuper l'esprit pendant les prochains mètres qu'il me reste à faire. Mais à peine ai-je eu le temps de disparaître dans la rue où j'avais garé ma voiture, qu'un mec me plaque au sol, un couteau sous la gorge.

— Tu vois, je t'avais dit qu'il reviendrait ! Qu'est-ce qu'on fait de lui maintenant ?

— On le fout dans le coffre et on l'amène au Boss, dit un deuxième mec à côté. Attache-lui les mains. Il vaut mieux prendre des précautions, on sait ce qu'il est capable de faire.

J'ai besoin d'un bref instant pour analyser la situation. Le type, au-dessus de moi, tient fermement son couteau avec ses doigts potelés. Le moindre mouvement de ma part, il m'égorge. Super ! C'est parfait pour terminer la soirée.

L'autre, en retrait, n'arrête pas de donner des ordres. Je n'ai aucune idée de qui pourrait être ce « Boss » et encore moins ces deux gus-gus qui, à bien les regarder, me font étrangement penser à Laurel et Hardy. Même si le plus mince d'entre eux est plutôt bien gaulé et assez mignon dans son genre.

— Qu'est-ce qui te fait rire ? me demande le gars au couteau.

— Vous croyez vraiment que je vais me laisser faire ?

Je profite d'un moment d'inattention de sa part pour lui donner un grand coup de tête. Sous la douleur, celui-ci s'écarte de moi, me donne le champ libre pour me relever.

Son visage est plein de sang. Je crois que je lui ai cassé le nez. Je m'apprêtais à lui faire sa fête à l'autre quand il sort un flingue de sa poche. Et merde !

Il est clair que je n'ai pas envie de parier sur le fait qu'il ne soit pas chargé. Je cours en direction de ma voiture, que j'espère, j'aurai le temps d'atteindre avant d'être réduit en passoire. Un premier coup de feu retentit. Heureusement pour moi, il ne sait pas viser. Deuxième coup de feu, une douleur intense me traverse l'épaule. Je cours encore. Je la vois, j'y suis presque. Troisième coup de feu que j'entends siffler à mon oreille. C'était moins une. Par chance, aucune voiture n'est garée devant la mienne, je vais pouvoir démarrer et me barrer d'ici facilement. Je cherche les clés que je ne trouve plus dans mes poches. Putain ! J'ai dû les laisser tomber. La panique m'envahit, c'était ma seule chance de m'en sortir. Ils me poursuivent et se rapprochent dangereusement. Je suis fatigué et je perds beaucoup de sang. Je ne sais pas comment je pourrais les semer. Je cours à nouveau jusqu'à la prochaine rue. J'ai les jambes qui brûlent, les poumons qui se consument. Je m'arrête net pour reprendre mon souffle. Seulement, je réalise trop tard que je suis en plein milieu d'une route. Des phares m'aveuglent, j'entends les grincements des pneus sur le bitume avant de sombrer dans l'obscurité.

5.

— Comme je l'ai déjà dit, il a surgi devant moi. C'était sombre et je ne l'ai vu qu'au dernier moment. Je n'ai pas pu l'éviter. Heureusement, je ne roulais pas vite.

J'entends cette voix inconnue, cette voix chaude et agréable, accompagnée d'un léger accent, tout proche de moi. Je ne sais pas ce qu'elle raconte, de qui est-ce qu'elle est en train de parler. J'essaie d'ouvrir les yeux, afin de mettre un visage sur cette voix, mais mes paupières ne m'obéissent pas.

— Vous n'avez vu personne derrière lui ?

— Non, j'ai paniqué ! Je n'ai pas regardé autour de moi. La première chose que j'ai faite c'est d'appeler les pompiers.

— Vous en êtes sûr ?

— Arrête Alex, laisse-le tranquille. Il a eu suffisamment d'émotions.

Alex ? Jess ? Que font-ils ici ? Je dois rêver. Pourquoi mon pote et ma sœur seraient dans ma chambre à discuter avec un inconnu ?

— Avez-vous remarqué sa blessure par balle ?

— Non.

C'est là que tout me revient en mémoire, le combat, la défaite, la nuit en taule et les deux mecs qui me poursuivaient avec un flingue, les phares. Il faut que je me réveille, il faut que je leur explique ce qu'il s'est passé.

— Je n'arrive pas à le croire. Le jour même, je l'ai mis en garde parce qu'il se tramait des trucs pas nets, il fonce dedans. J'avoue que je ne le comprends plus, Jess. J'ai essayé de le raisonner, Toby aussi et…

— Est-ce que vous pouvez arrêter de parler de moi comme si je n'étais pas là ?!

Tous les trois se retournent vers moi, surpris. Mon bras est relié à une perfusion, j'ai ce truc qui me sert de vêtement et à moins qu'on ait refait la déco de ma chambre, on n'est pas chez moi. Je *déteste* les hôpitaux ! Surtout après avoir fait mes adieux à mon père, après son accident, quelques mois avant la naissance de mon fils. Entre la perte d'un être cher et ma phobie de la mort, ç'a été une épreuve terrible. Les images me hantent encore aujourd'hui.

Jessy s'assoie sur le lit, prend ma main et la serre contre elle.

— Comment te sens-tu ?

— Comme quelqu'un qui s'est fait renverser par une voiture après s'être pris une balle.

— Oui et tu as eu *beaucoup* de chance. D'après les médecins, tu ne souffres que d'un léger traumatisme crânien et d'une entorse à la cheville. La balle est ressortie et n'a touché aucune artère. Tu seras remis sur pied dans quelques jours.

— Super, je n'ai plus qu'à recommencer !

Alex, qui jusqu'à présent était resté en retrait, s'approche de moi et tapote l'attelle de ma cheville. Ce qui me vaut quelques grimaces de douleur.

— Estime-toi heureux que je ne fasse pas ça sur ton épaule.

— Tu n'oserais pas !

— Ne me tente pas ! Non, sérieusement. Quand on m'a appelé pour m'informer de l'accident, j'étais loin d'imaginer que c'était toi que j'allais trouver au sol couvert de sang. J'ai cru pendant un instant que tu étais mort. Qu'est-ce que tu foutais là-bas ?

— Je voulais récupérer ma voiture.

Je leur raconte tout depuis mon départ de l'hôtel de ville, ma marche nocturne, ma décision d'arrêter mes conneries puis ma rencontre avec les deux zigotos. Alex et Jessy sont attentifs et ne perdent pas une miette de mon récit. Quand je l'ai terminé, Alex intervient avec sa manie de froncer les sourcils lorsqu'il a une théorie.

— Ces gars te connaissaient, c'est évident.

Merci, Sherlock, mais encore ? Dans toute cette discussion, j'avais oublié que Alex et Jess n'étaient pas seuls. Je détourne le regard et remarque que l'inconnu est toujours là assis sur le fauteuil, un pied posé sur son genou. Il doit faire une tête de moins que moi, ses bras sont recouverts de tatouages et quand je vois les ombres à travers son T-shirt blanc, j'en déduis que son torse l'est aussi. Sa coiffure, rasée sur les côtés et une crête du haut du crâne jusqu'à la nuque, ses nombreuses bagues aux doigts ne lui donnent pas un air commode. Pourtant, son visage fin et doux contraste vraiment avec son look de rockeur. Il ne remarque pas mon attention que j'ai sur lui ni ma difficulté à détacher le regard. Quand il l'aperçoit, il détourne immédiatement le sien, gêné. Pourquoi, est-ce que je l'intimide autant ? Alex continue :

— Tu saurais les reconnaître ?

— Sans problème.

— OK. Nous allons enquêter. En attendant, je vais demander à ce que tu aies une protection policière.

Il sort son téléphone et compose un numéro avant de l'arrêter.

— Alex, je n'ai pas besoin de garde du corps. Je vais rentrer chez moi et je ne retournerai plus là-bas.

— Si effectivement tu as des comptes à rendre à ces gens, ils ne te lâcheront pas aussi facilement, tu peux me croire.

L'inconnu nous interrompt :

— Si je peux me permettre, lieutenant, les personnes qui le poursuivaient ont sûrement vu l'accident. Si on envoie quelqu'un récupérer la voiture, ils y seront peut-être et supposeront qu'il est mort.

— C'est une bonne idée, mais je crains que ce ne soit qu'une solution provisoire.

— Attendez, mais vous êtes qui, vous ? je demande d'un ton tranchant.

— Je… Je suis… Samuel Álvarez-Fuentes. C'est moi qui vous ai renversé et j'en suis atrocement désolé !

D'où cet accent.

— Que faites-vous ici ?

— Je voulais m'assurer que vous alliez bien…

— Eh ben, je vais bien. Maintenant que c'est chose faite, vous pouvez partir.

Il acquiesce, récupère sa veste en cuir sur le fauteuil et quitte la pièce en s'excusant encore une fois. Jessy me lance un regard outré et secoue la tête d'un air désespéré.

— Tu avais besoin d'être aussi méchant ? Je te signale qu'il t'a veillé jour et nuit, pendant que tu étais inconscient.

Non, mais comme si j'allais me montrer gentil avec celui qui m'a renversé ? OK, c'est sympa de sa part, mais je me suis pris une balle, merde ! Alors, j'ai le droit de me comporter comme un connard si j'en ai envie.

6.

Plusieurs jours que je suis coincé à l'hôpital alors que je suis en pleine forme. Je n'ai plus mal à la cheville, je peux bouger mon épaule et je me demande ce que je fous encore ici. Mon état était loin d'être préoccupant, mais les médecins ont préféré me garder par simple mesure de sécurité. Ce sont les explications que Toby m'a données. Bien que je le soupçonne de me « donner une leçon » lui aussi et d'être sûr que je me tienne tranquille.

Après les avis favorables de Toby et d'autres médecins, j'ai eu enfin le signe d'une liberté prochaine. Une fois mon téléphone raccroché, quinze minutes plus tard, ma sœur m'attendait déjà à l'accueil. En me voyant, elle me décroche un de ses plus beaux sourires. Un sourire qui me remonte le moral après une semaine enfermé dans une chambre d'hôpital.

— La route risque d'être longue. Une bonne partie est bouchée. Tu as de la chance, j'étais à côté quand tu m'as appelée.

— Merde ! Je me faisais une joie de ne pas te supporter trop longtemps.

Pour réponse, elle me donne un coup sur mon épaule valide. J'adore sa manie de chercher à me frapper. Elle prend un élan pensant pouvoir me faire le plus mal possible alors qu'en réalité je ne sens rien du tout. Je me marre et nous dirigeons vers sa voiture.

***

Comme à son habitude, Jessy ne se tait pas une seconde. J'ai mal à la tête, je suis fatigué et un peu de calme ne serait pas de refus. Bon, j'avoue ne pas écouter un seul mot de ce qu'elle raconte. Je pense à ce que je vais pouvoir faire maintenant. Je devrais retrouver un travail décent avec un salaire honnête. Je pense à mon fils qui me manque beaucoup, je devrais passer plus de temps avec lui. Je négocierai avec Lydia. Ça ne sera pas facile, mais je vais tout faire pour qu'elle accepte. Et je pense aux deux mecs qui m'ont tiré dessus. Vais-je les recroiser ? Vont-ils continuer à me chercher ? Je me demande toujours ce que j'ai bien pu faire pour avoir des comptes à rendre à leur chef. Il ne manquerait plus que je sois tombé dans une mafia.

— Will ? William Daniel Moreno, tu m'écoutes ?

— Non, désolé. J'ai décroché il y a dix minutes.

— Ça fait dix minutes qu'on roule !

— Ah ! Ben, je n'ai rien écouté alors.

Elle secoue la tête et pousse un soupir, en signe d'agacement. Elle reprend en parlant plus fort pour qu'elle soit sûre que je l'entende. Vicieuse va !

— Je disais que tu devrais changer d'avis au sujet de la proposition d'Alex pour la protection policière.

— Ne sois pas ridicule, Jessy.

— Ridicule ? C'est ridicule de m'inquiéter que tu aies une épée de Damoclès au-dessus de la tête ? Deux mecs ont essayé de te tuer, je te rappelle.

— Je te remercie de rafraîchir ma mémoire de poisson rouge. Je me demandais pourquoi j'avais le bras en écharpe. Merci de m'avoir éclairé.

— Est-ce que tu peux, s'il te plaît, arrêter de plaisanter un instant ?!

J'avais l'intention de rétorquer, mais je me ravise aussitôt quand je vois ses yeux débordant de larmes. Je l'invite à stopper la voiture. Elle s'exécute. Le moteur à peine éteint, elle bondit du siège et éclate en sanglots.

Je me sens horriblement mal. C'est la première fois depuis la mort de notre père qu'elle pleure comme ça. Je me précipite vers elle et attrape son visage de ma main :

— Jessy ! Jessy, regarde-moi ! Qu'est-ce qu'il y a ? Si c'est Yann qui te fait du mal, il va avoir mon poing dans la gueule et…

— Non, non… il n'y est… pour… rien.

Ses lèvres n'arrêtent pas de trembler, ses mains sont tellement serrées que je suis certain que ses ongles lui rentrent dans la peau. Je pose mon front contre le sien, comme on avait l'habitude de faire pour se réconforter l'un l'autre. Je mise sur ça pour l'aider à se calmer.

Elle s'écarte et entre deux sanglots, prend une profonde inspiration avant de me donner une explication :

— J'ai voulu… être forte pour… maman, qui s'inquiétait énormément… pour toi. J'ai… j'ai… tellement eu peur… Will ! Je n'arrête… pas de me… dire que j'aurais pu te… perdre. Je… ferais quoi sans… toi ? Et toi, tu prends ça… à la… rigolade…

Elle repart dans un nouveau sanglot.

— Hey ! Hey ! Je vais bien, OK ! Tu n'as plus à t'en faire. Je renonce à tout ça, je vais retrouver une vie normale. Tu n'auras plus rien à craindre. D'accord ?

Après un signe de tête, je lui ouvre les bras, enfin le bras et elle vient s'y blottir. Je lui caresse les cheveux, un geste que papa faisait quand elle était petite, je rajoute :

— Je serai toujours pour là pour toi.

— Alors, arrête de t'attirer des ennuis !

— Promis ! Je lui réponds en toute sincérité.

***

Jessy avait raison, la route était un enfer, comme chaque fin d'après-midi et nous avons mis plus d'une heure pour arriver à mon appartement. J'ai été ravi de discuter avec elle. Avant, on se voyait souvent, plusieurs fois par semaine. Depuis quelques mois, nos sorties ensembles se sont faites rares, pour ne pas dire disparues. Elles m'ont manqué.

Elle en a aussi profité pour exprimer tout ce qu'elle avait sur le cœur. Je réalise à quel point cette situation l'avait affectée.

Elle trouve une place juste en face de la résidence. Je jette un rapide coup d'œil sur le parking, je suis surpris qu'une Clio sportive rouge soit garée.

— Comment ça se fait que ma voiture est ici, j'ai perdu les clés.

— Alex est retourné dans la rue de ton accident pour les chercher. Il les a trouvées sur le trottoir.

— C'est gentil !

— Tu devrais aussi remercier Samuel.

— Samuel ?

— Oui, il a voulu aider, c'est lui qui t'a ramené la voiture.

— Pourquoi ? Je veux dire, je l'ai envoyé chier à l'hôpital. Pourquoi il m'aide ?

— Il regrette. Bon, tu as intérêt d'être sage. Tu veux que

je t'accompagne ?

— Non, ça va, je devrais m'en sortir. Et *oui, je serai sage !* Je vais prendre une douche, me poser et commander une bonne pizza. Ça fait des jours que j'en rêve.

Elle rit. Je ne la retarde pas plus que ça, je vois bien qu'elle est fatiguée.

— Will ?

— Oui.

— Tu comptes refaire ta vie ?

— J'suis pas prêt pour ça, pour le moment.

— Le jour où tu le seras, ça sera avec une femme ?

— Mais bien sûr ! C'est quoi cette question ?

— Laisse tomber.

Je hausse les épaules, l'embrasse sur le front avant de lui dire au revoir. Je franchis ma porte d'entrée et pousse un profond soupir de soulagement. C'est la première fois que je suis aussi content de rentrer chez moi.

7.

Trois mois plus tard.

— Alors prêt pour l'ouverture ? me demande Alex.

— Oui, quelques détails à peaufiner. Lundi, j'ai deux entretiens pour compléter l'équipe.

— J'espère qu'on pourra voir le résultat avant tout le monde.

J'espère surtout que ce club va fonctionner. J'ai investi beaucoup d'argent, le mien et celui de mes parents. Je n'ai pas le droit de me louper. Dans une semaine, j'inaugure mon club sportif spécialisé dans le kick-boxing.

Après avoir arrêté les combats clandestins, je devais retravailler. Cela dit, je ne me voyais pas comme un simple employé. J'avais ce projet dans un coin de ma tête depuis plusieurs années, je n'ai jamais osé me lancer par peur de l'échec. Au cours d'une discussion banale pendant le repas de Noël, j'ai parlé de ce projet à toute la famille. Ils ont vu le potentiel et m'ont encouragé à poursuivre dans cette voie. Ils ont décidé de m'aider. Yann se chargeait de me trouver un local, Jessy de la comptabilité et les parents ont voulu y participer financièrement. Enfin ma mère, mon beau-père,

Patrick, n'était pas d'accord. Elle a insisté. C'étaient les économies que mon père lui avait laissées quand ils ont divorcé. Elle n'y a jamais touché et elle a estimé qu'il me revenait de droit. Car même si j'ai pu gagner beaucoup d'argent, ce n'était pas assez pour payer l'intégralité du matériel. Je n'avais pas d'autre choix que d'accepter.

Yann a fait du super boulot, je commence vraiment à apprécier ce type. Il m'a dégoté un local suffisamment grand pour proposer à la fois des cours de kick-boxing au rez-de-chaussée avec un bureau, des vestiaires, des douches et des appareils de musculation à l'étage en mezzanine. Et dans mes prix, ce qui était loin d'être facile en particulier en région Bordelaise. Beaucoup de travaux étaient à prévoir, ça ne me faisait pas peur. Aujourd'hui, la salle est presque terminée et j'ai vraiment hâte d'accueillir mes premiers clients.

Il participe maintenant à nos parties de poker entre copains, comme cet après-midi. J'ai même remarqué qu'il n'était pas au top de sa forme ces derniers jours. Il n'a jamais voulu dire pourquoi. Un souci avec Jessy ? Elle m'en aurait parlé. C'est peut-être le travail. On n'a pas cherché à le questionner davantage.

D'un point de vue personnel, je vais beaucoup mieux. La salle a eu un impact thérapeutique sur ma santé mentale. Sans le savoir, je souffrais de dépression, ce qui expliquait mon comportement agressif. Mon fils, ma famille, mes amis, mes projets ont été mes remèdes et j'ai enfin accepté ma situation de père célibataire. J'ai du chemin à parcourir pour me remettre totalement, mais je suis sur la bonne voie.

Suis-je prêt à retrouver l'amour ? Ce n'est pas un point que j'envisage dans un avenir proche. Plus tard, pourquoi pas. Pour le moment, je profite de la vie et aujourd'hui je profite de plumer les copains. Je regarde tour à tour Alex, Toby et Yann, je vais encore remporter la mise.

— Non, non, non ! Tu bluffes !

Alex me fixe comme s'il essayait de lire mes cartes à travers mes yeux. C'est au tour de Toby.

— Moi, je ne prends pas le risque, je me couche !

Puis le mien, Alex et Yann sont toujours en jeu. Je scrute Toby, un sourire en coin.

— Petit joueur, va !

J'abaisse mes cartes. Je pars dans un fou rire lorsque leurs mines se déconfisent en voyant mon carré d'as.

— Putain, Will ! Tu triches ! s'exclame Yann.

— Si tu n'as plus un rond, j'accepte les biens matériels. La maison devrait faire l'affaire.

— C'est aussi celle de ta sœur, je te signale.

— Ta voiture alors !

— Va te faire voir !

Je me marre. Comment j'ai fait pour passer à côté de ces moments simples pendant plusieurs mois. Je remercie mes amis de m'avoir autant aidé. Sans eux, je serais encore au fond du gouffre. Je remercie Samuel de m'avoir renversé. Sans lui, je serais sûrement mort. Je remercie même les types qui m'ont tiré dessus, que je n'ai jamais revus depuis. Grâce à eux, j'ai ouvert les yeux.

***

J'ai réussi à négocier avec les gars pour rentrer chez moi. Ils avaient prévu de manger un bout quelque part et de partir en boite. Ils savent que les boites ce n'est pas mon truc.

— C'est le week-end où tu n'as pas ton fils et toi tu restes enfermé chez toi ! m'avait dit Toby avant mon départ.

Pour ce soir, oui. La semaine a été longue et celle qui suit ne va pas être de tout repos. J'ai encore les flyers à distribuer, la salle à équiper. Beaucoup de boulot en somme. Alors je m'autorise une pause. Au programme, Netflix et pizza. Le paradis !

Depuis que je suis rentré, mon téléphone ne fait que sonner. Inutile de regarder. C'est soit Toby ou soit Alex, peut-être les deux, qui me harcèlent pour que je change d'avis. Non ! Je vais me goinfrer, m'affaler sur son canapé et mater la série d'avocats que j'ai commencée il n'y a pas longtemps.

Il est vingt-deux heures, le ventre sur le point d'explosé et quelqu'un sonne à la porte. C'est Toby qui est venu me chercher pour me traîner à cette foutue boite. Je me prépare à le renvoyer gentiment « *chier* » quand en ouvrant la porte je vois… Lydia.

Son visage est fermé, triste. Putain, je flippe ! Gabriel !

— Où est Gabriel ? Il va bien ? Pourquoi t'es là ?

Silence. OK, je flippe vraiment. Je suis prêt à la secouer lorsqu'elle me regarde enfin et me répond simplement :

— Oui, il va bien, il est chez mes parents.

Mon corps s'apaise, mais ça ne me dit pas ce qu'elle fait ici. Elle ne vient jamais me voir si ce n'est pour me ramener le petit. Quand il s'agit d'un rendez-vous ou d'autres infos le concernant, elle se contente de m'envoyer un texto. Je lui répète la question :

— Pourquoi t'es là alors ?

— J'avais besoin de te parler seul à seul. Je peux entrer ?

J'hésite un instant puis m'écarte pour lui laisser assez d'espace. Nous restons debout dans le salon.

— Vas-y, je t'écoute, mais grouille-toi, j'ai ma série qui m'attend !

— Je suis surement la dernière personne que tu souhaites voir…

Elle cherche ses mots, elle ne sait pas par où commencer. Elle devrait se dépêcher, ma patience à des limites. Je la coupe sèchement :

— Ça, tu peux le dire et encore c'est un euphémisme !

— Laisse-moi parler, je t'en prie.

— Mais je suis tout ouïe.

Elle me regarde à nouveau. Ce regard que je connais bien. Ce regard d'agacement quand je lui réponds avec sarcasme. Je lève les mains d'un air innocent et je l'invite à poursuivre.

— Je suis là pour… euh… J'ai besoin qu'on prenne le temps…

Elle s'interrompt encore. Le temps pour quoi ? Merde ! Je vais perdre mon calme. « Reste calme, Will. Reste calme ». Mais putain, je n'ai qu'une envie : la mettre dehors. Je bous intérieurement.

— J'aimerais qu'on parle de nous…

— De nous ? Quoi, tu veux qu'on revienne ensemble ? Si c'est le cas, je crois que tu es venue pour rien.

— Attends, laisse-moi terminer ! Je sais que je t'ai fait souffrir et j'en suis sincèrement désolée. Je sais que j'ai tout fait foirer, mais j'aimerais que tout redevienne comme avant, entre toi et moi. Pour nous, pour notre fils.

Elle ne m'a pas seulement fait souffrir, elle m'a anéanti. J'ai perdu confiance en moi, les copains et ma famille m'ont ramassé à la petite cuillère. Heureusement qu'ils étaient là. Alors me dire qu'elle m'a fait souffrir est bien trop faible, je trouve.

Après notre rupture, j'ai attendu patiemment ce moment. Qu'elle vienne enfin s'excuser de s'être tapé tous les mecs du quartier quand on était ensemble. Ça aurait été difficile de lui refaire confiance, mais je ne voulais pas la perdre. J'aimais cette femme. Comme un fou. Ne la voyant pas revenir vers moi, je me suis réfugié dans ces combats clandestins, qui étaient à deux doigts d'avoir ma peau. Et là, la voilà ici, à dire ce que j'ai tant espéré entendre un jour.

Elle scrute mon visage en attendant une réaction de ma

part. Je ne sais pas ce qu'elle attend de moi. Au fond de moi, je meurs d'envie de l'envoyer balader, mais je ne veux pas m'embrouiller avec elle surtout avec Gabriel entre nous deux.

— Je t'en prie, réponds-moi ! J'ai horreur de ce silence ! me supplie-t-elle.

Ça, c'est la meilleure ! C'est moi qui devrais avoir horreur du silence. Elle n'a pas hésité à me le faire endurer sans scrupule. C'est elle qui ne me répondait pas, c'est elle qui n'a pas donné signe de vie pendant plusieurs jours. Elle avait emmené Gabriel. Je n'étais même pas sûr de pouvoir le revoir un jour.

J'ai passé des mois à essayer d'oublier ces moments difficiles, alors qu'il y a peu, j'en rêvais encore. Et aujourd'hui, elle fait tout remonter à la surface.

— Tu espères quoi de moi, Lydia ? Que je revienne comme si de rien n'était ? Après tout ce que tu as fait…

— Je sais et j'en suis désolée et…

— Je n'ai pas terminé !

Je me surprends moi-même du ton que je viens d'employer et visiblement elle aussi. Eh oui ! Je ne suis plus le Will qu'elle a connu, Will le naïf, Will qui s'est laissé berner tout au long de cette relation. Je ne serai plus son pantin, c'est fini. Et si je dois la blesser moralement pour qu'elle le comprenne, je n'hésiterai pas une seule seconde.

— Tu m'as trompé un nombre incalculable de fois, tu t'es barrée avec ce type. Et tu espères que je retomberai dans tes bras comme ça ?

— Je sais que tu m'aimes encore et… je t'aime encore !

— Non, Lydia ! Je t'aimais. Malgré ton infidélité, je t'aimais. Quand tu es partie avec ce gars, je t'aimais encore. J'étais prêt à te pardonner si tu revenais, à entamer une thérapie de couple pour tout arranger parce que je t'aimais toujours. Mais, c'est fini. Tu ne peux plus me manipuler. Je n'ai plus aucun sentiment pour toi. Je ne veux plus rien avoir à faire avec toi, à part en ce qui concerne Gabriel c'est tout.

Manifestement, mes paroles ont eu l'effet escompté. J'espère sincèrement qu'elle a mal autant que j'ai eu mal, il y a moins d'un an. Ses yeux se remplissent de larmes et j'en suis très fier. Je devrais me sentir coupable au lieu de ça, je ne ressens rien. Ou peut-être le plaisir de la voir souffrir à son tour. Elle le mérite. J'aime ce goût de vengeance.

— Tu sais qu'à cause de toi, j'ai vraiment touché le fond. Je suis tombé en dépression avec le passage de la *tornade Lydia* ! Et maintenant que je vais beaucoup mieux, tu me fais ça !

Je n'ai pas envie de tout recommencer. Je m'effondre sur le canapé, épuisé.

8.

Sans que je l'y invite, Lydia s'assoit à mes côtés. Sur le moment, je n'ai pas compris ce qu'elle cherchait à faire jusqu'à ce qu'elle se rapproche de moi. Cette proximité entre elle et moi me met mal à l'aise. Je frissonne lorsqu'elle pose sa main sur ma cuisse et la remonte petit à petit vers mon entrejambe. Elle espère m'allumer ?

Elle remonte encore plus haut. Ne cède pas, Will, ne cède pas ! Je repousse sa main. Je bondis du canapé :

— Tu es sérieuse ? Tu veux coucher avec moi ? Tu n'as pas de mec avec qui passer la nuit ?

Elle ne relève pas ma dernière remarque.

— Ne me dis pas que tu n'en as pas envie. Tu te souviens à quel point on prenait notre pied tous les deux ?

— Ouais, ça ne t'a pas empêché de tailler des pipes à d'autres mecs !

Elle s'approche encore et fait une nouvelle tentative pour me séduire. Elle essaie de me pousser contre le mur pour mieux avoir le contrôle sur moi. Je l'esquive.

— Arrête de résister ! Je sais que tu as envie de moi.

Son regard est différent. Il y a quelques minutes, elle était sur le point de pleurer et là elle me sort un regard qui en dit long sur ses intentions. Ce genre de regard qui veut dire « Je veux te sauter dessus et te déshabiller ! ».

Est-ce que j'en ai envie ? Bien sûr que non ! Enfin, ce n'est pas ce que dit mon corps. En fait si, j'en ai envie. Tellement envie que c'en est douloureux. Ça fait des mois que je n'ai pas touché une femme, mais je ne veux pas coucher avec elle. Je préférerais coucher avec une inconnue qu'avec elle. Ça n'arrangera rien à notre situation et je ne veux pas retomber dans ses filets. J'ai enfin réussi à ne plus la considérer comme la femme que j'ai aimée, mais seulement comme la mère de mon fils. Même si j'aurai toujours de l'affection pour elle. Je crains que si je craque aujourd'hui, j'en subisse les conséquences. J'ai voulu revenir vers elle et je me suis brûlé les ailes. Je ne compte pas refaire cette erreur.

Je me dirige vers la porte d'entrée et je lui dis d'un ton calme :

— Lydia, tu ne peux pas venir chez moi la bouche en cœur. C'est fini entre nous. Même une partie de jambes en l'air n'y changera rien. Je ne suis pas désespéré à ce point. Maintenant, va-t'en ! S'il te plaît.

J'accentue cette dernière phrase d'un signe de tête.

Elle s'apprête à rétorquer, mais se ravise immédiatement quand elle comprend qu'elle n'a aucune chance. Elle se lève et sort enfin de chez moi et aussi, je l'espère, de ma vie.

Dans un profond soupir, je m'affale sur le canapé totalement lessivé. Ma série, toujours en pause, m'attend sagement. Au bout de vingt minutes, je n'ai strictement rien suivi de l'intrigue. Je regardais sans vraiment regarder et mes pensées ne cessaient de divaguer vers Lydia. Je suis sûre que c'est ce qu'elle voulait : me faire douter. Et putain, ça marche !

Elle est forte dans l'art de la manipulation. Elle joue sur les cordes sensibles, sur mon fils qui me manque énormément. Depuis notre séparation, je ne le vois plus aussi souvent que je le souhaiterais. Sur ces « *hypothétiques* » sentiments qu'elle aurait encore pour moi, je ne sais pas ce que je ressens actuellement et sur ce que je dois faire.

Ai-je encore des sentiments pour elle ? Je n'en suis pas sûr. Dois-je lui pardonner ? Elle a toujours refusé ce pardon. Dois-je lui faire confiance ? Je crois que je ne pourrais plus. Les faits sont là et il faut vraiment que j'arrive à l'oublier.

Ce qui n'arrange rien, une heure après son départ, je reçois un texto de sa part : « *Je n'abandonnerai pas, Will !* ». Je craque. Sur le coup de la colère, je balance mon téléphone par terre.

Je dois parler à quelqu'un sinon je vais me consumer sur place. Je ramasse mon téléphone, soulagé qu'il n'y ait pas eu de dégâts, et compose le premier numéro qui me vienne à l'esprit. Je commence par ma sœur. Personne ne répond. Bon, Toby ? Il sera content que je cède et que je les rejoigne pour terminer la soirée. Rien. Merde, là que j'ai vraiment besoin d'eux, ils ne répondent pas ces cons. Je prends mes clés de voiture et sors en trombe de l'appartement.

***

Je n'ai aucune idée de l'endroit où je vais. J'avais besoin de prendre l'air et de me vider la tête. Je l'entends encore et encore cette phrase comme un refrain de chanson : « *Je sais que tu m'aimes encore et… je t'aime encore.* ». Je secoue vivement en espérant chasser cette pensée. Mais bien sûr, ça ne marche pas.

— Il n'y a que dans les dessins animés que ça fonctionne,

abruti !

J'arrive au centre-ville de Bordeaux. Je trouve un endroit pour me garer et je continue mon escapade nocturne à pied. Il est vingt-trois heures et les tramways se font de plus en plus rares. Je traverse la rue, les lignes de tramway et me retrouve sur la rue commerçante. Une belle rue en ligne droite où l'on trouve un nombre incalculable de magasins, de restaurants ou de fast-foods. Seuls les restaurants et les bars sont ouverts.

J'aime beaucoup cette période de l'année. Les belles journées ensoleillées laissent place à des petites brises très agréables. Je respire cet air frais dans cette ville que je connais très bien. Je suis né ici. Mais je ne me lasse jamais de ce paysage, de cette architecture. La nuit, les lumières légères révèlent encore mieux la beauté des monuments.

Malheureusement, ça ne m'aide pas vraiment à oublier cette venue surprise chez moi, quelques heures plus tôt : « *Will, je t'aime toujours et j'ai besoin de toi, ton fils a besoin de toi* », « *Réponds-moi stp* ».

J'en peux plus, putain. Gabriel serait avec moi, il me réprimanderait sur mon vocabulaire. « *Papa, pas bien les gros mots* » et je lui aurais répondu « *Désolé, ça m'a échappé, mais ne les répète pas* ! ». Et là, il serait parti sur une cinquantaine de « *pourquoi* » il ne peut pas dire de gros mots. Il n'a pas encore quatre ans, il est en pleine période et c'est tellement drôle.

Enfin, toutes ces questions sur sa mère me posent vraiment un problème. Je suis fatigué et j'ai du mal à y voir clair.

J'ai marché sans savoir où j'allais. Je suis dans une rue parallèle, tout aussi vivante que la rue principale. Je m'arrête net, attiré par de la musique latino. Un bar, que je ne connais pas, se tient devant moi.

La terrasse chante, rie, crie, le bar est bondé, des

tintements de verres accompagnés de nombreux « santé ! ». La devanture jaune vif donne un côté encore plus festif à cette ambiance *caliente*. La musique cubaine résonne dans toute la rue, La Havane écrite en grosses lettres rouges et de plusieurs affiches de rhum. Un petit mojito ne ferait pas de mal.

Ce n'est pas mon goût musical, je ne bois pas beaucoup d'alcool, mais ce soir, j'ai vraiment besoin d'un verre ! Je pousse les portes de ce bar.

9.

Je suis surpris par la sobriété de l'endroit. Un contraste étonnant entre la devanture et l'intérieur. Pas de couleur chatoyante, du noir sur les meubles, chaises, tables, tabourets, bar, les murs gris, recouverts de tas d'affiches et d'inscriptions qui font référence à la culture cubaine. Je pensais qu'elle était synonyme de couleur, pourtant l'ambiance est tout aussi festive. Les gens applaudissent, dansent, chantent, sirotent leurs mojitos. Des immenses étagères, mettant en valeur les diverses marques de rhum. J'ignorais qu'il y en avait autant. C'est loin d'être ma spécialité ni mon alcool préféré. Des bières, quelques cocktails, dont je ne me souviens jamais le nom. Rien de plus. Surtout depuis mon arrestation mouvementée où j'étais complètement cuit. Je me baladais presque à poil dans la rue, à rire pour je ne sais quelle raison. Alex, qui patrouillait ce soir-là, est tombé sur moi avant de m'embarquer pour une nuit en salle de dégrisement. Je ne me souviens pas de tous les détails de cette soirée, mais j'avais attiré l'attention de tout le commissariat. Bastien, le collègue d'Alex, était ma cible. Je n'arrêtais pas de lui crier qu'il était beau, que son uniforme lui allait parfaitement bien. Alex m'a avoué que j'avais essayé plusieurs fois de l'embrasser. Je suis revenu, quelques jours plus tard, ils m'ont demandé si j'étais pédé. Je leur ai ri au nez. Bien sûr que non. C'est juste que j'aime beaucoup les gens quand je suis déchiré. Depuis, j'ai l'impression que Bastien a peur de moi. Dès que je le croise, il s'enfuit.

Je m'installe sur un tabouret au bar. Si cette soirée n'avait pas si mal commencé, j'aurais pu dire que la chance me sourit pour trouver une place libre avec tout ce monde. Un barman au look cubain, dont je n'arrive pas à lire le badge, me tend la carte des cocktails. C'est la première fois que j'ai le choix entre toutes ces saveurs de Mojitos. Framboise, passion, coco… ils me font tous envie, vraiment. Après hésitation, j'opte pour un Mojito framboise. J'adore la framboise donc ça devrait me plaire. Monsieur Cubain prend ma commande et prépare mon cocktail devant moi.

Il lance, rattrape, relance son shaker, bascule le cocktail d'un récipient à l'autre. Une agilité sans faille. Je suis impressionné. À le voir, ça paraît tellement simple. Si je me m'engageais dans cette activité, je passerais mon temps à nettoyer le sol.

Au bout d'une minute de spectacle, il revient vers moi avec mon verre, j'ai pu apercevoir son badge sur lequel il était écrit « Yanko ». Yanko me tend ensuite une autre carte, qui propose cette fois-ci des amuse-bouche aux saveurs exotiques. D'un geste de la main, je lui fais comprendre que je ne suis pas intéressé. Il reprend la carte en me glissant un clin d'œil. Pourquoi ? Aucune idée, mais je lui réponds avec un sourire. Ça ne m'a pas empêché de remarquer ses yeux bleus, en harmonie avec sa peau bronzée, sa mâchoire carrée parfaitement dessinée, une barbe naissante qui lui donne tout son charme. Note à moi-même : laisser pousser ma barbe.

J'aime observer l'environnement, les gens qui m'entourent. Les femmes, les hommes. Mon père m'avait surpris plusieurs fois. « Il te plaît, ce garçon ? », m'avait-il demandé, un jour où on mangeait au restaurant tous les deux. Je m'étais mis en colère. Pourquoi je ne pourrais pas admirer un autre mec sans qu'on pense que je suis gay alors que je le ne suis pas. Oui, je trouve parfois des mecs beaux, séduisants, mais ça ne prouve pas une attirance pour autant. « Tu n'es pas obligé d'être avec une femme pour être heureux. », avait-il conclu. Je me suis parti en trombe du restaurant, furieux, laissant mon père déguster seul son burger.

Le cocktail est excellent que je ne me rends pas compte que je le finis en quelques minutes. J'en recommande un autre à la passion cette fois-ci. En attendant ma deuxième commande, je jette un regarde furtif sur mon téléphone, priant pour ne pas avoir de message de Lydia. Rien. Enfin, elle a décidé de me lâcher la grappe. Pour le moment. En revanche, Toby m'a répondu. « *as appellle ? Jsui en boiiiite, viensss !* ». Alors, soit il accentue certaines lettres pour avoir un côté théâtral, soit il n'est plus assez sobre pour écrire des messages clairs. Vu que la deuxième option me paraît la plus plausible, je crois que je vais rester dans ce bar. Je suis seul, mais au moins, ils ne m'emmerderont pas. Toby est un super ami sobre, saoul, il est insupportable.

— Ne me demandez pas de vous ramener, les gars. Je suis cuit moi aussi, je dis en attendant le quatrième cocktail.

Je viens de me rendre compte que je discute à mon téléphone à voix haute.

— Tu m'as causé ? m'interroge un gars à côté de moi.

— Non, désolé, je me parlais à moi-même.

Il hausse les épaules et retourne à ses occupations.

C'est l'un des rares échanges que j'ai eus depuis que je

suis arrivé. Je ne compte pas ceux avec le barman. Cette petite virée me fait un bien fou, mais je dois avouer que la solitude me pèse. Beaucoup de personnes sont à côté avec qui je pourrais partager des banalités, je n'ai jamais été à l'aise pour aborder les gens. Que ce soit pour draguer ou pour une simple conversation amicale. J'aurais peut-être dû accepter la proposition des copains, finalement.

Il est près de minuit, je ne sais pas à quelle heure ferme le bar, pas pour toute de suite à ce que je vois. Il est trop tard pour rejoindre les gars. Pour deux raisons : la première, j'ignore dans quelle boite ils sont et je ne pense pas avoir de réponse si je les appelle. Et, la deuxième, et pas des moindres, je suis à mon cinquième cocktail, je commence à ressentir les effets. Je n'ai pas l'habitude de boire autant et avec la fatigue, je suis, comme dirait ma sœur, « *pompette* ». Je serais capable de me perdre à pied si je tente de rejoindre ma voiture, et prendre le volant, j'entends Alex me sermonner d'ici.

En tout cas, j'ai élargi mes connaissances en matière de mojito, que je pourrais leur vanter. Ils seraient surpris, voire choqués de me voir dans un bar seul à picoler. Je visualise déjà la dédicace spéciale à mes funérailles : « À mon ami, testeur de Mojito ». J'en ris à ma table. Je ris tellement fort que plusieurs personnes se tournent vers moi. Ils doivent me prendre pour un fou ou plutôt, un ivrogne fou.

Je prête beaucoup d'importance à ce que peuvent penser les gens à mon égard, même si j'attire souvent l'attention malgré moi. Ce soir, je n'en ai rien à foutre, je ne relève pas les remarques, les chuchotements, les haussements de sourcils. Je suis moi, entièrement moi et je prends le temps d'écouter et d'apprécier la musique. Un air qui encourage la danse collée serrée, entraînant pour se défouler. Des hommes, des femmes se lèvent. Ils bougent, s'enlacent, s'embrassent. L'ambiance devient plus chaude, plus émoustillante. Personne avec qui partager ce moment. Je suis nul dans ce domaine, je ne sais pas faire deux pas sans m'embrouiller. Tant pis, j'ai envie de danser. Je ne suis plus à ça près. J'avale la dernière gorgée de mon septième cocktail et je me lance.

Je manque de tomber du tabouret, je me faufile dans la foule en bousculant deux ou trois personnes, qui me regardent comme si j'étais un alien, et je rate la marche de l'estrade. J'ai vraiment trop bu !

Ça fait longtemps que je ne me suis pas senti aussi détendu. Je ne pense qu'à boire, m'amuser, rire, danser, je me sens comme poussé des ailes. Plus de Lydia, plus de souvenirs douloureux, juste moi, essayant de reproduire la chorégraphie de mes camarades.

Chaque chanson terminée, c'est un festival de nouvelles têtes qui s'affairent. Les individus précédents retournent à leurs tables et d'autres prennent leurs places sur la piste. Je n'ai pas la moindre idée du nombre de chansons qui sont passées depuis que je piétine cette satanée piste et je suis lessivé, je transpire, mais je continue jusqu'à ce qu'une jeune femme vienne me rejoindre. Elle ne me parle pas dans un premier temps, elle danse en se rapprochant dangereusement.

Ses mains s'enroulent autour de ma nuque, les miennes se déposent sur ses hanches, qui suivent le rythme de la musique, son souffle qui me caresse le cou, son parfum délicieux qui enflamme la tentation.

Nous sommes maintenant l'un contre l'autre, nos lèvres séparées que de quelques centimètres, mon corps s'embrase. Je devrais la repousser, m'éloigner, de ne pas répondre à cet appel du désir. Je ne connais pas cette femme ni son prénom, mais je n'ai qu'une envie : l'embrasser. Elle lit dans mes pensées. Elle se met sur la pointe des pieds et dépose sa bouche sur la mienne.

10.

Ses lèvres douces et réconfortantes, sucrées et alcoolisées, un cocktail parfait pour que la température grimpe. J'ai chaud. Très chaud. Nos bouches se délient. La musique terminée, la lumière plus vive, j'apprécie son visage, ses yeux noirs, intenses, ses lèvres pulpeuses, que j'aimerais goûter à nouveau, son teint rayonnant, sa crinière blonde et bouclée qui lui donne un charme fou. Ses formes généreuses, mises en avant par sa robe moulante noire. Elle est tout le contraire de Lydia. J'imagine la tête qu'elle ferait si elle me voyait dans les bras d'une si jolie femme. Je regagne peu à peu confiance. Celle que j'ai perdue lors de notre rupture. Les remises en question, les doutes, de ce que j'aurais bien pu faire de mal pour qu'elle agisse comme elle l'a fait, les dévalorisations, de l'homme peu passionnant que je suis, la culpabilité, de faire subir une telle épreuve à mon fils.

Une femme s'intéresse à moi, pour un soir ou pour la vie, peu importe. Je lui plais et elle me plaît, c'est tout ce qu'il compte ce soir : passer un bon moment.

— Que fais-tu ici, seul, à picoler ? Je t'observe depuis

tout à l'heure. Une peine de cœur, c'est ça ? m'interroge-t-elle.

— Disons que ma vie sentimentale est… compliquée.

— Que dirais-tu de retourner au bar ? On pourrait discuter et j'ai affreusement mal aux pieds avec ces talons.

J'acquiesce et la suis hors de la piste de danse. Elle signe au barman de nous servir deux autres verres. Je vais me résoudre à dormir dans ma voiture.

— Bon, beau brun, que t'arrive-t-il ?

— Beau brun ?

— Je ne connais pas ton nom alors j'improvise.

— William.

— Bien ! William. Tu as des origines américaines ou anglaises ?

— Pas du tout. Mon père aimait les prénoms à sonorité anglophone. Mais savoir l'origine de mon prénom n'est pas vraiment ce que tu attends de cette conversation, non ?

— C'est vrai, mais il n'y a rien de mal à faire connaissance.

— Ça t'arrive souvent d'embrasser les mecs avant de faire connaissance ?

— Qui a décrété qu'il fallait faire connaissance avant ?

Un sourire et une petite tape sur l'épaule et nous voilà à parler chacun de notre tour de nos vies respectives. J'apprends qu'elle a vingt-six ans, qu'elle est parisienne, qu'elle s'est installée à Bordeaux il y a deux ans afin de poursuivre ses études d'ingénieure en informatique. De mon côté, je lui raconte que je suis gérant d'une salle de sport qui ouvrira ses portes dans une semaine, que je suis papa d'un petit garçon de trois ans et demi et que je suis séparé de sa mère. Indirectement, je lui fais comprendre que c'est à cause d'elle que je suis ici, mais je ne développe pas davantage.

J'apprécie beaucoup cette fille. D'une énergie débordante, d'un humour subtil. Une compagnie agréable et une conversation la plus intéressante que j'ai eue depuis le début de la soirée.

Elle se lève. Alors que je pensais qu'elle partait, elle s'approche et s'installe entre mes jambes. Je sursaute aux contacts de ses mains sur mes cuisses. Elle se penche et me murmure :

— Maintenant qu'on se connaît un peu mieux, que dirais-tu de t'amuser ?

Elle me mordille l'oreille, descend ses lèvres dans mon cou. Je ne vais pas résister longtemps.

— Est-ce que tu es vraiment en train de me proposer, ce que je pense que tu proposes ?

— Pourquoi pas ? L'idée te déplaît ?

— Oui… enfin non ! Je n'ai pas l'habitude, c'est tout.

— Ça m'étonne ! Tu es beau garçon.

Elle dépose un baiser sur la joue.

— Tu es musclé.

Ses mains montent lentement le long de mes cuisses et se glissent sous mon T-shirt. Je jette un coup d'œil autour de nous. Personne ne semble prêter attention à notre étreinte. Je frissonne à son toucher, ses petits doigts qui contournent ma poitrine, qui descendent jusqu'au bas de mon ventre.

— Alors ? Acceptes-tu cette proposition ?

Je l'attrape par les hanches, la rapproche encore plus de moi et plaque mes lèvres contre les siennes. Entre deux baisers, elle ajoute :

— Je prends ça pour un oui.

Elle me repousse gentiment et me tire par le bras. On esquive les danseurs, les tables sur notre passage. Elle qui se plaignait d'avoir mal aux pieds, se précipite au fond de la pièce, s'ouvrant sur une autre, moi sur ses talons. Il y a moins de monde. Évidemment ! Qui pourrait s'y installer alors que le bar est de l'autre côté. C'est confortable, mais qu'elle n'espère pas qu'on s'envoie en l'air ici, j'en ai envie, mais un peu d'intimité tout de même !

Ce n'était qu'un passage. Nous continuons jusqu'aux toilettes. Une idée absurde et peu séduisante, mais qui a son côté exotique. Et puis, quand les hormones nous guident, on va n'importe où. Nous franchissons la porte, je rentre le premier, puis son tour. Elle verrouille derrière elle, nous enfermant dans une pièce étroite, mais d'un espace suffisant pour ce qu'on s'apprête à faire.

Dans un élan, elle se retourne vers moi, me plaque contre le mur et m'embrasse avec fougue. Ses lèvres sont chaudes, sa langue rentre en contact avec la mienne. Je ne connais pas cette fille et pourtant elle est dans mes bras, son corps et sa sensualité contre moi, son désir qui résonne avec le mien. Cet instant qui ne durera pas, mais avec lui je m'évade et Dieu sait que j'en ai besoin. Je la serre contre moi et elle en profite pour glisser ses mains sous mon T-shirt, encore une fois. Elle caresse mon torse avant que ses mains n'atteignent la boucle de ma ceinture. Elle a compris à quel point je suis excité, elle s'agenouille, abaisse mon jean et mon boxer. Oh ! Putain !

Ce n'est pas la plus raisonnable des solutions de s'enfermer dans les toilettes, seul avec une femme. Les gars tenaient à ce que je m'éclate enfin après cette dernière année que j'aurais préféré ne jamais vivre. C'est chose faite. Même si ce n'est pas mon genre, même si j'aimerais être dans un endroit tranquille pour profiter à fond de ce moment avec elle, je me contente de ce que j'ai. Il est encore temps d'arrêter de dire stop, de rembobiner la scène et de débuter une rencontre plus normale et moins dirigée par nos hormones. Non. Pour deux raisons. D'une, je n'en ai pas envie et de deux, je n'en ai *vraiment* pas envie !

Elle poursuit ses mouvements et je me laisse envahir par le plaisir. J'en veux plus. Je la relève pour l'embrasser de nouveau, je l'assois sur le lavabo, sans quitter ses lèvres des miennes. Elle enroule ses jambes autour de ma taille. Elle me murmure à l'oreille :

— Tu peux y aller, je n'ai pas de culotte.

— Tu en es sûre ? Je ne veux pas te forcer à quoi que ce soit.

OK, j'en ai diablement envie, mais je ne suis pas non plus un connard qui ne prend pas en compte les sentiments des femmes. Je préfère m'en assurer. Elle me répond d'une voix douce, un léger sourire aux lèvres :

— C'est moi qui te l'ai proposé abruti, mais c'est gentil de demander.

Je lui rends son sourire avant de l'embrasser. Je place mes mains sur ses cuisses, soulève sa robe et m'avance un peu plus. Elle est prête à m'accueillir. Merde ! Je n'ai pas de capote. Elle semble lire dans mes pensées, car elle se tourne légèrement, fourre sa main dans son sac et en sort un petit sachet en aluminium.

— C'est ça que tu veux ? me demande-t-elle en agitant le sachet devant mes yeux.

— Comment t'as deviné ? je lui réponds avec un clin d'œil.

Il ne me faut pas longtemps pour ouvrir le sachet, enfiler le préservatif et la prendre vivement.

C'est une délivrance. J'avais presque oublié la sensation de deux corps qui s'unissent. Les souffles sur la peau, les gémissements au creux de l'oreille, les mains qui s'accrochent, les baisers plus intenses. Je continue les va-et-vient jusqu'à notre jouissance commune.

Ma tête posée sur son épaule, la sienne sur mon torse, on reprend notre souffle et nos esprits.

Je finis par briser le silence au bout de quelques minutes :

— Ça va ?

— Nous venons de nous envoyer en l'air ! Donc oui, tout va bien. Tu n'es pas comme les autres mecs. D'autres se seraient déjà barrés après avoir eu ce qu'il voulait. Mais toi non, tu veux t'assurer que je vais bien.

— Oui. Ça me paraît normal. Tu ne me connais pas. Et je suis ravi de voir que je ne suis pas le seul à qui tu proposes une excursion dans les toilettes…

Merde, je n'aurais jamais dû dire ça. Elle va croire que je la prends pour une pute, alors que pas du tout. Je la regarde en pensant qu'elle me fusillerait. Non. Elle me répond simplement :

— Non, c'est vrai. Tu n'es pas le seul. J'ai eu mon lot d'histoires d'amour qui ont tourné au fiasco donc depuis je préfère m'amuser un peu. Tu n'as rien contre ça ?

— Non. Je te comprends. J'y suis passé par là. Mais, je n'ai pas l'habitude.

— De quoi ? Baiser dans les toilettes d'un bar ?

Elle semble vraiment surprise et je ne vois pas pourquoi. Je ne suis pas un grand fan des bars. Les rares soirées où j'y vais, c'est pour les gars, qui m'assurent à chaque fois que je vais passer une bonne soirée. Ce n'est jamais le cas. Ou lorsque je suis déprimé comme je l'étais en arrivant ici. C'est la première fois que je suis abordé par une femme. Je n'ai eu que des petites amourettes au lycée et ce n'est que quelques années plus tard que j'ai rencontré Lydia, par hasard sur le parking d'un supermarché. Elle avait accroché ma voiture et c'est là que notre histoire a commencé. Plus de six ans me séparent de ce souvenir et pourtant je m'en rappelle parfaitement. De ses milliers de « Pardon », ou de « Je suis désolée ». Il faut vraiment que j'arrête de penser à elle.

— Ouais. Pourquoi ça te surprend tellement ?

— Tu es bel homme et d'après ce que je viens de voir, tu n'es pas un mauvais coup.

— J'accepte ces compliments. On ne m'en fait pas beaucoup alors je prends.

— C'est dommage parce que c'est mérité, me dit-elle avec un air malicieux.

Nous partons tous les deux dans un fou rire incontrôlable. L'alcool et l'excès d'exercice sûrement. C'est agréable de discuter avec elle, pas autant que le sexe, mais j'aime son état d'esprit. Pas de complexe, pas de jugement, elle vit pour elle et se fiche du regard des autres. Si seulement je pouvais être comme elle.

Elle reprend :

— Bon, on devrait y aller. Tu ne crois pas ?

J'acquiesce. Je l'aide ensuite à descendre du lavabo qui est vraiment bien trop haut pour elle. Elle est choquée. Quoi ? On a couché ensemble, mais je n'en suis pas moins gentleman.

— Je suis désolé pour ce que je t'ai dit tout à l'heure. Je ne veux pas que tu croies que je te vois comme une…

— Pute ? T'en fais pas, j'ai l'habitude qu'on pense ça de moi. Mais j'accepte tes excuses. Tu as du respect pour les gens et c'est plutôt rare de nos jours. C'est ce que j'ai observé de mes déboires amoureux.

Elle se tait, fouille dans son sac et en sort un stylo. Elle se met à griffonner quelque chose sur un mouchoir.

— Mon numéro de téléphone. Je ne fais pas ça généralement, mais je t'aime bien. Je sens que tu as aussi été blessé par la vie alors si tu cherches une amie à qui parler, je peux être cette amie. Et si tu veux des avantages en nature, je ne serais pas contre non plus.

— Je ne sais même pas comment tu t'appelles.

— Camille.

Elle m'embrasse sur la joue puis ajoute avec un clin d'œil :

— J'ai été ravie de te rencontrer, William !

Je n'ai pas eu le temps de répondre qu'elle avait déjà

disparu. Finalement, cette soirée n’est pas si terrible.

11.

Camille a retrouvé sa table, entourée de ses amis qu'elle a laissés. Elle croise mon regard et d'un signe de tête, m'invite à les rejoindre. Je me demande ce qui a bien pu la pousser à ne plus vouloir de relation stable. Ni elle ni moi, nous n'avons évoqué notre passé en profondeur. Si elle a vécu la même chose que moi, je ne peux que la comprendre. J'attrape mon téléphone, enregistre son numéro et je décline son invitation. Sa petite mine boudeuse me fait assez rire. Ses amis ont l'air sympas, mais elle a sûrement parlé de moi et de notre escapade dans les toilettes. Je ne veux pas me sentir mal à l'aise, comme je lui suis maintenant, avec leurs yeux braqués sur moi. La plupart des mecs s'en vanteraient, je ne suis pas ce genre de type. Je l'avouerais sûrement à Toby et Alex, ou même à Jessy à qui je dis tout. Ça reste là, tout le monde n'est pas obligé d'être informé de ma vie sexuelle.

— Tu veux un autre verre ? me demande le barman.

— Non, ça ira. J'ai eu mon compte pour ce soir.

— Un taxi ? J'ai un numéro si tu veux.

— Ouais, merci.

Deux sonneries et quelqu'un est déjà à l'autre bout de file. Je commande mon taxi et on m'assure qu'il sera là dans moins de quinze minutes. C'est parfait, j'ai besoin de prendre l'air. Je range mon téléphone et salue Yanko. Il fronce les sourcils.

— Qu'est-ce qu'il y a ?

— J'aime pas ce type là-bas, m'avertit-il en me montrant discrètement le mec en question. Il fout le bordel partout où il passe. Et je crois qu'il vient vers toi.

— Quoi ?

Il a raison. Le mec se précipite dans ma direction, le regard meurtrier. Ça ne sent pas bon, cette histoire, ça ne sent pas bon. Je me lève tranquillement de mon tabouret :

— Oui, que puis-je faire pour vous ?

Il serre les poings.

— C'est toi qui t'es tapé ma copine ?

— Quoi ? Non !

Mon regard se pose immédiatement sur Camille. Elle se lève, se précipite vers nous, totalement affolée. Et merde !

— Joe ! *Laisse-le tranquille* !

Ce « Joe » ne lui prête aucune attention. Il me fixe, sur le point de me tomber dessus. Je ne faiblis pas.

— Je ne savais pas qu'elle avait un mec !

Je me retourne vers Camille et ajoute :

— Tu aurais pu me dire que tu avais un mec avant de te sauter, ça m'aurait évité des ennuis…

Mais pourquoi j'ai dit ça, putain ! Avant même que je puisse rajouter quelque chose pour me défendre, il est trop tard. Je reçois un coup de poing en pleine mâchoire.

Je tombe à terre. Il a une sacrée force ce type ! Si bien que du sang coule déjà sur le plancher. Je suis un boxeur avec de l'expérience derrière moi, ce n'est pas pour ça que j'aime me battre en dehors des cours ou des compétitions. Bien au contraire. Ce mec est déterminé et ne me lâchera pas aussi facilement, je vais devoir riposter. Si je ne fais rien, je vais passer pour un faible et il va vouloir me réduire en miettes.

Je me relève difficilement même si ce pain m'a partiellement dessoûlé. Alcool et coup de poing, ils ne sont pas faits pour s'entendre généralement, mais grâce à ça, ils me permettent de ne pas ressentir la douleur.

Il faut que je trouve une bonne tactique, que je sois plus rapide que lui sinon il ne me laissera pas le toucher. Sur une lancée, je me retourne et lui renvoie un crochet dans le ventre et un autre dans le visage, l'un après l'autre.

Dans le mille ! Sous l'effet du choc, il recule et manque de s'affaler sur une table. Je ne sais pas si je lui ai fait aussi mal que je le voulais, mais je suis fier de moi. Il reprend contenance et me lance un regard noir. Des veines se forment dans son cou et sur son crâne chauve. Il fonce sur moi, me plaque au sol, me bloque de tout son poids et me redonne un direct au visage, puis un deuxième. Au troisième, j'arrive de justesse à l'éviter et lui offre avec grand plaisir une droite en retour. Je me libère de son corps.

La musique, les discussions, les rires se sont arrêtés. Le souffle du type et la voix du barman qui appelle les flics sont les seuls bruits que je parviens à distinguer. On a rameuté tout le bar autour de nous, les curieux contents d'assister à un spectacle en fin de soirée. Deux mecs ont essayé de nous séparer, ils n'ont pas réussi. Nous sommes incontrôlables et la colère en moi est plus forte, plus vive, comme elle était il y a trois mois.

Entre les personnes qui commentent, les coups qui fusent, ma tête qui bouillonne, mes poings continuent de frapper alors que j'aimerais dire : stop, je n'en peux plus. Rapidement, Joe reprend le dessus. Il me donne un gros coup dans les côtes. Tellement violent que j'ai eu la respiration coupée pendant un instant. Je n'ai pas eu le temps de me reprendre qu'un uppercut s'abat de nouveau. Il est aussi amoché que moi, mais ça ne l'empêche pas de continuer. Ce ne sont plus les poings qu'il met en action, mais ces pieds. Camille nous supplie d'arrêter sans que nous ne lui prêtions la moindre attention. Au deuxième coup de pied, deux mecs se sont campés derrière Joe. Deux mecs que j'ai l'impression d'avoir déjà rencontrés.

Je me redresse, je n'ai toujours pas repris mon souffle. J'entends vaguement Joe crier à ses amis de venir l'aider. Ils se précipitent. Ils sont maintenant suffisamment proches pour que je les identifie. Ma gorge se noue, ce sont les types qui m'ont attaqué. Je prie pour qu'ils ne me reconnaissent pas.

— Comme on se trouve ! Je te croyais mort !

Dieu, ne compte pas sur moi pour aller à l'église dimanche. Ce n'est pas comme si tu me voyais souvent, mais tu pourrais faire un effort !

Ils se jettent sur moi. J'ai comme une impression de déjà-vu, mais là je me retrouve à trois contre un. Un des types est coupé dans son élan en trébuchant dans les pieds d'une chaise. Il tombe la tête la première. Je pars dans un fou rire narquois qu'il ne semble pas apprécier.

— Ne t'avise pas de te moquer de nous !

— Oh je te rassure, vous n'avez pas besoin de moi pour vous couvrir de ridicule !

Putain, Will, la ferme ! Un des gars attrape ma gorge, me planque contre une table et serre de plus en plus fort. Il fallait bien que je paye cette provocation.

Je n'arrive plus à respirer, je suffoque. Je tente de me dégager. Impossible. Alors que je me dis que c'est fini, que mon corps m'abandonne, que je n'ai plus aucune chance, une chaise vient s'écraser sur la tête de mon assaillant. Celui-ci me lâche enfin, je tombe à terre en toussant. Je récupère mon souffle.

Avant de reprendre mes esprits, une personne s'approche de moi, met mon bras sur son épaule et m'aider à me relever.

12.

— Allez, William, debout !

Il connaît mon prénom. Je n'aperçois pas son visage, mais sa voix m'est familière.

— C'est bon, Yanko, j'amène celui-là avec moi. Désolé pour le désordre, cria l'inconnu au barman.

— Désordre ! Tu te fous de moi, Sam ? Ils ont cassé trois tables sans compter ce qu'il y a autour, répond le barman.

— Tu m'enverras la facture !

Sam ? J'ai beau faire le tour de mes connaissances, aucun de s'appelle « Sam ». Sam, Sam, Sam, non, je ne vois vraiment toujours pas. À moins que… ce soit Samuel ? Ça serait une drôle de coïncidence. Ces piercings, ces tatouages d'ailes qui dépassent de son cou, cette veste en cuir, c'est bien lui. On ne s'est pas revu depuis l'accident, je n'ai même pas pris la peine de le contacter pour m'excuser de la manière dont je lui avais parlé. Je voulais le faire, mais plus le temps passait, plus je me disais que c'était inapproprié.

Sans savoir pourquoi, j'ai souvent pensé à lui, je me demandais si on se recroiserait un jour. Voilà qui répond à ma question.

Son visage n'est plus qu'à quelques centimètres du mien. Ses yeux verts ne dégagent aucune animosité, aucune irritation, aucun agacement. Seulement de l'inquiétude.

Il lance une dernière phrase à Yanko, en espagnol cette fois-ci, avant de s'adresser à moi.

— Et toi, tu viens avec moi ! Tu peux marcher ?

J'acquiesce et il me traîne à l'extérieur. Je grimace. L'air frais saisit les blessures que j'ai au visage. Sans dire un mot, il me guide jusqu'à sa voiture, ouvre la porte passagère et m'aide à m'y installer. Je me détache de son éteinte. Pourquoi je monterais dans une voiture avec un mec que je ne connais pas ? Je veux sortir, mais il me force à me rasseoir. Il s'impatiente.

— Tu montes ou je te laisse te faire embarquer par les flics qui ne doivent plus être très loin. Cellule de dégrisement, ça te paraît être une meilleure idée ?

Pas vraiment ! J'en ai marre d'aller en taule. Je râle et attache ma ceinture.

— C'est bien ce que je pensais.

Nous restons silencieux pendant le début du trajet. Je parviens à peine à distinguer où nous sommes. Je lutte contre le sommeil et j'ai terriblement mal. L'adrénaline de la bagarre commence à s'atténuer, je ressens toutes les douleurs que je ne ressentais pas jusqu'à maintenant. J'aimerais faire le vide, ne pas y penser alors je décide de briser le silence et d'entamer une discussion :

— Qu'est-ce que tu foutais dans ce bar ?

— C'est à moi de te poser cette question, non ? répond-il, surpris. D'après ta sœur, avec qui j'ai longuement discuté à l'hôpital, tu n'es pas du genre à picoler comme un trou.

— Ouais, c'est vrai, mais j'avais besoin de m'évader.

Mon ex est venue et…

Il se fout sûrement de ma motivation. Je change de sujet.

— Tu connais ces types ?

— Les deux types qui sont arrivés plus tard, non. Joe, oui. Il fait souvent la tournée des bars et il aime provoquer les bastons. Et il se pourrait que tu en étais la cible ce soir. Qu'est-ce que tu lui as fait pour qu'il te tombe dessus ?

— Il se pourrait… que… j'ai couché… avec sa copine.

— Dans le bar ? s'exclame-t-il, choqué.

— Euh… oui.

— Tu es complètement malade ! Pas étonnant qu'il ait voulu te faire la peau !

— Je ne savais pas qu'elle avait un mec !

— Voilà ce qui arrive quand on couche avec la première venue !

Il accentue la dernière phrase en haussant le ton. Je le fixe, les yeux écarquillés.

— T'es qui pour me faire une leçon de morale ?

— La personne qui vient de sortir tes belles petites fesses d'un bordel sans nom !

Je tente de m'échapper de la voiture, mais il est bien trop rapide pour moi. Il se penche pour me remettre à ma place et verrouille toutes les portières.

— Non, non ! Il est hors de question que je te laisse dans la rue dans l'état où tu es. Tu serais capable de te perdre ou pire, sauter dans la Garonne.

— Dis-moi où on va !

— Chez moi. La première chose à faire c'est de soigner tes blessures avant qu'elles ne s'infectent. J'appellerai un médecin pour qu'il vienne t'examiner, par précaution.

— Non, pas de médecin, ça va aller !

— Tu es sûr ? Avec les coups qu'il t'a donnés, je ne serai pas surpris qu'ils t'aient cassé des côtes.

— Oui, sûr.

— OK, mais je te garde pour la nuit. Je pense qu'une bonne nuit de sommeil ne te fera pas de mal. Je n'ai pas de chambre d'ami, j'ai un canapé très confortable.

— C'est très gentil à toi.

Son regard se radoucit. Il y a sur son visage, sur ses traits, quelque chose d'apaisant, de rassurant. Il me sourit et ma colère s'évanouit aussitôt.

— Est-ce que tu m'as bien dit tout à l'heure « tes belles petites fesses » ?

— C'est une façon de parler.

— Ah bon, parce que je n'ai pas l'habitude d'un tel compliment de la part d'un mec.

Nous rions tous les deux et poursuivons la route jusque chez lui. Rongé par la fatigue, je m'assoupis. Je ne me souviens pas des dernières minutes du trajet.

***

Une bonne odeur de café me chatouille les narines. Des bruits de vaisselle proche de moi, un poids sur mes jambes, des ronronnements constants. Des ronronnements ? Je n'ai pas de chat. Les paupières closes et douloureuses, je distingue la lueur du jour, qui ravive mon terrible mal de tête. Je ne sais pas quelle heure il est, mais le soleil brille déjà par l'intensité de lumière dans la pièce. La respiration difficile, à cause des violentes douleurs dans la poitrine, les mains tiraillées, qu'est-ce que j'ai fait ? Où je suis ?

J'ouvre un œil. Un sur deux ce n'est pas mal. Qu'est-ce que je fais ici, allongé sur ce canapé dans cet appartement qui n'est manifestement pas le mien ? D'une décoration simple et sobre, du gris, du blanc et du rouge pour égayer. Les meubles en bois pour le côté chaleureux, les tableaux peints à la main, pour le côté artistique. Un appartement qui pourrait me correspondre. Sauf le côté artistique que je n'ai pas du tout.

Dans le coin du séjour, une étagère avec plusieurs toiles vierges avec un nécessaire complet pour le dessin, peintures, feutres, crayons.

Je soulève mon T-shirt, laissant apparaître les ecchymoses sur mon torse. Je me redresse. Un chat tigré est installé confortablement, je le pousse gentiment pour pouvoir m'asseoir totalement. Une chose qui s'avère plus compliquée que prévu. Je reconstitue les événements de la soirée. Lydia. Bar. Fille inconnue. Non, elle s'appelle Camille. Bagarre. Samuel. Dans la cuisine, dos à moi, il prépare du café. Voilà d'où venait cette bonne odeur. Il se tourne vers moi, sourire aux lèvres. Il remplit deux tasses et vient s'asseoir sur la table basse en face de moi.

— Salut ! Comment te sens-tu ? me demande-t-il en me tendant une tasse.

Avant de lui répondre, je prends le temps de respirer le parfum du café. Ce parfum qui me met de bonne humeur tous les matins et qui j'espère fera fuir cette horrible migraine.

— Oh, j'ai connu pire. Tu m'as renversé, je te rappelle !

— Oui. Je m'en veux si tu savais. Je suis désolé.

— Je n'ai pas dit ça pour que tu t'excuses, je plaisantais. Avec ton aide hier soir, maintenant on est quitte. Non, sérieusement, tu aurais un truc pour le mal de tête ?

— Je vais te chercher ça et de quoi désinfecter tes plaies.

Il disparaît avant de revenir quelques secondes plus tard, les mains chargées. Du bout des doigts, il soulève mon menton et scrute mon visage. Il nettoie avec une grande douceur blessure après blessure. L'arcade, les joues, les lèvres. Des frissons me parcourent le corps.

— Ils ne t'ont pas loupé, ces cons !

— J'ai l'habitude de prendre des coups, ça ne doit pas

être si terrible que ça.

À voir sa tête, c'est bien plus grave de ce que je pensais. J'ai besoin d'un miroir. Je pose ma tasse, je me lève. Je retombe aussitôt, pris d'un vertige. Samuel, soucieux, m'aide à me rallonger.

— Tu n'as pas voulu que j'appelle un médecin, mais là c'est préférable.

— Non, ça va aller. Et puis, j'ai tous mes papiers dans ma voiture. *Ma voiture !* J'ai laissé ma voiture en ville. Il faut que j'aille la chercher, sinon je vais crouler sous les PV.

— Calme-toi ! Je vais la chercher ! Où l'as-tu garée ?

Je dois vraiment arrêter de laisser ma voiture n'importe d'où, je vais finir par la retrouver calcinée ou désossée. Je lui donne les indications.

Pourquoi il est si gentil ? Pourquoi il fait tout ça ? Malgré qu'il pense le contraire, je ne lui en ai jamais voulu pour l'accident. Il a déjà payé sa dette et je ne veux pas qu'il se sente coupable plus longtemps. Je garde ces interrogations, je lui en parlerai plus tard.

— Très bien. Donne-moi tes clés et ton numéro. Tu restes allongé. Et, j'aimerais vraiment que tu changes d'avis pour le médecin.

— Je vais appeler mon pote, il est médecin.

— OK, appelle-le, demande-lui de venir. Je pars en tram. Je ne sais pas pour combien de temps je vais en avoir. Ne bouge pas, d'ici, c'est compris ?!

Depuis quand on me donne des ordres ? Je fais ce que je veux, merde ! J'ai bien envie de lui envoyer une vacherie dans la gueule, mais j'abandonne l'idée. Déjà parce que mon cerveau est trop fatigué pour réfléchir à une vanne et avec tout ce qu'il fait pour moi, ça serait déplacé. Je lui donne mon numéro, il enfile une veste et quitte l'appartement. Peu de temps après, je reçois un message de sa part « S*'il y a un* *problème, appelle-moi.* ». Je ne vois pas ce que je pourrais bien avoir comme problème, mais bon je lui réponds par un simple « *OK* ».

Des dizaines de textos, d'appels manqués, de messages vocaux, je ne savais pas que j'avais autant d'amis. Je les lis et les écoute un par un. Toby, qui voulait savoir où j'étais, Jessy, énervée par mes appels tardifs. Sympas, heureusement que je n'étais pas à l'article de la mort, sous peine d'être engueulé. Oh ! Et Camille. Comme c'est gentil, elle s'inquiétait pour moi. C'est pourtant elle qui m'a mis dans cette situation. J'espère que ça en valait la peine, Will ! Pratiquement mis KO pour une partie de jambes en l'air !

13.

Juillet 2006

— *Je viens vous chercher à une heure, les garçons. Pas de bêtise, pas d'alcool. Si vous buvez, je le saurai.*

— *Oui, maman !*

La voiture disparaît. Sébastien nous a invités, Alex, Toby et moi. Non, plutôt, il a balancé sa carte d'invitation pour son anniversaire dans la maison de ses grands-parents. On n'était pas chaud pour venir. Sébastien est loin d'être le gars qu'on apprécie, mais les autres disaient qu'il y avait une piscine. Profiter d'une soirée au bord de l'eau après une semaine de canicule n'était pas une si mauvaise idée.

— *Waouh ! Regarde cette baraque, s'exclame Toby.*

— *Putain ! On dirait Desperate Housewives !*

— *Non ! Tu mates ça, Moreno ?*

Loïc, le meilleur pote de Sébastien, surgit derrière nous. Même en dehors du collège, j'ai envie de lui arranger le portrait de garçon trop gâté.

— *Non, ma mère oui.*

Ce n'est pas totalement vrai. Ma mère et Jessy m'avaient supplié de regarder des épisodes avec elles, parce qu'elles voulaient qu'on passe plus de temps ensemble. Juste un, je leur avais promis pour finalement finir toute la saison une.

L'intérieur est aussi beau que l'extérieur que j'ai l'impression d'être dans un catalogue Ikea. Les gars et moi, on rejoint les gens qui parlent, qui hurlent, qui rient dans le jardin. Une vingtaine d'élèves s'amassent autour de la piscine et du comptoir, généreusement rempli en alcools.

— Salut, les gars !

Sébastien attrape Toby et moi par les épaules.

— Mon frère s'occupe des boissons, allez chercher un verre !

— Non, les gars ! On a promis à ma mère de ne pas picoler.

— Non, toi, tu as promis. Pas nous ! Lance Alex avant de courir vers le bar, Toby derrière lui.

Ça a beau être le frère de Sébastien, ils ne se ressemblent pas du tout. Brun, bronzé et surtout gaulé comme un mannequin alors que Seb est blond, pâle avec un charme… étrange. Je le fixe, le scrute en détail. Je ne décolle plus mon regard de ce frère. J'ai une soudaine envie de m'approcher de lui pour mieux le contempler. Le boucan, les gens disparaissent à côté de moi, mon cerveau concentré sur ce mec.

— Will, attention !

Je n'entends pas. Il enlève son T-shirt. Mon cœur s'emballe. J'ai chaud. Je transpire. J'avance d'un pas, qui suffit à me casser la gueule dans la piscine, habillé, sous les fous rires des spectateurs.

***

Mon téléphone sonne, je sursaute. Je ne me souviens pas de m'être endormi. Le prénom s'affiche à l'écran : c'est Camille. Encore. Au départ de Sam en début d'après-midi, j'ai vu qu'elle m'a littéralement bombardé de textos en plus des appels. La plupart d'entre eux indiquaient à quel point elle était désolée et d'autres disaient qu'elle attendait de mes nouvelles. J'étais trop fatigué pour y répondre, je les ai ignorés. J'ai envoyé un message à Toby pour qu'il vienne me voir ici sans préciser pourquoi. Il me posera suffisamment de questions quand il me verra. Je lui ai dit que j'avais besoin d'un coup de main et il n'a pas cherché bien loin. Je peux compter sur lui à tout moment, ce qui fait de lui un véritable ami. Tout comme Alex.

— Elle n'a pas arrêté !

Sam, installé au bar de sa cuisine, je n'avais pas remarqué qu'il était rentré.

— Désolé, je ne voulais pas t'effrayer. C'est la fille d'hier soir ? Tu vas lui répondre ?

— Je ne sais pas ! Eh oui, c'est elle. Mais je pense que je ne vais pas la revoir. C'est préférable. Tu es rentré il y a longtemps ?

— Une dizaine de minutes. Tu dormais tellement bien que je n'ai pas voulu te réveiller.

— C'est gentil, mais quelqu'un d'autre s'en est chargé, je lui réponds en regardant mon téléphone. Ma voiture va bien ?

— Tu crois que je suis un mauvais conducteur ?

Son air sérieux, son ton sec, je ne sais pas quoi répondre. Il éclate de rire.

— Je plaisante ! Ta voiture est dans le parking de la résidence. Mais tu auras des PV à payer.

— Super ! Attends comme ça « DES » PV ?

— Tu en as eu deux. Et encore, tu as eu de la chance parce que quand je suis arrivé, ils étaient encore là. Alors, je t'ai certainement épargné un troisième.

Il estimait qu'il avait une dette envers moi, aujourd'hui c'est moi qui en ai une envers lui. J'ignore comment je la rembourserai. Je connais à peine cet homme et pourtant il n'a pas hésité à me porter secours. Il m'a sûrement même sauvé la vie. Joe et ses amis étaient tellement déterminés que je ne sais pas comment la bagarre aurait pu se terminer s'il n'était pas intervenu. Et me voilà chez lui en train de squatter son canapé. Il a veillé sur moi, il m'a soigné. Je ne peux qu'éprouver une profonde amitié pour lui. Le vrai Samuel est là, loin de l'image du gros dur qu'il veut faire paraître aux yeux du monde, mais plutôt d'un homme d'une grande douceur et de gentillesse.

— Pourquoi tu me regardes comme ça ? J'ai quelque chose sur le visage ? Me demande-t-il les sourcils froncés.

— Non. Je me disais juste… pourquoi tu fais tout ça ?

— Comment ça ?

— Je te remercie vraiment pour ton aide, mais pourquoi tu fais tout ça pour moi ?

— Je suis de nature altruiste, me répond-il avec un large sourire. Non, sérieusement, c'était ma façon à moi de me faire pardonner pour ce que je t'ai fait. J'ai fait ta connaissance avec la discussion que j'ai eue avec ta sœur et le lieutenant. À travers eux, j'ai compris que tu étais quelqu'un de respectueux et de sincère. Tu m'inspires confiance, William, ne me demande pas pourquoi, c'est comme ça. Quand je t'ai vu en difficulté, je ne pouvais pas m'empêcher de te venir en aider. Jamais, je n'aurais pu te laisser dans ce pétrin.

Je ne sais pas comment interpréter ce qu'il vient de me dire. J'ignore ce que j'ai fait pour mériter autant d'affection de sa part, mais je reconnais que c'est agréable d'avoir un soutien supplémentaire. Je ne suis pas seul, c'est vrai. Je ne l'ai jamais été. J'ai toujours été bien entouré. Les personnes qui me sont chères étaient là. Ma mère, mon père, avant son décès, ma sœur, mes amis et même Yann que j'ai appris à connaître avec le temps. Je suis content de compter Samuel parmi eux, désormais.

— Maintenant, c'est moi qui ai une dette envers toi…

— Non, William, non, me coupa-t-il. Tu l'as dit, on est quitte, mais je t'aiderai encore si c'est nécessaire.

— Je…

L'interphone sonne. Samuel me confirme que Toby est arrivé. Je suis soulagé. Il espérait une réponse de ma part, mais qu'est-ce que je pouvais lui dire ? Il ouvre la porte.

— Euh... Bonjour, je me suis trompé, je m'attendais à voir quelqu'un d'autre, désolé !

— Non, William est ici. Entrez !

— Pourquoi il n'est pas chez lui ? J'ai été étonné quand il m'a envoyé cette adresse.

— Avancez-vous dans le séjour, vous comprendrez.

Quand le regard de Toby croise le mien, je ne suis pas loin d'éclater de rire. Enfin, si je n'avais pas si mal, je serais déjà en train de me rouler par terre. Son expression a radicalement changé en passant de l'incompréhension à l'horreur. Il se précipite à mes côtes.

— Mais qu'est-ce que tu as foutu ?

Il s'assoit en face de moi et commence à examiner mes plaies au visage.

— Tu t'es battu ?

— Non, mon ami. J'ai eu une crise de folie et je me suis fait ça tout seul ! Bien sûr que je me suis battu, crétin !

Il se tourne vers Samuel, sans prêter attention à mon insulte :

— Il a perdu connaissance ?

— Non. En sortant du bar, il avait toute sa tête. On a discuté un moment avant qu'il ne s'endorme dans la voiture. Arrivé ici, il s'est réveillé puis on est monté. J'ai dû l'aider, il était totalement saoul. Je l'ai installé sur le canapé et il s'est rendormi aussitôt jusqu'en fin de matinée. J'ai désinfecté ses coupures plusieurs fois.

« *Toute sa tête* » comme si, j'étais un vieux de quatre-vingts ans. Tout en poursuivant son diagnostic, il continue de poser des questions :

— Il a vomi ?

— Non.

— Bon, c'est plutôt bon signe. Je ne crois pas que tu aies de traumatisme crânien. Tes pupilles ne sont pas dilatées, tu n'as pas vomi ni perdu connaissance. Tu dois en revanche souffrir d'une bonne migraine.

— Il a eu des vertiges tout à l'heure en se levant, ajoute Sam.

— C'est normal. C'est la migraine, en plus de l'alcool. Il n'a pas encore tout évacué. Et comme il n'a pas l'habitude de boire, il va falloir être patient. Mais ces plaies… hum, elles ne sont pas jolies.

— Parce que tu trouves ça joli, toi ?

— Oui, et là ce n'est pas le cas. Il te faudrait même des points de suture.

— Non ! T'as pas d'autres moyens ? Je le supplie. Pansements et compresses devraient faire l'affaire.

— Je ne sais pas, Will, les autres plaies vont guérir toutes seules, mais celle du front ne me plaît pas du tout.

Je grogne. Je n'ai aucune envie d'aller à l'hôpital, surtout pour une simple plaie. Mon précédent séjour m'a suffi. C'est vraiment rare que je consulte des médecins sauf pour Gabriel. Pour moi, je me soigne moi-même et ça marche à chaque fois. Toby me réprimande souvent à ce sujet avec une leçon de morale sur les dangers de l'automédication, bla, bla, bla…

Devant mon air renfrogné, il sait qu'il n'aura pas le dernier mot. Il s'avoue vaincu et se tourne vers Samuel.

— Samuel, c'est ça ? L'intéressé acquiesce. Est-ce que vous avez des sutures stériles ? Des genres de pansements quadrillés qui aident à la cicatrisation.

— Non. J'ai simplement le strict minimum.

— Ce n'est pas grave, il y a une pharmacie dans les parages ?

— Oui. J'y vais. Regardez aussi ses côtés. Les gars avec

qui il s'est battu n'y ont pas été en douceur. Il faut autre chose ?

Tous deux se mettent à énumérer tout ce dont Toby aurait besoin pour me soigner au mieux afin d'établir une liste. De temps en temps, Samuel lui signale qu'il possède déjà certains articles. Cinq minutes plus tard, la porte d'entrée claque.

Samuel maintenant parti, je sais que je vais devoir des explications à Toby. Il se rassoit sur la table basse, me demande d'enlever mon T-shirt et analyse mes côtes.

Concentré et calme, le silence a envahi la pièce. En temps normal, il m'aurait mitraillé de questions en m'engueulant, alors qu'il est le plus fêtard d'entre nous.

Je ne supporte plus ce silence :

— Alors, Doc ? Ça s'annonce comment ?

— Tu n'as pas de côtes cassées, c'est une bonne chose, mais je ne peux pas certifier que tu n'en aies pas de fêlées. Ce n'est pas grave, mais il te faut du repos et éviter toutes activités sportives pour le moment. Au moins, jusqu'à que tu n'aies plus de douleur. Le moindre coup ou le moindre choc pourraient les fragiliser davantage et même les casser. Si, c'est insupportable, prends des antidouleurs. Après, il n'y pas grand-chose à faire si ce n'est d'attendre que ça guérisse.

— Comment je vais faire ? Je dois installer tout le matos cette semaine.

— Alex et moi, nous t'aiderons. Sinon, fais appel à tes salariés. Demande-leur de venir une semaine avant.

Il pousse un profond soupire avant de reprendre.

— Maintenant, tu vas peut-être m'expliquer ce qu'il s'est passé pour que tu sois dans cet état-là. D'après ce que j'ai compris, tu étais dans un bar, complètement bourré ! Ce que tu ne fais jamais ! Pourquoi ?

— Non, je n'étais pas bourré en arrivant au bar, c'est pendant la soirée que j'ai picolé. Nuance !

Il lève les yeux au ciel, me faisant entendre que ça n'avait pas vraiment d'importance. Ce qu'il attend, ce sont des réponses. Je lui raconte tout depuis le début. Enfin, presque. Je n'ai pas envie de lui parler de Lydia. Je commence par la partie où je voulais me vider la tête. Je lui parle de mon arrivée au bar, de ma rencontre avec Camille, ce que nous avons fait dans les toilettes sans rentrer dans les détails. Ce qui me vaut de grands yeux écarquillés, visiblement étonné par cette révélation. Et de ce fameux, Joe, qui, gratuitement, m'a offert un ravalement de façade. Je ne lui parle pas non plus des amis de Joe. Je préfère garder cette information pour moi. Son expression change au fil de mon histoire. Une fois terminé, il prend la parole.

— Je suis sûr que tu ne me dis pas tout. Lydia n'y serait pas pour quelque chose ?

J'aurai au moins essayé de lui cacher.

14.

L'inconvénient premier d'avoir un meilleur ami : il vous connaît par cœur. Surtout après tant d'années d'amitié derrière nous. Mentir n'est pas mon plus grand talent et il le sait. Je me ronge les ongles à chaque fois que j'essaie de lancer un mensonge.

— J'espère que tu n'es pas tombé dans le panneau ? Elle te manipule encore, comme elle a toujours fait.

— Non, je l'ai foutue dehors.

— Mais ce qu'elle t'a dit t'a remué, n'est-ce pas ? C'est pour ça que tu es sorti.

Oui, ça m'a bouleversé. J'ai réussi à traverser tous ces obstacles, tous ces chemins et il suffit d'une visite, seulement une, de Lydia pour tout remettre en question. Mes sentiments : est-ce que je l'aime encore ? Mes doutes : est-ce que j'ai fait le bon choix ? Mes angoisses : est-ce que je suis assez présent pour mon fils ? Gabriel me manque et ne le voir qu'un week-end sur deux me brise le cœur même si je négocie avec Lydia pour des activités la semaine, le chercher à l'école. Ce n'est pas suffisant à mes yeux.

— Est-ce que tu l'aimes encore ?

— Non ! Enfin… Je ne sais plus ! Je suis paumé, Toby !

Il lève les bras, bondit, furieux.

— Non, Will, non ! Tu ne peux pas faire ça. Cette garce se fout royalement de toi. Elle t'a traité comme une merde. Aujourd'hui, elle est seule alors, elle se tourne vers toi. Quand elle ne le sera plus, elle te jettera encore une fois. Et je ne suis pas sûr d'être prêt à revivre ça. Ça été dur pour toi, mais pour nous aussi, figure-toi. On t'a perdu au moment où tu faisais ces combats. On avait du mal à croire que tu surmonterais cette rupture. On craignait même qu'un jour on te retrouve mort quelque part. Heureusement que ton fils était là. C'est ce qui t'a donné la force de te relever. Pour ta survie, oublie-la !

— Comment ? Comment tourner la page, couper les ponts alors que Gabriel est entre nous deux et qu'il subit de plein fouet cette séparation ?

— Je comprends, mais ce n'est bon ni pour toi ni pour lui. Il sera encore plus perturbé, ce pauvre gamin. Et je ne vois pas en quoi faire semblant d'être un couple soudé et uni pourrait arranger quoi que ce soit. Réfléchis à cette question : est-ce que c'est ton amour pour elle, si tu l'aimes toujours, qui te fait douter ou ton désir de voir ton fils plus souvent ?

Il a sûrement raison, peut-être que c'est l'absence de mon fils, le problème. Si je le voyais plus souvent, si je ne me contentais pas que de quelques jours par mois, ces doutes ne seraient pas là. Je n'ai pas eu le temps de lui répondre, la porte d'entrée se referme, Samuel est rentré.

Il ne dit rien, dépose un sac en papier sur la table basse et se réfugie dans sa chambre. Les allers-retours, les heures perdues pour moi, j'ai abusé de sa gentillesse. Je trouverai un je-ne-sais-quoi pour me faire pardonner, le remercier, lui montrer ma reconnaissance. Toby étale toutes les affaires devant lui et se met au travail. Dès qu'il aura fini, je rentrerai chez moi.

Samuel refait surface dans une tenue plus confortable. Un T-shirt blanc qui dessine ses muscles, son jogging qui met en valeur ses f… Reprends-toi, Will ! Qu'est-ce qu'il te prend de t'extasier comme ça ! Pourquoi je l'observe de cette façon, je regarde ses faits et gestes, je m'attarde sur sa tenue vestimentaire ?

— Voilà ! lance Toby, content de lui. Il faudra renouveler ça deux fois par jour jusqu'à la cicatrisation. Je reviendrai te voir pour vérifier comment ça évolue. Samuel, pouvez-vous le garder encore pour une nuit ? Ça ne me rassure pas de le savoir seul dans son appartement et je ne veux pas qu'il prenne la route.

— Bien sûr, il peut rester autant qu'il le souhaite.

— Non, j'ai emmerdé suffisamment de monde comme ça, je vais rentrer.

Samuel est figé. Que pense-t-il ? Est-il vexé, en colère, agacé ? Il ne laisse rien paraître alors que je fais de gros efforts pour cacher mes sentiments, mes émotions, je n'y arrive jamais. Tout se lit sur mon visage.

— Non, Will, tu dois rester ici, au moins une nuit supplémentaire, continue Toby. Si jamais ça ne va pas, tu as quelqu'un à côté.

Tobias, tu ne m'aides pas, là !

— Tu es le bienvenu, William, rajoute Samuel.

— Bon c'est réglé ! Je finis et je me sauve. Je dois faire un saut chez Alex.

— Ne lui dis rien, s'il te plaît.

Une leçon morale, j'accepte, une deuxième, ça passe, une troisième, je vais exploser. Il acquiesce et se tourne vers Samuel.

— Et vous, je compte sur vous pour le surveiller.

— J'y veillerai. Je l'attacherai si c'est nécessaire !

Toby rassemble ses affaires, nous salue et me laisse seul avec Samuel.

— Tu as faim ?

Je n'ai rien avalé depuis la veille et avec toute cette agitation, j'en avais presque oublié que mon ventre crie famine depuis un moment. Il dépose plusieurs brochures de restaurants devant moi. Elles me font toutes envie.

— Te sens pas obligé.

— De ?

— De perdre ton temps avec moi.

Il fronce les sourcils.

— Qu'est-ce qui te fait croire que je perds mon temps ? Et regarde, il t'a déjà adopté.

Son chat ne m'a pas lâché de toute l'après-midi. Il me fait beaucoup penser à celui que j'avais quand j'étais môme. Mon père savait que je rêvais d'avoir un chat et en rentrant de l'école un soir, j'ai eu la surprise de trouver un chaton qui vadrouillait dans toute la maison. J'étais heureux, tellement heureux. « Il est à toi, Willy, prends-en soin », m'avait dit mon père. Il avait confiance. Je mangeais un Bounty au goûter alors, je lui ai donné ce prénom. J'étais toujours fourré avec lui, je l'adorais. Et lui aussi. C'est moi qui le nourrissais et il ne dormait qu'avec moi. Quand il est mort, c'était un véritable drame, j'en ai pleuré pendant des semaines. Je n'en ai plus eu depuis.

— Comment il s'appelle ?

— Gatito.

— Qu'est-ce que ça veut dire ?

— Minou ou chaton. J'aime l'originalité, ironise-t-il.

— Je n'aurais pas trouvé mieux.

Je lui glisse un clin d'œil auquel il me répond avec un sourire. Un éclat réconfortant après cette folle soirée.

On réussit à se mettre d'accord sur le menu de ce soir, des burgers charolais du bistrot à deux rues d'ici. Rien que d'y penser, j'en ai déjà l'eau à la bouche. Samuel s'installe à côté de moi en attendant l'arrivée de notre commande.

— Est-ce que ça va ?

— Oui. Ça va mieux avec les antidouleurs.

— Je ne parlais pas de tes blessures.

Il hésite.

— J'ai… vaguement entendu ta conversation avec ton ami.

— Oh ! Honnêtement, j'sais pas trop. J'aimerais dire que tout ira mieux demain, que ma vie sera plus facile, mais ça serait mentir.

— Elle le sera. Ça te demandera du temps, mais tu y arriveras. Crois-moi, je suis passé par là.

L'interphone sonne. Je grimace. Gatito, installé sur mes genoux, s'agrippe avec ses griffes sous l'effet de la surprise.

— T'es mignon, mais tu ne penses pas que j'en ai assez ?!

Comme réponse, il s'en va bouder dans la chambre. J'en profite pour me lever, rester allongé ou assis toute la journée, ce n'est pas mon truc.

Des crayons, noirs, de couleurs, de toutes les tailles, posés sur son bureau. Des feuilles, des carnets, dont un que j'ouvre avec précaution. Je défile page après page. La vue de son balcon, une femme en train de lire sur un banc, un bateau sur le fleuve, les monuments historiques de Bordeaux, un petit garçon avec un chien, dessinés avec une telle précision, un tel réalisme que c'en est bluffant.

— À table ! s'exclame Samuel. Que fais-tu ?

— Désolé, je… je ne voulais pas… c'est toi qui dessines tout ça ?

— Oui.

— C'est magnifique ! Les tableaux aussi ?

Il hoche la tête.

— T'en fais ton métier ?

— Non, mais ça m'aide. Je suis tatoueur.

Il s'avance et me montre un carnet plus petit.

— Des tatouages que tu aimerais pour toi ?

— Oui, mais pas uniquement. Celui-là.

Il me présente l'un de ses dessins : une rose entourée d'un serpent.

— C'est pour un client. Et là, c'est pour mon cousin. Il est passionné de voyage et de photographie.

Un appareil photo avec sa pellicule, une carte du monde en arrière-plan.

— Je suis impressionné !

— Allez, viens manger ! Je meurs de faim !

C'est la seule info que j'apprends sur lui lors de cette soirée. Il reste discret sur sa vie passée, sur son enfance. Il est là, à me prêter attention sans m'interrompre, sans broncher, sans montrer des signes d'ennui. Des conversations intéressantes avec sérénité, avec des rires. Je m'ouvre à lui comme si je le connaissais depuis des années.

Je le surprends plusieurs fois son regard posé sur moi. Ses yeux verts, sa barbe finement rasée, son doux visage, sa voix rassurante que j'écouterais pendant des heures. Je me sens si bien que j'en oublie la raison de mon séjour ici. Je profite de cette soirée en sa compagnie, l'une des plus belles soirées que j'ai passées depuis longtemps.

— Je vais me coucher, me dit-il.

Il se dirige vers la chambre.

— Je suis désolé de t'avoir mal parlé à l'hôpital.

— C'est du passé.

— Dans une semaine, j'inaugure ma salle de sport. Si tu n'as rien à faire, viens prendre un verre.

— Je viendrai avec plaisir. Bonne nuit.

Il prononce ces simples mots d'une voix si paisible et si affectueuse que mon cœur s'emballe.

15.

Deux semaines sont passées depuis mon séjour chez Samuel. Aucune cicatrice, aucune trace de ma bagarre, grâce à Toby et ses conseils que j'ai suivis à la lettre. Je devais me tenir tranquille pour être opérationnel à l'ouverture qui s'approchait à grands pas. La devanture, l'enseigne « Club Fighting » et les peintures intérieures étaient terminées. Le plus gros restait à faire : installer le mobilier, les accessoires, les appareils de musculation qui pesaient un âne mort. J'ai demandé à Christophe et David, deux des salariés de venir une semaine plus tôt. Ils ont accepté sans sourciller. Nous avons été collègues lors de mon précédent emploi. Je ne les avais pas revus depuis, mais j'avais gardé leurs numéros. Ils ne s'entendaient par vraiment avec le gérant et quand je les ai contactés, ils n'ont pas réfléchi longtemps avant d'embarquer dans le navire.

Le lundi, après ce fameux week-end, Christophe était déjà là. Quand j'ai franchi la porte, il n'a pas pu s'empêcher d'éclater de rire. Quel soutien ! Je m'attendais à cette réaction. Avec mes coupures et mes deux yeux au beurre noir, je ressemblais plus à un raton laveur qu'à un humain.

— Ohh ! David a découvert que tu n'allais pas nous payer ce mois-ci ! m'avait-il lancé en essayant de reprendre son souffle.

— Ahah, très drôle !

Son rire était communicatif. Je l'ai rejoint malgré la douleur qui me tiraillait dans la poitrine. C'était une bonne manière de décompresser, de tout oublier. Tout, sauf les moments passés avec Samuel.

Sans rentrer dans les détails, j'ai raconté ma mésaventure à Christophe. David n'arrivait que plus tard, m'obligeant à me justifier encore une fois. J'étais loin d'être présentable alors j'ai demandé aux gars de faire les entretiens que j'avais prévus ce jour-là. Audrey et Jérôme ont rejoint l'équipe.

Pendant une semaine, je n'ai pas pu toucher mes gants de boxe et ne pas pouvoir tester les nouvelles machines, c'était un supplice. Et mon fils que je n'ai pas pu aller chercher à l'école, je n'ai pas pu être avec lui. Ce n'est pas la première fois qu'il me voit blessé après mes combats, mais cette fois, c'était trop. Pour compenser, je lui ai parlé tous les jours au téléphone.

La deuxième semaine, c'était l'inauguration. J'avais hâte de rencontrer mes nouveaux clients. Les amis, la famille et les membres de l'équipe étaient là pour fêter ça. Apéro, champagne, de quoi bien commencer cette aventure. Une personne manquait à l'appel : Samuel.

Les cours d'essais, les inscriptions, chacun a pris sa place dans le Club. Krav-Maga pour Jérôme, Cadio boxe training pour Audrey, éducateur sportif pour tous petits pour David, le kick-boxing pour Christophe et moi. L'équipe était formidable, ils ont tous assuré.

Mais ça ne m'a pas empêché de repenser aux paroles de Toby : « *Est-ce que c'est ton amour pour elle, si tu l'aimes toujours, qui te fait douter ou ton désir de voir ton fils plus souvent ?* ». Elles m'ont ouvert les yeux et j'ai pris conscience que je n'avais plus aucun sentiment pour elle, que le moindre son de sa voix que j'entendais m'irritait, que je n'avais plus de désir pour elle. Plus rien. Notre unique lien désormais, c'est Gabriel. J'ai enfin tourné la page. Elle ne m'a pas reparlé de sa tentative de séduction et c'est bien mieux comme ça.

On est samedi, il est dix-huit heures, encore une soirée à rester seul. Alex travaille, Toby est chez sa famille, Jessy est partie en week-end avec Yann et partir en virée nocturne : non, merci, la première m'a servi de leçon.

Cette solitude constante me pèse, je n'accepte plus cette situation. Repartir chez mes parents ? Non, ça ne passera pas avec Patrick. La dernière fois où j'ai dû retourner, j'y suis resté deux mois, le temps de trouver un appartement et on a manqué de s'entre-tuer. Je ne sais pas comment ma mère fait pour le supporter. Chez Jessy ? Non plus. Elle est en couple maintenant, je ne veux pas m'immiscer dans son bonheur. Autre solution, c'est l'option coloc avec Toby ou Alex. Ils me l'ont déjà proposé, je regrette aujourd'hui d'avoir décliné leur proposition. Pas de potes, pas de famille, je joue le solitaire.

Mon téléphone vibre. Je ne suis pas seul à m'ennuyer ce soir. C'est Camille : « *Tu prévois un truc ce soir ?* » Ce que j'ai prévu, ce que j'ai prévu... Rien !

J'étais sincère quand j'ai dit à Samuel que je ne voulais pas la revoir. Elle m'a envoyé des messages quelques jours après, jusqu'à ce que je finisse par craquer et lui répondre. J'ai dû l'entendre s'excuser un nombre incalculable de fois et me raconter la vérité sur son histoire avec Joe. Elle n'avait pas de compte à me rendre, mais elle a tenu à le faire. Elle m'a expliqué qu'elle était bien sortie avec lui, mais ça n'avait pas duré très longtemps. Il n'avait pas apprécié la rupture. Possessif, il ne supportait pas de la voir avec d'autres mecs. Des discussions banales, des blagues, elle est rentrée dans mon quotidien.

Je lui propose de passer chez moi. Regarder la télé à deux c'est mieux que tout seul, non ? Et peut-être qu'elle était vraiment sérieuse quand elle me disait « amie avec des avantages en nature ». Rien que d'y penser, j'en suis tout excité ! Oh ne t'emballe pas, elle n'a même pas accepté !

Je reçois sa réponse : « *OK, donne-moi ton adresse, j'arrive* ! » Suivi de grands smileys. J'attends trois quarts d'heure avant qu'elle ne sonne à l'interphone.

— Tu es toujours célibataire ?

— Oui, jusqu'à preuve du contraire. Pourquoi ?

— Juste pour savoir si j'ai le droit de faire ça !

Elle s'approche et m'embrasse avec douceur. Je jette un coup d'œil dans le hall avant de l'inviter à entrer et referme la porte derrière elle. Elle me questionne du regard. Je prends une expression moqueuse :

— Tu es bien venue seule, j'espère ? Il n'y aura pas de mec qui sera prêt à me tabasser ?

— Je suis seule et je suis tout à toi pour ce soir.

La dernière fois c'est elle qui a pris la situation en main, ce soir c'est mon tour. J'attrape sa taille, la plaque contre le mur et l'embrasse avec fougue. Elle ne me repousse pas bien au contraire, elle m'attire toujours plus contre elle. Je me détache de ses lèvres, dépose plusieurs baisers dans son cou, sur sa clavicule, en haut de ses seins. Elle enroule ses doigts dans mes cheveux et les tire en arrière. Jamais, je n'aurais imaginé que ce simple geste puisse autant m'exciter. C'est fou à quel point j'ai envie d'elle. Son pouls, sa respiration s'accélèrent. Je glisse mes mains sous son haut moulant pour dégrafer son soutien-gorge, lui retire en dévoilant sa poitrine tout entière. Je descends mes baisers sur un de ses seins, sur son nombril, en bas du ventre puis je m'arrête pour déboutonner son pantalon. Il tombe à ses pieds, elle s'en dégage, la laissant devant moi vêtue seulement de sa petite culotte. Je me relève face à elle et la prends dans mes bras.

— Écoute, l'entrée est sympa, mais on ne serait pas mieux dans un lit, qu'en penses-tu ?

— Bonne idée !

Je la dépose sur le lit, enlève mon T-shirt avant de me placer au-dessus d'elle pour l'embrasser à nouveau. Le désir grimpe lorsqu'elle me griffe le dos. Putain ! J'ai vraiment envie, là maintenant ! Accompagné par un soupire de frustration, je me redresse et attrape une capote dans la table de nuit. Le temps que je l'enfile, elle a déjà retiré le peu de tissu qui lui restait. Elle m'attire contre elle et entoure ma taille de ses jambes. Je la chatouille, elle me supplie, elle s'impatiente. Je ne perds pas une minute de plus et je l'embrasse avec mes va-et-vient. Elle gémit encore et encore jusqu'à ce que son corps se contracte. Le mien suit peu de temps après.

Je me laisse tomber sur le lit, essoufflé tout comme elle.

— Quel accueil ! Je viendrai plus souvent ! me taquine-t-elle, sourire en coin.

— Tu croyais quoi ? Que j'étais un hôte médiocre ?

Des frissons lui parcourent le dos, elle tremble. Je l'attrape et l'attire contre moi pour la réchauffer. Elle se débat, mais capitule facilement et dépose sa tête sur mon torse. Ça m'a manqué, pas seulement le sexe, mais tout ce qu'il y a autour. La chaleur d'un corps contre le mien, le souffle à mes oreilles, les caresses, la tendresse après l'amour.

— J'ai faim ! m'avoue-t-elle. J'aurais bien envie d'une pizza.

— Je vais commander, j'ai une brochure à l'entrée, lui dis-je en me redressant.

J'attrape mon T-shirt, mon boxer au passage et sors de la chambre. Suivi peu de temps après par Camille. Téléphone à la main, je hausse les sourcils la voyant se diriger vers moi, totalement nue.

— Quoi ? Je te rappelle que tu m'as déshabillée dans l'entrée !

Je ris et poursuis ma conversation téléphonique. Je suis conscient de jouer avec le feu avec elle. On s'entend bien, elle me fait rire, elle est magnifique, sa compagnie me réconforte. Mais je sais qu'il n'y aura rien de plus entre nous, elle a été claire là-dessus.

— Les pizzas arriveront d'ici une demi-heure. En attendant, tu veux boire quelque chose ?

— Une bière ?

— Ouais, j'ai ça.

Je la rejoins sur le canapé.

— Bon, dis-moi, j'ai une question. C'était qui, ce mec tatoué qui t'a sorti du bar ?

— Un ami, pourquoi ?

— Il me semble l'avoir déjà vu quelque part, mais je n'arrive pas à me souvenir où.

Je lui raconte la fin de cette soirée et le week-end que j'ai dû passer chez Samuel. Elle s'excuse encore.

— Joe t'a emmerdée après ?

— Non. Après ton départ, les flics sont arrivés. Et Joe et ses amis ont foutu le camp avant d'être interpellés. Mais par téléphone oui, il me harcelait. Je l'ai bloqué.

— Tant qu'il ne te fait pas de mal, ça me va !

— Non, il ne l'a jamais fait. Et, tu n'as pas à me protéger.

— Je sais, mais je t'avoue que ça m'a traversé l'esprit.

On sonne à la porte. Les pizzas ! Après cet excès d'exercice, je meurs de faim. Malheureusement pour moi, les pizzas attendront.

— Lydia !

16.

Non ! Non ! Non ! Sans qu'elle dise quoi que ce soit, j'explose.

— Qu'est-ce que tu fous là, putain ! Tu n'as rien à faire là, si Gabriel n'est pas avec toi.

— Attends, écoute-moi…

— Non, je ne veux pas t'écouter. J'en ai assez que tu viennes chez moi et je ne suis pas seul. Il me semble que j'avais été clair la dernière fois que tu es venue. Alors, maintenant dégage !

— Tu n'es pas seul ?

— Oui, et…

— Les pizzas sont arrivées, chéri ?

Camille apparaît en tenue légère. Elle m'embrasse avant de se tourner vers Lydia.

— Vous êtes qui, vous ?

Le visage de Lydia se décompose. Je me retiens pour ne pas éclater de rire.

— Personne, j'allais partir ! Je claque la porte au nez de

Lydia et me retourne face à Camille. Je pose ma tête contre le mur.

— C'est ton ex ?

Inutile de lui donner une réponse. Elle s'approche de moi et me réconforte en me serrant dans ses bras.

L'interphone retentit à nouveau en nous faisant sursauter tous les deux. Exaspéré, je prends le combiné. Camille me coupe dans mon élan.

— Laisse-moi répondre.

J'acquiesce. Le soulagement quand je comprends que ce n'était pas Lydia, mais le livreur.

Nous passons le reste de la soirée à parler chacun de notre passé et le sien n'est pas si différent du mien. Elle était tombée amoureuse d'un type qui n'a fait que jouer avec elle depuis le début de leur relation. Il était marié et père de deux enfants. Elle a perdu confiance en l'amour et en elle. Elle a bâti un mur autour de son cœur et s'est promis que personne ne pourrait le briser. Nous avons tous les deux donné notre confiance à des personnes qui ne le méritaient pas et nous en avons souffert.

Je ne suis jamais resté silencieux sur mon histoire, mais me confier à quelqu'un qui a vécu une histoire similaire, ça m'aide beaucoup.

— Il se fait tard, je vais rentrer chez moi, conclut-elle.

Je l'attrape par le poignet. Je ne veux pas qu'elle parte. Je m'approche d'elle et pose ma main sur sa joue avant de l'embrasser.

— Reste pour la nuit, je lui supplie toujours mes lèvres contre les siennes.

— Non, Will, ce n'est pas une bonne idée.

— Je ne te demande pas en mariage, juste de rester pour la nuit.

Comme réponse, elle vient s'installer sur mes genoux en accentuant nos baisers. Ses mains se dirigent rapidement vers mes cheveux qu'elle tire en arrière. Elle a compris que ça me plaisait. Je la soulève et l'amène dans la chambre où nous faisons l'amour une nouvelle fois. Lorsque nos corps se sont apaisés, elle se blottit contre moi, je lui dépose un baiser sur le front avant de nous endormir.

***

Le jour s'est levé. Camille est toujours à mes côtés, bien endormie. Sur le ventre, son visage tourné vers moi, une mèche de cheveux tombant devant ses yeux. Je ne peux m'empêcher de lui dégager, la couette remontée jusqu'en haut de ses fesses, laissant entrevoir son dos dénudé que je caresse avec douceur. Elle frissonne.

J'ai toujours été tactile et affectueux. On n'est pas ensemble, mais je ressens le besoin de cette proximité, de ce toucher. Lydia, qui n'était pas câline, me reprochait souvent d'être collant. C'était un sujet de discorde entre nous, elle n'avait pas l'envie, moi si. Plus je pense à mon histoire avec Lydia, plus je me dis que je n'étais pas réellement heureux, que ce qu'il s'est passé entre nous est finalement une bonne chose même si j'en ai beaucoup souffert. On n'avait rien en commun, elle passait plus de temps avec ses amis qu'avec moi, les instants à deux, puis à trois étaient rares.

Quand sa mère a appris la grossesse, elle tenait à ce qu'on se marie le plus tôt possible. Catholique et pratiquante, avoir un enfant hors mariage était un véritable péché, comme si on était un siècle en arrière. Son père serait encore parmi nous, je serais mort. Je n'avais rien contre le mariage, j'étais prêt. Heureusement que j'ai découvert son infidélité avant ma demande.

— Salut, beau brun ! Ça fait longtemps que tu me reluques comme ça ?

Perdu dans mes souvenirs, je n'avais pas remarqué que

Camille s'était réveillée.

— Ça se pourrait oui. Pourquoi ? Ça te dérange ?

— Ben, je suis toujours à poil.

— Ce n'est pas bien grave, j'ai déjà tout vu !

Elle m'envoie un oreiller sur la tête.

— Il faut que j'y aille !

— Attends, prends le petit déjeuner avec moi.

Elle se redresse brusquement et se rhabille. Je savais que ce moment ne serait pas éternel, que dès son réveil elle s'en irait. Ça fait tellement longtemps que je ne me suis pas réveillé auprès de quelqu'un que je ne veux pas que ça s'arrête maintenant.

— Non, Will ! Tu sais mon point de vue sur les relations amoureuses et quand je vois comment tu te comportes avec moi, c'est ce que tu recherches au fond de toi. J'ai beaucoup apprécié cette soirée, nos conversations, tes caresses et bien sûr d'avoir couché avec toi, mais je pense qu'il est préférable qu'on arrête là. Je ne veux pas que tu ressentes quoi que ce soit pour moi, je ne saurais pas te donner ce dont tu as besoin.

Elle a raison. Le célibat, ce n'est pas pour moi. J'ai besoin de rejoindre la personne que j'aime tous les soirs, de partager des moments à deux. J'ai besoin d'une confidente, d'une amie, d'une âme sœur pour libérer mes doutes, mes peines, mes joies. J'ai besoin d'aimer et d'être aimé en retour. Je me demandais si j'étais prêt à retrouver l'amour. Oui je crois que je le suis. Et cette fois-ci, l'amour sincère. Je n'ai pas trente ans et je ne veux pas passer le rester de ma vie seul, même si c'est le choix de certains hommes, comme Christophe qui ne songe pas à avoir une vie de couple. J'ai besoin de trouver quelqu'un qui acceptera qui je suis, mon tempérament colérique, mes sarcasmes, mon impatience, mais aussi tout ce que j'ai à offrir. J'ai besoin de quelqu'un qui acceptera mon fils. Il m'aide à supporter cette situation.

Un week-end sur deux, certains soirs par semaine, certaines vacances, il est avec moi. On sort, on rend visite à ses grands-parents, à sa tante. Les seuls instants où j'oublie ma solitude. Mais discuter et passer du temps avec un enfant de trois ans et demi à ses limites. Ça ne remplace pas une relation amoureuse.

Elle fait le tour du lit et vient s'asseoir à côté de moi. Elle prend ma main, la serre :

— Tu es un mec bien et j'espère que tu trouveras quelqu'un qui te correspond et qui t'aimera ! Je veux que tu sois heureux, tu le mérites !

Elle se penche vers moi et dépose un baiser sur ma joue avant de quitter la chambre, mon appartement en me laissant à nouveau dans ma solitude.

17.

Devant la classe de Gabriel, j'attends impatient que les portes s'ouvrent pour le serrer enfin dans mes bras. Ces deux semaines sans le voir ont été une véritable torture. Ce qui m'étonne c'est que je n'ai pas eu à négocier longtemps avec Lydia. Je pensais qu'elle m'aurait fait payer la scène romantique. Non. Elle n'a même pas posé des questions sur Camille.

— Papa ! crie Gabriel en courant vers moi, les bras en l'air.

— Ça va, mon chat ?

Je le serre fort. Qu'est-ce qu'il m'a manqué !

— Plus malade ?

— Non, je ne suis plus malade, je vais très bien, c'est pour ça que j'ai pu venir te chercher. Ça te dit d'aller voir la nouvelle salle de sport de papa ?

— Ouiiii !

Avec son enthousiasme, il me raconte ses aventures de la journée. Le nouveau copain qu'il s'est fait, ce nouvel élève qui vient d'arriver dans sa classe, la nouvelle leçon sur les animaux qu'il a appris et les préparations du spectacle de fin d'année. Je n'en perds pas une miette. Je suis toujours impressionné par sa manière de bien s'exprimer malgré son jeune âge. Sa maîtresse me dit souvent qu'il est en avance par rapport aux autres élèves. Il m'avoue aussi qu'il a poussé un autre garçon qui n'arrête pas de l'embêter. Bravo, mon fils !

Je reçois un message de Lydia, qui me propose de garder Gabriel jusqu'à demain soir. Quelle question ! Bien sûr que je veux le garder ! Elle qui est toujours réticente quand je lui demande d'avoir Gabriel pour une activité, une fête ou pour un repas de famille… Là c'est elle qui propose. Peut-être essaie-t-elle de changer ? Ou est-ce que ça cache quelque chose ? Je ne sais pas. Tant qu'elle ne me met des bâtons dans les roues et qu'elle me permet de voir mon fils plus souvent, ça me va.

— Tu dors chez papa, ce soir !

Il sourit de toutes ses dents.

— Hey ! Salut, champion ! Viens, on t'attend ! s'exclame David en voyant Gabriel s'avancer vers lui.

Gabriel adore Christophe et David. Il les connaît depuis qu'il est tout petit. Quand je me suis séparé de Lydia, je travaillais encore. Je n'avais pas de moyen pour le faire garder alors la seule solution qu'il me restait c'était de l'amener avec moi. Mon patron le tolérait. Ça m'a permis de passer plus de temps avec lui, il a découvert la boxe à mes côtés et il aime ça. Il prenait des cours avec des enfants de son âge, mais je ne pouvais plus l'amener aussi souvent après ma démission. Maintenant, il pourra suivre les cours ici. J'ai aménagé un coin dans mon bureau où il peut jouer tranquillement ou faire une sieste. Je ne suis pas loin pour garder un œil sur lui.

— Va te changer, ta tenue est dans mon bureau avec tes

gants.

Il s'éloigne en courant, tout excité. Il revient quelques minutes plus tard, prêt à rejoindre les autres enfants déjà en position. C'est David qui est aux commandes.

Je chope mon ordinateur, m'installe à l'accueil, et l'observe avec attention, je ne veux rien manquer. Il m'appelle de temps en temps pour me montrer ses exploits. Je l'encourage. Je suis tellement heureux de le voir aussi content et enjoué. Ce n'était pas une mince affaire au début, car il ne me lâchait pas une seconde. D'une grande timidité, il ne voulait pas participer. Avec le temps, il se sentait bien, il arrivait à se faire des copains. Aujourd'hui, c'est plus facile et il s'éclate.

— La relève est assurée !

Je me retourne, pensant que c'était un des parents qui me parlait.

— Samuel !

Je ne m'attendais pas à le voir ici. Pas de nouvelles, pas d'appel, pas de texto, rien depuis le week-end que j'ai passé chez lui. Ce n'était pas faute d'avoir essayé. Je lui ai envoyé plusieurs messages pour le remercier, lui donner la date et l'heure de l'inauguration à laquelle il n'est jamais venu. Aucune réponse. J'ai abandonné, croyant que j'avais été tellement insupportable qu'il ne voulait plus me parler.

— Bonjour, William.

Il a cette façon de prononcer mon prénom qui me trouble. J'ai toujours trouvé mon prénom un peu trop « bourge » alors je demande aux gens de m'appeler rapidement par mon diminutif. Samuel est l'une des rares personnes qui m'appellent par mon prénom entier. À part ma mère, quand j'ai fait une connerie. J'avoue que pour une fois, ça ne me dérange pas.

— Je passais juste à côté, je venais voir comment tu allais. Et savoir comment s'est passée l'ouverture.

— Tout s'est bien passé. Je vais beaucoup mieux.

— Oui, je vois ça. Je suis content pour toi.

Le silence et le malaise s'installent entre nous. Je préfère me focaliser sur Gabriel qui rit aux éclats.

Je sens le regard de Sam posé sur moi, il a envie de me dire quelque chose, il semble hésiter. J'ai vraiment apprécié ce week-end en sa compagnie, je souhaitais garder contact avec lui. Pour une raison que j'ignore, je lui en veux d'avoir manqué mes appels.

— Je suis désolé, me dit-il brusquement en posant sa main sur la mienne. De ne pas t'avoir répondu, j'ai eu beaucoup de travail et… je n'avais pas de temps pour moi ces deux dernières semaines.

Vu son talent, ça ne m'étonne pas qu'il ait autant de succès. Je dégage ma main, embarrassé. Je regarde autour de nous pour vérifier que personne ne nous ait vus.

— T'as pas à t'excuser. Tu en as fait énormément pour moi. Mais je t'avoue que j'ai été déçu de ne pas te voir à l'inauguration.

— Je suis désolé.

Avant qu'il me rende visite aujourd'hui, je croyais avoir découvert une personne avec qui je pouvais discuter librement, en qui je pouvais avoir confiance. Je lui ai déballé ma vie, mon passé. De ne pas avoir de nouvelles, j'ai commencé à regretter de mettre autant confié.

— Papa, j'suis fatigué !

Gabriel vient vers moi en se frottant les yeux. La journée a été longue pour lui. Il se blottit contre moi. Je terminerai ma comptabilité demain.

— On rentre à la maison, chaton. Je me retourne vers Samuel et j'ajoute. Il y a un match ce soir à la télé. Si tu n'as rien à faire, passe boire un verre.

— C'est gentil, mais pas ce soir. Je vais rentrer chez moi me reposer.

— Très bien, à plus tard !

Je le salue en essayant de masquer ma déception, qui doit sûrement être un échec. Je récupère les affaires de Gabriel, qui est toujours dans mes bras. Je fais le tour de la salle, Samuel est déjà parti. Il a laissé place à deux hommes qui attirent mon attention.

Mon cœur s'accélère. « *Laurel et Hardy* » ! Ils sont aussi tenaces que des puces sur un chien. Ils s'avancent, font tomber mon ordinateur et quelques trophées sur les étagères. Ils me fixent. Christophe et David se tournent vers nos deux invités, méfiants.

— Chris, tu peux garder Gabriel un petit moment ? J'ai une affaire à régler.

— C'est qui, eux ? N'y va pas seul !

— Ne t'inquiète pas, je sais ce que je fais. Si j'ai une merde, je vous appelle.

Je me dirige vers les deux compères, suffisamment proche pour leur parler en chuchotant.

— Je ne veux pas de problème ici, pas devant les enfants !

Ils me laissent passer, me suivent à l'extérieur. Je prends une inspiration avant de les affronter.

— Je peux savoir ce que vous me voulez ?

— On n'en a pas fini avec toi !

— Vous êtes restés bloqués sur notre dernier face à face !

— Ça et l'argent que tu nous dois !

— Quoi ? Quel argent !

« Laurel » positionne ses mains derrière le dos, ouvrant légèrement sa veste de costard, la crosse de son arme visible. Si ça, ce n'est pas une menace déguisée, je n'y connais rien.

— À ton dernier combat, un gros pari a été lancé. Tout le monde a misé sur toi. Et comme tu le sais, tu as *perdu* !

— Attendez, vous croyez vraiment que je vais payer

alors que vous avez été assez crétins pour parier !

« *Laurel* » me plaque méchamment contre le mur. Les passants nous regardent, intrigués. J'aurais voulu leur mettre mon poing dans la figure, mais Gabriel étant à côté, je ne veux pas qu'il voie son père se battre. Je veux simplement qu'ils s'en aillent.

— Combien ?

— Cinq cent mille euros.

— Cinq… où voulez-vous que je trouve une somme pareille ?

Ils se placent à chaque côté de moi, « *Hardy* » se penche et murmure à l'oreille :

— Débrouille-toi ! Sinon, la prochaine fois qu'on te tirera dessus, on t'loupera pas ! Ah et je te déconseille de parler de nous à ton pote flic, ça vaudra mieux pour lui.

Ils tournent les talons et disparaissent de ma vue. Toby et Alex m'avaient prévenu que ça me tomberait sur la gueule. J'aurais dû les écouter. Il faut que je trouve une solution. En additionnant la trésorerie du Club et mon compte personnel, je n'ai même pas le dixième de la somme demandée. Vendre la salle ? Non ! Je n'ai pas fait tout ça pour tout arrêter de cette façon ! Est-ce qu'il est possible que leurs menaces ne soient que du vent ? Je ne veux pas prendre de risque, ils ont aussi menacé Alex.

Je ravale mon inquiétude avant de rejoindre Gabriel.

— Ça va ? me demande Christophe.

— Oui, un simple malentendu.

Plus convaincant que ça tu meurs !

— Allez, viens, chaton, on rentre à la maison.

18.

Gabriel ne met pas longtemps à s'endormir dans la voiture. L'école, la boxe, une bonne douche et le voilà K.O. J'aime le regarder dormir, m'attendrir devant sa bouille innocente. Il ressemble beaucoup à sa mère. Ses cheveux, ses yeux, ses mimiques, j'ai mis beaucoup de temps à me retrouver en lui. Quand son caractère s'est affirmé, là c'était moi, c'était mon fils.

— Eh ben dure journée à ce que je vois !

Mon voisin de palier, Antoine, nous suit dans les escaliers.

— Je ne t'avais pas vu, désolé. Il a eu son cours de boxe après l'école, alors tu parles là, il est épuisé.

— Tu m'étonnes ! Bonne soirée !

— Merci, toi aussi.

Je m'entends plutôt bien avec lui, même si on n'est pas vraiment proches. Échanger des banalités de la vie, des ingrédients, rien de plus. Je sais seulement qu'il est divorcé et père d'une fille de dix-sept ans, Lucie, à qui je demande de garder de temps en temps Gabriel pour quelques euros.

Gabriel, dans son lit, il dort toujours à poings fermés.

Une douche me ferait du bien, j'ai besoin d'un moment à moi, de redescendre toute cette tension.

Les gouttes qui ruissellent sur mon visage, la chaleur réconfortante, qui ne suffisent pas à faire disparaître mon inquiétude grandissante. Des dettes qui viennent de me tomber dessus, de « *Laurel et Hardy* » qui n'hésitent pas à proférer des menaces à moi et à mon meilleur ami. Est-ce que je dois en parler ? Garder ça pour moi ? Régler cette histoire, seul ?

Et Samuel, qui me trouble. Je voulais vraiment qu'il soit là pour l'inauguration, qu'il accepte mon invitation de ce soir, je ne voulais simplement pas qu'il parte du Club. C'est une forte amitié qui s'est installée entre nous, mais il y a autre chose. Des sentiments nouveaux que je ne comprends pas moi-même.

Mon téléphone sonne. J'enroule une serviette autour de la taille et file dans le salon. Je réponds sèchement :

— Allô !

— Je te dérange, William, je suis désolé. Je n'aurais pas dû t'appeler.

Samuel ! Pourquoi je n'ai pas pris la peine de regarder l'écran avant, abruti ! Il y avait de l'hésitation dans sa voix. La mienne se radoucit :

— Non, Samuel ! Tu ne me déranges pas, bien au contraire. J'étais sous la douche quand j'ai entendu le téléphone.

— Je… Je ne sais pas… si ton invitation tient toujours, mais…

— Tu peux venir quand tu veux.

— J'apporte le dîner. Tu as envie de quoi ?

— Ce que tu veux. À tout à l'heure.

Je raccroche avec un sourire béat. Je cours dans ma chambre, enfile un jean, un T-shirt, me coiffe comme si je recevais le Président. Je m'empresse de ranger mon appartement, je me suis laissé vivre pendant trop longtemps. Je veux que tout soit parfait avant qu'il arrive. Je jette un coup d'œil dans la chambre de Gabriel, tout va bien.

L'interphone sonne. Samuel est déjà en bas de l'immeuble. D'ici, je sens la bonne odeur de pizza. « *Encore, il faut que tu fasses attention à ton alimentation !* ». J'entends la voix de ma mère. Je m'en fous, j'équilibrerai plus tard.

— J'espère que ça ira, me dit Samuel, qui apparaît sur le palier.

— C'est parfait ! Tu arrives juste à temps, le match n'est pas commencé.

— Ton pronostic de ce soir ?

— Bordeaux, bien sûr !

— Hum… Tu en es vraiment sûr ?

— Absolument !

Il sourit et s'installe sur le canapé. Le temps pour moi de choper deux bières au frigo.

— Non, merci. Je ne veux pas passer pour le mec énervant, mais je préférais un soda si tu as.

— Bien sûr.

Il contemple mon appartement, comme j'ai fait chez lui. J'ai bien fait de tout ranger avant. Qu'est-ce qu'il aurait pu penser avec tout le bordel qu'il y avait sur la table basse ? Je reviens avec un coca.

— Merci. Qu'est-ce que tu as fait de ton fils ?

— Il dort. Tu m'excuseras si je m'éclipse de temps en temps.

— Je ne peux pas t'en vouloir d'être un père.

C'est une vieille habitude que j'ai gardée. Même si j'utilise toujours le Babyphone, j'ai besoin de m'assurer qu'il aille bien. C'est un enfant asthmatique et il nous a déjà fait quelques frayeurs à sa mère et à moi, surtout dans son sommeil.

Le début de la soirée n'était pas comme je l'aurais espéré. J'ai d'abord cru que c'était une mauvaise idée de l'avoir invité, il n'était pas très bavard. Pendant la première mi-temps, on n'a pas eu de réelle conversation. On a seulement englouti les pizzas, bu plusieurs sodas et on s'est exclamé sur les actions du match. Je ne sais pas si c'est le fait qu'il ne soit pas chez lui, mais je le trouve changé. Il n'ose pas me regarder ni me parler. Je ne pensais pas qu'il était aussi timide, surtout avec tout ce qu'il a fait pour moi.

— Je t'ennuie, n'est-ce pas ?

— *Non* ! Pourquoi dis-tu ça ? C'est l'impression que je te donne ? me dit-il d'un air soucieux.

— Pour être honnête, oui.

— Ne crois pas ça ! Au contraire, je suis content de ton invitation et d'être avec toi. C'est juste que je n'ai pas l'habitude. Je te prie de m'excuser.

J'ai le sentiment qu'il ne me dit pas tout. Il me cache quelque chose, mais je préfère de ne pas insister. Je n'ai aucune idée de la manière de sortir de ce malaise.

— Papa !

Merci, mon fils ! Samuel esquisse un sourire.

J'ai dû m'absenter environ trente minutes. J'ai pris le temps de le mettre en pyjama, de lui raconter une petite histoire pour qu'il se rendorme. La fatigue a pris le dessus, il ne voulait pas manger. Je le borde, lui fais un bisou sur le front avant de revenir dans le salon.

Samuel n'est plus sur le canapé. Le salon, la cuisine, il n'est nulle part. La déception, de ne pas pouvoir passer plus de temps avec lui, a laissé place à la colère. Comment il a pu partir comme ça ? Il aurait pu m'avertir, ou même attendre que je finisse avec Gabriel. Je ne sais pas ce qu'il me retient de lui envoyer un message, de lui dire ce que je pense de son départ précipité et… Je me calme aussitôt, il est sur le balcon, appuyé sur la rambarde, son soda à la main. Je le rejoins.

— Tout va bien ?

— Oui, j'avais envie de prendre l'air. Tu n'es qu'au deuxième étage, mais tu as une sacrée vue.

— Oui, c'est vrai. J'ai cru que t'étais parti.

Il se tourne vers moi, surpris. Nos bras se frôlent, j'ai des frissons.

— Tu crois vraiment que je serais parti comme ça sans te dire au revoir ? D'accord, je suis intimidé, mais ce n'est pas mon genre.

— Intimidé ? C'est moi qui t'intimide ?

— Il se trouve que oui.

— J'ai passé un week-end chez toi et tu ne semblais pas intimidé.

— Tu l'as dit, c'était chez moi, avoue-t-il, avec un sourire crispé.

On reste tous les deux silencieux à contempler les lumières de la ville, à écouter les hiboux, à apprécier la brise fraiche de la nuit. Malgré la pénombre, je distingue les traits de son visage, de son bras qui met en valeur son tatouage. Une main en squelette tenant une rose rouge. Magnifique.

— Qu'est-ce que ça signifie ? je lui demande sans réfléchir.

— Quoi ?

— Ton tatouage sur ton bras ?

— L'amour éternel. L'amour passionnel, maternel, paternel ou fraternel. Il n'y a rien de plus pur. Je n'ai jamais connu l'un d'entre eux, mais j'y crois. Tu dois me trouver ridicule. Les gens le pensent quand je leur donne les significations.

— Fou non, un alien peut être !

Il rit.

— Je suis sûrement trop sentimental. J'ai eu plusieurs

relations qui ont mal fini. Je m'en suis relevé à chaque fois avec des séquelles. Et c'est douloureux.

— Tu n'es pas tombé sur la bonne personne. Aujourd'hui, tu l'as trouvée ?

— Si c'est la bonne personne ou l'amour éternel, je ne sais pas. Mais oui, j'ai trouvé quelqu'un à aimer. Malheureusement, c'est le karma qui s'acharne sur moi. Elle n'éprouve pas les mêmes sentiments. Je m'y accroche pourtant, mais je crois que je vais y laisser des plumes encore une fois. Je n'ai jamais eu de chance en amour et ce n'est pas près de changer.

Je tapote son épaule.

— Ne perds pas espoir. Je n'ai pas eu beaucoup de chance, moi non plus, mais je n'ai pas renoncé pour autant. J'y crois toujours.

J'espère qu'il trouvera le bonheur auprès de quelqu'un qui mérite un homme aussi tendre, aussi bienveillant, aussi beau. Un homme qui mérite d'avoir une femme à ses côtés, qui le comprend, l'apaise, l'aime. Comme j'espère avoir un jour. Moi, je serai cet ami qui le soutiendra, l'aidera, l'accompagnera dans cette quête. Je me souviens de ce qu'il m'a dit : « *Tu m'inspires confiance, William, ne me demande pas pourquoi, c'est comme ça.* » J'espère être digne de cette confiance.

Son téléphone sonne. Il blêmit.

19.

Il s'excuse avant de prendre l'appel. Il s'exprime dans un espagnol parfait où je ne comprends pas un mot. Les langues étrangères n'étaient pas mon fort à l'école, disons même qu'à part le sport, aucune matière n'était faite pour moi.

Le ton monte, sa voix tremble. Une main sur son visage, essayant de cacher ses yeux qui se remplissent de larmes, il raccroche. Il fixe son téléphone.

— Ça va ?

Tu n'as pas de question plus intelligente, Will ! Il reste silencieux.

— Sam ?

Il ne m'a jamais autorisé à l'appeler par son diminutif. Rien qu'avec ces trois lettres, je me sens plus proche de lui. Enfin, là c'est le cadet de ses soucis.

— Je ne suis pas sûr… C'était ma tante au téléphone. Mon père… vient de… mourir. Mon père est mort !

Il prononce cette dernière phrase comme s'il venait de prendre conscience de cette nouvelle. Je me précipite vers lui et je le serre dans mes bras. Il enfouit sa tête dans mon cou. Il se retient de pleurer.

Il met fin à notre étreinte.

— Je suis désolé d'avoir gâché la soirée. Je devrais partir.

— Ça n'a aucune importance. Tu peux rester dormir ici. Je n'ai pas de chambre d'ami, mais j'ai un canapé confortable.

— Ce n'est pas une de mes répliques ?

— Ça se pourrait bien.

Il sourit au milieu des larmes qui coulent sur ses joues.

— C'est gentil, mais je ne veux pas m'imposer. Je vais chercher mes affaires.

Il tourne les talons. Je l'attrape par le bras.

— C'est ce que tu veux ?

Il soupire.

— Pas vraiment, non. J'ai besoin de… de compagnie ce soir.

— Alors, reste !

Je comprends ce qu'il éprouve. Le dimanche était le jour où on rendait visite à ma mère, Jessy et moi. On était tous conviés pour un repas de famille. Tout le monde était là. Jessy avec Yann, le nouveau mari de maman, Patrick, Lydia, enceinte de Gabriel et moi. Il était prévu qu'on passe une magnifique journée autour d'une grillade, à profiter du soleil, de la piscine. De picoler pour Patrick et Yann, de jouer aux d'échecs pour Jessy et moi.

Alex, habillé de son uniforme, était venu nous rendre visite.

— Salut mon frère ! Tu as senti la bonne odeur du barbecue depuis le commissariat ?

— Ce n'est pas pour manger que je suis là. J'ai besoin de vous parler, à toi et à ta sœur, si elle est là.

Ma mère a toujours considéré Toby et Alex comme ses fils, elle les a vus grandir. Surtout Alex, qui n'a jamais eu réellement de relation mère/fils avec sa propre mère.

Comme à son habitude, elle l'a accueilli d'une étreinte maternelle.

— Oh comme je suis contente de te voir ! Tu viens te joindre à nous, mon chéri ?

— Non, Madame Moreno… Madame Roche, pardon.

Il se mordait les lèvres, ses yeux brillaient. J'avais un mauvais pressentiment depuis le matin même, il ne faisait qu'augmenter depuis son arrivée.

— Qu'est-ce qui se passe, Alex ? Tu me fais peur !

— J'ai… je suis désolé de gâcher ce moment, mais… je… Je reviens d'un accident de voiture qui s'est produit sur l'autoroute.

Il nous regardait tour à tour, Jessy et moi, la main sur sa bouche. Des larmes coulaient.

— L'auteur de l'accident était… votre père. Il est… mort.

Le sol s'était dérobé sous mes pieds. Un véritable coup de massue. Je me suis effondré sur ma chaise, Jessy en pleurs dans les bras de Yann, et maman s'était réfugiée dans la cuisine. Mes parents étaient divorcés depuis six ans, mais c'était quand même le père de ses enfants. Ç'a été une dure épreuve pour nous tous. Surtout pour Jessy. J'ai fait mon possible pour être fort pour elle, la réconforter du mieux que je pouvais. Yann a également été d'un grand soutien. On ne s'entendait pas vraiment, mais avec ce drame, j'ai su qu'il aimait passionnément ma sœur et qu'il serait là pour veiller sur elle. Rien que pour ça, je lui dois beaucoup.

Ça va faire près de quatre ans maintenant et sa présence me manque toujours. Sa fierté quand j'ai remporté mon premier combat, sa joie quand il a appris la future venue de son petit-fils, ses conseils sur la vie, sur la paternité. Quand il est mort, j'étais perdu. Comme un oisillon qui n'avait pas fini l'apprentissage du vol et qu'il fallait qu'il saute, seul.

J'invite Samuel à s'asseoir sur le canapé. Ne sachant pas

quoi dire, je reste silencieux.

— Je ne sais pas quoi faire, Will !

— Si tu veux que je t'aide, il va falloir que tu m'expliques toute la conversation. Mon espagnol c'est comme dire… le néant complet !

— J'avais oublié, désolé.

Il inspire profondément.

— Ma tante veut que je vienne à son enterrement… Je ne sais pas si je devrais y aller, s'il mérite ma présence. Ça fait quinze ans que je ne l'ai pas vu. On s'est querellé à mes dix-huit ans et depuis je n'ai jamais eu de ses nouvelles. J'ai essayé de le recontacter, mais il a toujours refusé de me voir.

— Pourquoi ?

— Disons qu'il n'a jamais accepté la façon dont je voulais vivre ma vie. Mon père est… était un excellent avocat et il rêvait que ses fils suivent sa trace. Mon frère l'est devenu, il est très bon d'ailleurs. J'ai assisté à plusieurs de ses plaidoiries et j'avoue qu'il est doué. Mon père en était fier.

Il reprend son souffle.

— Le droit ne m'a jamais intéressé. Je m'y connais un peu, j'ai souvent aidé mon frère à réviser ses examens du barreau, j'ai retenu deux, trois trucs utiles. Mes parents étaient divorcés depuis mes dix ans, mais mon père était resté à Bordeaux. Il survenait toujours à nos besoins à Max et à moi. Mais quand je lui ai dit que je ne voulais pas devenir avocat et que je rêvais de faire mes études à l'Académie des Beaux-Arts à Paris, ça l'a mis dans une colère noire. Il était hors de question pour lui de me payer des études pareilles. Ma mère n'avait pas les moyens et moi non plus. Je suis resté à Bordeaux pour m'orienter vers les tatouages, au grand désespoir de mon père. Peu de temps après, il a trouvé une excellente place à Madrid dans un cabinet réputé. Il est parti et je ne l'ai jamais revu.

Depuis que je l'ai rencontré, jamais, il ne s'est livré de

cette façon. Il me connaît, il connaît mon passé, mais en retour je ne savais rien de lui. D'en savoir un peu plus sur ses origines, sur sa famille, son passé, me donne encore plus envie de le découvrir.

— Qu'est-ce que tu ressens, maintenant ?

Il réfléchit longuement avant de me répondre.

— Je suis triste. Mais aussi en colère. Furieux contre moi de ressentir ça et contre lui de m'avoir abandonné pendant ces quinze ans. J'avais besoin de lui et aujourd'hui je ne pourrai plus lui dire ce que j'ai sur le cœur. Je sais que tu as perdu ton père, toi aussi. As-tu hésité à aller à son enterrement ?

— La situation était différente, Sam. J'ai toujours été proche de mon père. Je devais y aller. Et pourtant… Tu vas peut-être te moquer… J'ai peur de la mort, des cimetières, mais je devais lui dire au revoir.

— Jamais je ne me moquerai de toi !

Je respire un bon coup cherchant les mots justes pour le réconforter.

— Écoute. Ce n'est pas à moi de te dire si tu dois y aller ou non. Je comprends ton hésitation, à ta place je serais dans le même dilemme. Pense à toi. Ne pense pas à ta famille qui pourrait te forcer la main, ou à ton père parce que tu estimes ou non lui devoir ta présence. Pense à ce que tu veux, toi.

— Dans l'hypothèse où je n'irais pas, crois-tu que je serais une personne indigne ?

— Non, bien sûr que non. C'est jusque… il ne faudrait pas que tu aies des regrets. Si c'est le fait d'y aller seul qui te dérange, je viendrai avec toi.

— Non, ne te sens pas obligé. Tu as ton fils, le Club. Et tu l'as dit, tu en as peur, je ne veux pas t'imposer ça.

— Je n'ai pas mon fils ce week-end et le Club, les gars peuvent s'en occuper sans moi. Eh oui, j'ai la trouille, mais je peux être là pour la cérémonie. Et tu ne m'obliges en rien, c'est moi qui te le propose.

Il est normal que je le soutienne dans une épreuve comme celle-ci. J'ai été bien entouré et il mérite aussi d'avoir cette chance. D'une petite voix, il répond :

— D'accord !

— Bon c'est réglé ! Quand a lieu l'enterrement ?

— Vendredi. Il faudrait partir demain soir ou jeudi matin au plus tard et trouver des chambres d'hôtel. Je ne veux pas dormir chez ma tante.

— OK, mais laisse-moi participer aux frais.

— C'est hors de question !

Je me lève et disparais dans ma chambre. Je reviens quelques minutes plus tard l'ordinateur sous le bras.

— Comment tu veux y aller, en voiture ?

— C'est plus de sept heures de route. J'aimerais comparer les tarifs d'avion et de train.

Il est tard, la fatigue guette et je ne serais pas contre un petit somme. Sam n'est pas près de dormir. La tristesse, la colère, l'incompréhension. Quand on n'est pas préparé à faire face à toutes ces émotions d'un seul coup, c'est compliqué à gérer. J'en sais quelque chose. Pour lui, une émotion a dû rejoindre les autres : la frustration. Rester sur une querelle idiote avec un proche parent après sa disparition, c'est difficile à accepter. J'admets que l'on peut être déçu que ses enfants ne suivent pas le chemin qu'on leur a tracé, de là à renier son fils, j'avoue que je ne comprends pas. Je n'imagine pas ce que Sam a dû ressentir.

J'ai les yeux qui piquent, je lutte contre le sommeil.

— Va te coucher, je vais continuer les recherches, me dit-il gentiment.

— Tu es sûr ? J'aimerais t'aider.

Il pose sa main sur mon bras.

— Tu vas finir par t'endormir sur l'écran. Je te dirai ce que j'ai trouvé.

J'acquiesce et je disparais dans ma chambre. J'enlève mes chaussures, m'installe sous la couette, avec son parfum mêlé au mien, avant que le sommeil m'emporte.

20.

Un vibreur me sort de mon sommeil. Je jette un coup d'œil à mon téléphone, rien. Je me lève, rejoins le salon où je découvre Sam en train de dormir sur le canapé, mon ordinateur posé sur la table basse. Il est tellement épuisé qu'il n'entend même pas le vibreur. Max s'affiche sur l'écran. Son frère ! Il rappelle. Je devrais répondre. Est-ce que c'est une bonne idée ? Sam m'en voudra-t-il ? Je prends le risque. J'attrape le téléphone, me dirige sur le balcon. J'espère qu'au moins qu'il parle français sinon je ne sais pas comment je vais m'en sortir.

— Allô !

— ¡ Mierda ! ¡ Hace una hora que intento comunicarme con usted ! Qué estás haciendo ?*

— Oh ! C'est pas Samuel !

— T'es qui alors ?

— Un ami.

* Merde ! Ça fait une heure que j'essaie de te joindre ! Qu'est-ce que tu fous ?

— Un ami qui est avec lui à neuf heures du matin… Bref, passe-le-moi, je veux lui parler.

Je ne relève pas sa réflexion. Ce n'est pas le moment de m'embrouiller avec quelqu'un et surtout pas avec son frère, avec un caractère bien trempé. J'espère que les autres membres de sa famille sont plus sympathiques.

— Il dort. Je lui dirai de te rappeler à son réveil.

— Tu sais s'il viendra ?

— Tu verras avec lui. C'est pas à moi de donner une réponse.

— S'il vient, tu viendras avec lui ?

— Oui, pourquoi ? Ça pose un problème ?

— Qui est-ce ? demande une voix ensommeillée derrière moi.

Je n'avais pas entendu la porte du balcon s'ouvrir. Sam, dépassant la tête de l'encadrement tout en se protégeant ses yeux de la lumière du jour, me fait signe d'approcher. Il est si adorable, à moitié endormi, que j'en oublie ma conversation téléphonique. Je n'entends pas la réponse de mon interlocuteur.

— C'est ton frère. Il n'arrêtait pas d'appeler. Je ne voulais pas qu'il te réveille.

— OK, donne-moi le téléphone, s'il te plaît.

Je ne perçois aucune animosité ni aucune colère dans sa voix. J'espère qu'il ne va pas m'en vouloir, ça relève de sa vie privée. Il saisit son appareil, rentre tout en parlant en espagnol, me laissant seul sur le balcon. Il me rejoint quelques minutes plus tard et s'adosse sur la rambarde, mieux réveillé que tout à l'heure.

— J'ai trouvé une chambre d'hôtel avec deux lits. Je n'ai pas trouvé mieux. Nous partirons en avion pour Madrid où j'ai réservé une voiture de location. Il y aura ensuite une heure de route environ pour arriver à Guadalajara, là où la cérémonie se déroulera. Et… je suis désolé que tu aies fait la connaissance de mon frère comme ça. Il est peu aimable avec les inconnus et encore plus le matin.

— J'ai vu ça ! Il m'a demandé si je venais avec toi. Ça n'avait pas l'air de lui plaire.

— N'y prête pas attention ! Il est comme ça avec tous mes amis. Et tu n'es pas une exception.

— Je peux te poser une question ? Tu n'es pas obligé de répondre.

— Je t'écoute, patiente-t-il en fronçant les sourcils.

— Est-ce qu'ils sont tous aussi chaleureux que ton frère ?

— Ça ne va sans doute pas te rassurer, mais déjà moi-même, je ne m'entends pas avec beaucoup de personnes de ma famille. Avec de la chance, il y a aura mon cousin, Élias, l'une des rares personnes qui m'aime bien. Tu peux rester ici, si tu préfères.

— Je n'ai pas changé d'avis. Ils parleront en espagnol, je ne comprendrai rien de toute façon. À quelle heure doit-on partir ?

— Papa !

Nos regards se tournent vers la baie vitrée. Gabriel attend son câlin du matin. Il se réfugie dans mes bras, sans prêter attention à Sam.

— Tu as bien dormi, chaton ?

Il acquiesce d'un signe, la tête posée sur mon épaule, son doudou serré contre lui.

— J'ai faim !

— Ce n'est pas étonnant, mon fils, tu n'as rien mangé hier soir. Avant que je te prépare ton petit déjeuner, j'aimerais te présenter un ami. Samuel.

Tout timide, il lui fait un coucou de la main, auquel Sam répond avec sourire attendrissant.

— Va dans la cuisine, j'arrive. Désolé, Sam, je n'ai pas entendu ta réponse. À quelle heure doit-on partir ?

— On décolle à quinze heures. Ce que je te propose, tu viens demain vers onze heures, on mange et ensuite nous partons à l'aéroport. Nous devons y être environ deux heures avant le décollage. Avec le vol et le trajet en voiture, on devrait arriver à l'hôtel vers dix-sept heures trente.

Je valide, attestant que son organisation est tout simplement parfaite. Un nouveau trait que je découvre. Même si la raison de ce voyage n'est pas des plus réjouissantes, je reconnais que ces quelques jours d'escapade me donnent envie surtout si c'est pour les partager avec lui.

21.

Le trajet jusqu'à l'hôtel s'est passé sans encombre, comme l'avait prévu Sam. Avec le départ retardé de l'avion et la circulation, on est arrivé seulement trente minutes après l'heure prévue.

Sam a beaucoup de goût en matière d'hôtel. C'est un quatre étoiles qu'il nous a dégoté, rien que ça ! La façade est moderne dans des tons bleu nuit et blanc, avec une tour assez haute pour être visible depuis la route principale.

Valises à la main, on se présente à l'accueil. Le sol noir tacheté, les murs blancs, les meubles et portes marron foncé, une décoration chic et chaleureuse à la fois. À l'arrière, un bar avec les mêmes couleurs et en juger par la magnifique odeur qui s'y échappe, les cuisines et le restaurant doivent être à côté. Ça tombe bien, je meurs de faim. On n'a rien avalé depuis le déjeuner rapide. J'aimerais monter dans cette piaule, me doucher et prendre un bon repas.

Un employé s'avance vers nous et Sam commence les présentations en espagnol. L'hôte lui passe une carte avec un numéro qui doit être celui de notre chambre. Avec de grands signes, il lui indique la direction. Sam le remercie et on rejoint enfin notre espace qui se trouve au premier étage. Il entre le premier, moi sur ses talons.

La décoration reste dans le même style que l'hôtel. Deux lits volumineux occupent le centre de la pièce, des draps d'un blanc impeccable et des têtes de lit bleu canard. Des carrés de chevet, suffisant pour y déposer des affaires, un bureau de couleur clair, une télévision accrochée. Les murs neutres, blancs, taupes, parquet en bois et de grandes fenêtres qui recouvrent intégralement un mur qui laisse découvrir une superbe vue.

— Tu prends lequel ? je demande à Sam.

— Ça m'est égal.

J'installe ma valise proche du lit à droite. Sam s'écroule sur l'autre. Il n'a pas voulu que je conduise. Il était déjà fatigué en descendant de l'avion et après plus d'une heure de route, ça l'a achevé. Je m'inquiète vraiment pour lui, il n'a pas dit un mot durant tout le trajet.

— Ça va ?

— Je… Je ne sais pas trop, répondit-il d'une voix enfouie dans les oreillers.

— Tu devrais aller te détendre un peu. Va te doucher.

Il acquiesce, prend quelques affaires dans sa valise et se dirige à la salle de bain.

— William.

— Oui.

— Non rien, oublie.

Je m'allonge sur le lit, allume la télévision. Je zappe, je zappe. Pas une chaine française, que des émissions en espagnol. Super !

— Tu arrives à suivre ?

Je n'ai pas entendu Sam sortir de la salle de bain. Il est torse nu. Sa peau bronzée, ses tatouages. Je ne détache pas mon regard, mon cœur palpite.

— Je… je cherche un moyen de mettre un sous-titrage. Ils parlent trop vite. Hey, je vois ton sourire en coin, ne te fous pas de moi.

— Je n'oserais pas. Je pourrais t'apprendre quelques phrases classiques.

— C'est surtout d'un traducteur dont j'ai besoin. Si ta famille parle en espagnol tout le long de la cérémonie, je suis mal.

— Je serai là, ne t'inquiète pas pour ça. Tu veux prendre une douche avant de descendre manger ?

— Oui, je fais vite, j'ai faim !

— Attends, ton téléphone !

J'avais complètement oublié qu'il était sur silencieux, j'ai manqué plusieurs appels. Des appels masqués. Il me rappelle.

— Allô !

— *Comment ça va ?*

C'est une voix grave que je ne reconnais pas.

— Qui êtes-vous ? Je pense que c'est une erreur.

— *Non ! Nous savons qui tu es, ne l'oublie pas, William !*

Il raccroche. Si je devais décerner le prix de l'appel le plus flippant, c'est lui qui aurait reçu la palme d'or. Ce sont ces types, j'en suis sûr. Ils cherchent à m'effrayer, à jouer avec mes nerfs. Je ne me laisse pas me déstabiliser pour autant. Je m'occuperai d'eux plus tard. Je suis là pour Sam.

***

Je n'avais jamais vu un buffet avec autant de choix. Il y en avait pour tous les goûts, pour les enfants comme pour les adultes. Malheureusement, je n'ai pas pu tout déguster, mon bide était sur le point d'exploser. Sam, de plus en plus tendu au fil des heures, n'a rien mangé. J'étais gêné d'être le seul à profiter de ce festin. J'ai fait de mon mieux pour changer de sujet, lui raconter des blagues, des anecdotes pour qu'il décroche ne serait-ce qu'un petit sourire.

Je me glisse dans ce lit, doux et confortable et ravi qu'il y ait plus d'oreillers que dans les hôtels français. Je râle à chaque fois, je dors affreusement mal. Sam se couche à son tour. Les lits sont tellement proches, que même séparés, j'ai l'impression d'être dans le même lit. Je devrais me sentir gêné de cette proximité, mais pas du tout.

L'un face à l'autre, Sam m'avoue ses angoisses pour la cérémonie.

— Et toi ? Comment vas-tu ? me demande-t-il.

— Moi ? Je vais bien !

— Tu es sûr ? Il y a quelque chose qui te tracasse. Je l'ai remarqué depuis le coup de fil de tout à l'heure.

Je me mets sur le dos, le regard vers le plafond.

— Tu veux en parler ?

— Non, je ne vais pas t'ennuyer avec ça, surtout pas en ce moment.

— Tu ne me déranges pas !

Je ne sais pas si c'est une bonne idée, mais je ressens le besoin de me confier. J'ai beau me dire que tout va bien, je ne cesse de penser à « *Laurel et Hardy* ». Il faut vraiment que je trouve d'autres prénoms pour ces deux-là, ça devient ridicule. Et ce coup de fil n'arrange rien du tout. J'inspire profondément et lui raconte tout depuis le soir où l'on m'a tiré dessus. Leur embuscade, les retrouvailles dans le bar, leurs visites au Club, l'argent je suis censé leur devoir et cet appel flippant. Il m'écoute attentivement, sans m'interrompre. Il se redresse, inquiet.

— Tu en as discuté au lieutenant ?

— Non. Si jamais il lui arrivait quoi que ce soit à cause de moi…

— Je comprends, mais la seule personne qui peut t'aider c'est bien lui.

— Je sais, mais pour l'instant, je préfère que ça reste entre nous. Promets-moi de garder ça pour toi.

— Ce n'est pas une bonne idée... Je ne dirai rien.

— Je te remercie.

Nous poursuivons cette conversation jusqu'à ce que le sommeil gagne Samuel. Je suis le mouvement de sa poitrine en rythme avec sa respiration, je le regarde dormir. Du bout des doigts et sans que je m'en rende compte, j'effleure ses tatouages sur son bras. Les bras de Morphée m'emportent quelques minutes plus tard.

***

Une petite lueur me sort de mon sommeil profond. Le lit à côté est vide. Je n'ai aucune idée de l'heure qu'il est. Sam m'aurait averti si j'étais en retard. Mon stress s'envole quand il surgit dans la chambre, deux tasses de café à la main. J'adore ce mec !

— Je savais que l'odeur du café te sortirait du lit.

Pantalon et T-shirt, la même tenue avec laquelle il a dormi et avec ses petits yeux, ça ne fait pas longtemps qu'il est réveillé.

— T'as pas idée !

— Et avec un sucre pour toi.

— Si je m'écoutais, je t'embrasserais !

Je ne me lasse jamais de ce parfum matinal, indispensable pour ma bonne humeur. Du coin de l'œil, je surprends Sam qui fixe ma poitrine. Il le remarque, gêné.

— Ils servent le petit déjeuner jusqu'à dix heures, on a le temps de se préparer avant de descendre, se précipite-t-il de préciser.

Je n'avais aucune idée de la tenue adéquate pour un enterrement en Espagne. Je reste dans le classique : costume et chemise noirs. Sam, quant à lui, garde son code vestimentaire habituel avec un peu plus de retenue : jean noir simple, une chemise avec des motifs tribaux et bien sûr, ses éternelles Rangers. Il prend soin de cacher ses tatouages. Son père n'était sûrement pas le seul à les détester.

Plus le départ approche, plus je suis nerveux. Être entouré de personnes que je ne connais pas et dont je ne comprends pas la langue m'angoisse. Et Sam ne tient plus en place, il n'a rien mangé au petit déjeuner et j'ai vidé mon réservoir de blagues pour qu'il se détende.

Pendant le trajet, il prend le temps de m'expliquer le déroulement des funérailles. D'abord chez sa tante où repose le corps de son père, puis l'église où aura lieu la cérémonie officielle.

— Mon frère m'a demandé de prononcer un éloge funèbre, je ne sais pas si j'en serai capable.

— Tu n'es pas obligé de le faire.

— Malheureusement si. Dans notre famille, la coutume veut que ce soit l'époux qui le prononce. Comme mes parents sont divorcés, c'est à mon frère et à moi que revient cette tâche.

— Tu sais ce que tu vas dire ?

— Plus ou moins. Je vais me contenter de raconter la vérité. Je ne mentirai pas. Il n'a été un père formidable pour moi. Je vais me raccrocher à des souvenirs d'enfance quand tout allait bien entre nous.

Je presse son épaule en guise de réconfort.

Des collines, des forts, des châteaux médiévaux, des villages typiques d'époque, une ville magnifique que je prends plaisir à découvrir. Découvrir sa ville d'origine, découvrir là où il a grandi. Ses mains se crispent sur le volant. Une centaine de personnes sont regroupées devant l'une de ces maisons. Il parvient à trouver une place, aussi loin que possible des voitures des invités. La foule discutait, s'exclamait jusqu'au moment où on apparaît parmi eux. Elle se tait. Les regards nous dévisagent, comme si on descendait d'une autre planète, des chuchotements reprennent à notre passage. Je suis mal à l'aise et Sam pâlit à chaque pas.

— Ça va aller ?

— Je n'ai pas vraiment le choix, me dit-il d'un ton sec. Désolé, ne le prends pas pour toi.

— Pourquoi ils nous regardent de cette façon ?

— ¡ Hola, primo ! ¿ Cómo estás ? [1*]

Un homme, pas plus vieux que nous, nous accoste. Sam lui donne une accolade, qui dure un peu trop longtemps à mon goût, une bise. Oh ! Tu vas le lâcher, oui ! Une conversation en espagnol : les gars, soyez sympas, parlez en français, s'il vous plaît.

Sam s'interrompt et me désigne de la main.

— Te presento a un amigo que me acompaña hoy, William. [2*]

— Encantado de conocerte, soy Élias, su primo. [3*]

— No habla español, répond Sam, il se tourne vers moi. C'est le cousin dont je t'ai parlé, Élias.

Une bonne poignée de main amicale, pour faire disparaître la jalousie naissante, une brève présentation pour commencer à apprécier ce gars. Avec son fort accent espagnol, il ajoute :

— Ravi de te connaître.

— Moi aussi.

Pour la première fois depuis qu'on est arrivé, Sam est moins tendu, son teint reprend des couleurs. Élias nous accompagne jusqu'à la maison de la tante. Je suis rassuré de savoir qu'une autre personne parle français, que je ne serai pas perdu dans cette foule.

1*. Salut, cousin ! Comment vas-tu ?

2*. Je te présente un ami qui m'accompagne aujourd'hui, William.

3*. Ravi de te connaître, je suis Élias, son cousin.

La foule qui nous fusille maintenant. Sam baisse la tête, Élias, lui presse l'épaule, moi derrière eux à m'inquiéter pour Sam, qui serre les poings.

Une femme âgée, furieuse, se précipite vers nous. Elle s'adresse à Sam :

— ¡ No es demasiado pronto ! ¿ Quién es ? [4*]

— Un amigo.

— ¡ Un amigo como tú ! ¿Cómo te atreves a traer de vuelta a una persona como tú?[5*]

Sam se décompose sur place. La blessure entre lui et sa famille est bien plus profonde qu'une simple histoire de carrière. Je ne comprends pas ce qu'elle raconte, mais c'est de la haine, de la haine qu'elle lui balance. Aucune compassion pour un fils qui vient de perdre son père, aucun soutien. Non ! Seulement un regard de dégoût pour Sam et aussi pour moi. Sam, immobile, ne rétorque pas, il se laisse faire. Je ne sais pas ce qui me retient d'intervenir, de dire à cette bonne femme le fond de ma pensée, même si c'est en français. Merde ! Il ne mérite pas ça ! Je lui caresse le bas du dos, pour lui rappeler que je suis là. Élias nous observe. Je retire ma main aussitôt.

— Mamá, por favor detente. No está aquí para eso. Déjalo en paz. [6*]

— Muy bien. Lo llamé para que viniera a despedirme de él. Después del funeral se irá porque aquí no tiene lugar.[7]

Après cette entrée théâtrale de cette « Mamá », j'attends patiemment le retour de Sam, disparu dans la maison. Élias, moi et un bon nombre de personnes sommes restés à l'extérieur.

4*. Ce n'est pas trop tôt ! Qui est-ce ?

5*. Un ami comme toi ! Comment oses-tu ramener une personne comme toi ?

6*. Maman, je t'en prie, arrête. Il n'est pas là pour ça. Laisse-le tranquille.

7*. Très bien. Je l'ai appelé pour qu'il vienne lui dire au revoir. Après les funérailles, il partira, car il n'a pas sa place ici.

Élias m'explique qu'il n'y avait que la famille proche, frères, sœurs, enfants, qui pouvaient aller voir le défunt avant la fermeture du cercueil. J'en profite pour en apprendre plus sur Sam, sa famille et sur Élias. Il me raconte qu'ils passaient beaucoup de temps ensemble pendant les vacances scolaires quand ils étaient enfants. Ils ont toujours été très proches et ils ne se sont jamais perdus de vue. Sam a été le souffre-douleur de ses autres cousins, mais aussi d'autres membres de la famille.

— Je peux te poser une question ?

— Sí.

— Je connais Sam depuis peu, mais je sais que c'est un mec bien. Pourquoi est-il rejeté ? Tu sembles être le seul à lui parler. Et à me parler par la même occasion.

— Sam a toujours été le vilain petit canard, en retrait. Même avant la dispute avec son père.

— Oui, parce qu'il n'a pas voulu devenir avocat.

— Ça *y* le fait que la famille n'a jamais accepté sa différence.

— Sa différence ?

— T'es pas au courant ?

Je n'ai pas le temps de répondre que Sam apparaît derrière nous. Son regard perdu, son teint livide prouve l'épreuve difficile qu'il vient de subir. Sans dire un mot, il court en direction de la voiture. Je salue Élias, en lui avertissant qu'on le retrouve à l'église, et je me mets à la poursuite de Sam.

Le trajet est plongé dans le silence le plus total. J'aimerais découvrir ce qu'Élias a voulu dire par « sa différence ». Mais le moment est mal choisi pour le questionner à ce sujet. Il aura eu suffisamment d'émotions pour aujourd'hui, inutile d'en rajouter.

Nous arrivons devant une magnifique cathédrale. Deux tours de tailles différentes, tout en pierre, ses superbes vitraux, lumineux, colorés et son imposante rosace. Je suis en admiration.

— C'est l'une des plus vieilles cathédrales du village, m'interrompt Sam. Le cortège va bientôt arriver. J'ai une place réservée devant, il n'y aura pas de siège pour toi, mais…

— Je ne serai pas loin, ne t'inquiète pas.

Les couleurs vives, les bancs en bois vernis, la représentation du Christ en couleur or. Jamais je n'avais vu un lieu aussi somptueux et chargé d'histoire. Je repère une chaise trois rangs plus loin de celle où se trouve Sam. J'ai eu la chance de m'installer à côté d'Élias, qui a la gentillesse de me traduire un maximum des paroles du prêtre. Il n'y a plus de place assise, plusieurs personnes doivent se résoudre de participer à la cérémonie debout.

Au bout d'une heure, nous avons alterné les prières, les chants à l'intention du défunt et de son passage au paradis. Le religieux désigne Sam et Max. Ils ont beau être frères, avoir des traits de ressemblance, ils se regardent pourtant comme des étrangers. Ils s'avancent. C'est Sam qui commence. Stressé, angoissé, les yeux brillants, il balaye l'assemblée. Il inspire profondément et débute son discours en espagnol :

— Jusqu'à ce matin, je n'avais aucune idée de ce que j'allais pouvoir dire. Puis j'ai pensé à raconter des souvenirs. Des souvenirs d'enfance qui m'ont marqué et qui me rappellent quel homme était mon père. Je me souviens du premier procès de Monsieur Nounours accusé d'avoir mangé tous les bonbons, défendu brillamment par Max, papa était le juge. Je me souviens de papa à mon chevet après mon accident de scooter. Je me souviens de notre dernière soirée ensemble, après laquelle nos chemins se sont séparés, là où j'avais le plus besoin de lui…

Sa voix s'étrangle. Il me repère parmi la foule. Je hoche

la tête, l'encourageant à poursuivre son discours sans fausses notes. Son talent ne se résume pas seulement au dessin, mais au choix des mots. Ses yeux se remplissent de larmes, ses lèvres tremblent :

— Siento pero… no puedo continuar.... [8*]

Il descend de l'estrade, traverse l'allée centrale, se précipite à l'extérieur. Sans réfléchir, je me faufile parmi les invités et regagne la sortie. Je me fous des regards braqués sur nous, des exclamations d'une telle scène dans une église, ce qu'il compte pour moi c'est de retrouver Sam.

Je ne le trouve pas. Je contourne les voitures, les touristes venus contempler la magnifique vue qu'il y a ici. Je regagne la nôtre, elle est toujours là sans Sam.

Un couple de Français passe à côté de moi.

— Excusez-moi, vous n'avez pas vu un homme avec une chemise tribale ?

— Si, il est parti en courant dans le parc.

Je les remercie, cours en direction de ce parc. Un chemin en terre, des arbres, des jeux pour enfants, des tables de pique-nique, des bancs. Il est assis, son visage enfoui dans ses mains. Il pleure. Des pleurs de douleur, de désespoir, tellement déchirants que je me presse à ses côtés.

— Sam !

Il se jette dans mes bras et éclate à nouveau.

8*. Désolé, mais… je ne peux pas continuer.

22.

Samuel

Jamais je n'aurais imaginé obtenir autant de réconfort dans les bras de quelqu'un. Je n'ai pas pu me contrôler quand il m'a appelé. Je ne le remercierai jamais assez de m'aider à ne pas sombrer. À ne pas sombrer dans mes vieux démons alors que je meurs d'envie de me réfugier dans un bar et de vider une bouteille de whisky. J'ai cru pouvoir supporter toute cette pression constante de ma famille qui ne m'a jamais considéré comme un des leurs. Toute ma vie, je me suis battu pour être accepté comme je suis. Ça n'a servi à rien. Je me demande même si mon père m'aimait vraiment. Maman me l'a toujours confirmé, mais est-ce que c'est la vérité ou un mensonge pour ne pas me faire de peine. William avait au moins la chance de ne pas comprendre les discussions à l'inverse de moi. Les moqueries, les jugements, les méchancetés fusaient dans tous les sens. Pas seulement pour moi. Ils ont eu la lâcheté de s'en prendre à William à son insu. Et ça, je n'ai pas pu le tolérer. Il ne le mérite pas et ça me rend malade que l'on puisse dire toutes ces horreurs sur lui. Je n'ai pas voulu retourner à la cérémonie et je décide de ne pas assister à la mise en terre. J'irai au cimetière plus tard. Je n'ai pas eu à débattre longtemps pour convaincre William. Il a insisté pour conduire en me faisant comprendre que je n'étais pas vraiment en état de prendre le volant. Il avait raison.

Je contemple le paysage que je connais bien. Rien à changer. Les vieilles maisons, les plaines à perte de vue et même le parc où on allait souvent avec Élias et des copains de vacances. J'aimerais bien savoir ce qu'ils sont devenus. J'ai arrêté de venir ici quand je suis rentré au lycée et je ne les ai jamais revus.

De temps en temps, William me regarde avec un sourire. Ce sourire qui m'a fait craquer lors de notre brève présentation à l'hôpital. Il ne m'était pas adressé, mais c'était suffisant pour qu'il reste gravé dans ma mémoire. Il n'a jamais quitté mes pensées. Au travail, il était là, chez moi il était là, dans mes rêves il était là. J'ai tout fait pour l'oublier parce que je savais qu'il ne partageait pas les mêmes choses que moi. Je n'ai pas réussi. Quand je l'ai revu dans ce bar, je me suis accroché à l'idée que c'était un signe, qu'il fallait que je le suive. Jamais, je n'aurais cru que mes sentiments seraient de plus en plus forts. Quand il a passé le week-end chez moi, j'étais tellement serein, apaisé par sa présence que je ne voulais pas qu'il s'en aille. C'est pour cette raison que je ne l'ai pas contacté les deux semaines qui ont suivi. J'espérais m'éloigner, mais il était trop tard. J'étais déjà amoureux. Il n'y a pas seulement cette journée abominable qui me met dans cet état-là, mais aussi les sentiments que j'éprouve pour William, qui, je sais, ne me mèneront nulle part, car il ne m'aime pas comme moi je l'aime. Même s'il a de l'affection pour moi, il n'est pas de ce bord-là et je vais m'égarer dans cet amour. Pourtant il va bien falloir que je lui avoue ces sentiments. Au risque de le perdre, mais je ne supporte plus de faire l'autruche. Il doit savoir.

J'étais sûr que ce voyage n'était pas une bonne idée, qu'il allait renforcer l'amour que j'ai pour lui, mais j'ai préféré ignorer cette petite voix qui me disait : « *Attention ! Tu vas te brûler les ailes* ». J'aime être avec lui et je pense que lui aussi. Je l'ai remarqué par ses gestes qu'il a envers moi. Sa main dans mon dos, tout à l'heure quand ma tante me mettait plus bas que terre, ses accolades, ses encouragements, ses blagues. Une belle amitié, oui. Mais je m'accroche à cet espoir. Cet espoir qu'il ressente plus qu'une simple amitié.

Le retour a été rapide. Je suis épuisé, j'ai besoin de m'allonger.

— Putain, ces chaussures me font un mal de chien ! grommèle William.

Ce ne sont pas seulement les chaussures qu'il enlève, mais aussi sa veste et sa chemise. Il se retrouve à nouveau torse nu devant moi. Cet homme est la perfection incarnée. J'aime sa musculature de sportif, ses poils à peine visibles toute en harmonie. Je n'ai qu'une seule envie : poser mes mains sur cette poitrine et lui retirer le reste de ses vêtements. S'il savait à quel point je brûle de désir pour lui, il prendrait la fuite à coup sûr.

Je lui tourne le dos et je m'assois sur mon lit. Une douche froide ! J'ai besoin d'une douche froide !

Histoire de me torturer encore un peu plus, William s'installe à côté de moi, toujours à moitié nu. Son parfum me chatouille le nez, sa respiration sur ma nuque. Stop ! Stop !

— Stop ! Je ne peux plus ! je m'exclame en bondissant du lit. William, s'il te plaît, peux-tu mettre un T-shirt ?

— Euh… oui.

J'ai parlé plus fort que je ne le pensais. Ce n'est pas dans mes habitudes. Il me regarde avec des yeux ronds. Il sort de sa valise un T-shirt blanc simple et l'enfile avant de répondre.

— Je peux savoir ce qu'il te prend ? Ta réaction pendant la cérémonie était plus que compréhensible, mais celle-ci, j'avoue que là je ne comprends pas.

— C'est toi qui n'arranges rien à la situation.

— Moi ? C'est une blague !

— Ce n'est pas ce que j'ai voulu dire, William. Je suis reconnaissant que tu sois venu vraiment. Mais ce n'était pas une bonne idée.

— Quoi ! Mais pourquoi ?

Cette conversation ne va pas se terminer de la façon dont j'avais prévu.

— J'ai fait quelque chose de mal ? s'inquiète-t-il.

— Non, non, loin de là. C'est moi le problème.

— Alors là, je suis largué !

Je suis encore plus stressé que pendant l'éloge que j'ai dû prononcer.

— La querelle avec mon père n'était pas seulement due au choix de carrière, mais aussi par ma différence qu'il n'a jamais acceptée. Avant la cérémonie, tu m'as demandé pourquoi ils nous fixaient comme des pestiférés. C'est simplement parce qu'ils… savent mon… mon orientation sexuelle. Je suis gay.

William reste impassible comme si je venais de lui annoncer la météo d'aujourd'hui. Debout, à côté de sa valise, silencieux, il ne prend pas la peine de me regarder.

— Parle-moi, Will ! Parle-moi, je t'en prie ! je le supplie, prêt à me mettre à genoux si c'est nécessaire.

Je sais que sa réponse ne sera pas celle que j'aurais espérée, que mon cœur sera réduit en miettes, qu'après cette conservation il disparaîtra de ma vie, que j'aurai du mal à l'oublier, car même s'il n'a pas d'amour à m'offrir, je n'imagine pas vivre sans son amitié.

Nous restons plantés là tous les deux de part et d'autre de la chambre sans un mot. De longues minutes interminables, qui me semblent être des heures. Je m'approche et je me tiens debout devant lui, séparés l'un de l'autre de quelques centimètres. Je prends le temps de l'admirer, sans doute pour la dernière fois. Même à travers son T-shirt blanc, je caresse du regard les courbes de son torse, de ses muscles. J'imprime son visage, son corps dans ma mémoire afin de pouvoir m'accrocher à ce souvenir quand je me sentirai seul dans mon appartement, comme je l'ai toujours été. Il lève les yeux vers moi, alors je plonge une dernière fois dans ses yeux bleus. Ses yeux dans lesquels je cherche ce signe d'espoir. Je ne sais pas comment je vais faire pour l'oublier. Si j'arrive à l'oublier un jour.

— J'ai seulement une question, me dit-il enfin.

— Je t'écoute.

— As-tu des sentiments pour moi ?

Je ne réponds pas.

— Je t'ai posé une question, Sam !

— Tu te souviens quand tu m'as demandé si j'avais trouvé l'amour ? Je t'avais répondu que j'avais trouvé *une personne* à aimer. Et cette personne c'est… c'est toi !

Il se tourne vers la fenêtre, se massant le front. Les battements de mon cœur s'accélèrent, j'en ai presque le souffle coupé. Les larmes montent. Ne craque pas, ne craque pas !

— Tu m'as fait croire pendant tout ce temps que tu étais mon pote alors que tu as toujours attendu autre chose de ma part !

— Non, je suis ton ami…

— Un ami qui me ment depuis le début.

— Je suis désolé, Will. Je n'ai pas pu contrôler mes sentiments. Il n'y a que moi pour tomber amoureux d'un hétéro…

— Depuis combien de temps ?

— J'ai commencé à en avoir après ton accident et

depuis je n'arrêtais pas… de penser à toi. Ils se sont amplifiés quand tu as passé le week-end chez moi et je t'ai menti quand je t'ai dit que je n'avais pas eu le temps de répondre à tes messages. J'ai voulu m'éloigner de toi pour me préserver. Je n'ai pas pu résister longtemps. Je suis revenu te voir.

— Pourquoi tu m'as rien dit ?

— Je sais que tu n'es pas intéressé, lui avoué-je une larme sur la joue. Je craignais de perdre ton amitié.

Il se précipite vers la porte. Je le rattrape par le bras, il se dégage violemment.

— Où est-ce que tu vas ?

— Je… j'ai besoin de prendre l'air. Je ne peux plus rester ici.

Ce que je craignais est arrivé. J'ai perdu l'amour de ma vie.

23.

Un mois plus tard.
William

Un mois. Un mois que j'ai rompu tout contact avec Samuel. Quand il m'a avoué qui il était et ses sentiments pour moi, je ne pouvais plus rester une minute de plus dans cette chambre avec lui. Je devais digérer tout ça et le seul endroit que j'ai trouvé pour réfléchir, c'était le jardin de l'hôtel. Je me suis senti ridicule, un abruti de première. Comment j'ai fait pour ne rien voir ? Alors que c'était là, devant moi. Je lui avais demandé pourquoi il était aussi altruiste avec moi. Sa réponse était convaincante, mais aujourd'hui la vérité m'explose en pleine gueule. Il voulait plus. Plus que je ne pourrais lui donner. Je lui ai fait confiance, je lui ai livré une part de ma vie, de mes pensées et, il lui m'a menti alors qu'il savait que l'honnêteté est importante pour moi, que depuis Lydia je ne supporte plus le mensonge. J'ai pris mes distances. Ça valait mieux pour lui et pour moi.

Quand je suis revenu dans la chambre, il était parti, la voiture de location avait disparu. J'ai attrapé mon téléphone, changé mon billet d'avion, activé Google traduction et je suis rentré à Bordeaux, seul. J'ai ignoré ses appels, ses textos, ses messages sur les réseaux sociaux. Il a arrêté au bout d'une semaine, à mon grand soulagement.

— Will ! William ! Tu m'écoutes, mon chéri ?

— Pardon, maman, tu disais ?

— Je disais, qu'as-tu prévu pour ton anniversaire ? Ce n'est que dans un mois et demi, mais si tu veux une énorme fête, il faudrait préparer ça dès maintenant.

Je n'ai pas le cœur à organiser quoi que ce soit. Depuis mon retour, malgré la meilleure volonté qui soit, je ne fais que penser à Samuel. La deuxième semaine, je me disais que j'aurais peut-être dû prendre le temps de l'écouter, au lieu de fuir comme un lâche. Mais j'avais peur de cette idée : qu'un homme puisse être amoureux de moi. La troisième semaine, j'étais toujours en colère contre lui, je voulais l'appeler, lui parler, lui hurler dessus. J'y ai renoncé. Aujourd'hui, il me manque.

— Je n'en ai pas envie…

— Bien sûr que si, c'est tes trente ans. Il faut célébrer ça.

— S'il te plaît, arrête, maman ! J'ai dit non !

Je me lève brusquement de ma chaise sous le regard horrifié de ma mère. Jamais je ne lui ai parlé sur ce ton. Je me précipite à l'extérieur et me réfugie sur la plage, proche de la maison. Un lieu apaisant, chargé de souvenirs d'enfance, de mon père, de notre famille réunie, de nos plus beaux moments. Cette maison est un lieu de retrouvailles, de vacances, de tranquillité. Une maison que mon père nous a laissée à sa mort. Il tenait absolument qu'elle nous revienne à Jessy et à moi. On se rejoint certains week-ends et chaque été. La plage, la fête foraine estivale, les yeux qui pétillent, Gabriel adore venir

— Je me doutais que je te trouverais ici !

Jessy se tient derrière moi, les bras croisés.

— Je peux savoir ce qu'il te prend ?

— Jessica, si tu es venue m'engueuler, tu peux repartir. Je n'ai pas besoin de ça !

Elle s'assoit à côté de moi, sur le sable et pose sa tête sur mon épaule.

— OK, dis-moi. Je peux t'aider ?

Je lui raconte tout ce qu'il s'est passé depuis mes retrouvailles mouvementées avec Sam. Plusieurs expressions se lient sur son visage. De l'inquiétude, quand je lui parle de la bagarre dans le bar. De l'émotion, à l'annonce de la mort du père de Sam. Un sourire, sur la vérité, sur ses sentiments pour moi.

— Et toi ? me demande-t-elle.

— Quoi, moi ?

— Tu ressens quelque chose pour lui ?

Je me dégage de ses bras.

— Non, bien sûr que non !

Comment peut-elle penser une chose pareille ? Je n'ai jamais eu d'attirance pour les hommes et ce n'est pas maintenant que ça va changer.

— Je te signale que je ne sors qu'avec des femmes. J'ai un fils qui le prouve.

— Et alors ? Tu ne seras pas le premier qui découvre son homosexualité à la trentaine.

Je m'écarte d'elle, hors de moi.

— C'est n'importe quoi ! Jamais ! Tu m'entends ! Jamais, je ne sortirai avec un mec !

— Tu ne peux pas nier que cette situation t'affecte beaucoup.

Oui et même plus que je ne le pensais. J'ai perdu un ami. Un ami que j'ai appris à connaître, avec qui je croyais avoir tissé un lien solide. C'était tellement facile de me confier à lui. Je me hais de ne pas comprendre pourquoi je suis autant en colère. De ne pas comprendre pourquoi nos discussions le soir me manquent tant.

***

La discussion avec Jessy a été interrompue par Patrick, qui nous avait appelés pour le dessert. Je suis resté silencieux pendant la fin du repas. Je n'étais pas d'humeur à participer au débat sur les matchs de la semaine ni de supporter les vannes douteuses de Patrick. Je me suis sauvé avant même la partie d'échecs que je dispute tous les dimanches avec Jessy.

Je tourne en rond dans les rues de Bordeaux. Je ne veux pas rentrer chez moi. J'ai besoin de me défouler, de me changer les idées. Cette situation avec Sam me rend fou. Le Club ! Une bonne séance de cardio devrait me détendre.

Je franchis les portes. Je tombe sur un bout de papier au sol.

— Oh, les gars, il y a des poubelles !

Ce n'est pas qu'un simple bout de papier, c'est une lettre, écrite à la main. Mon cœur se serre. Je reconnais l'écriture. Celle de Samuel.

William,

Je sais que ce n'est plus la mode d'écrire des lettres, mais je n'avais pas d'autre choix. Tu as bloqué mon numéro, tu m'as bloqué sur les réseaux sociaux et pour moi la lettre était le seul moyen que j'ai trouvé pour avoir une chance que tu lises ces quelques mots. À moins que tu l'aies déjà déchiré avant de continuer.

Je suis sincèrement désolé de t'avoir menti, de t'avoir caché qui je suis et ce que je ressens pour toi. Il n'était pas prévu au programme que je tomberais amoureux de toi, mais les sentiments sont incontrôlables. Je voudrais que tu saches que tous ces instants passés à tes côtés ont été merveilleux. Tu as su m'écouter, m'accompagner, me réconforter dans un moment difficile. Tu as été un véritable ami. Je comprends que tu ne veuilles plus me parler, mais que quoiqu'il arrive, je serai toujours là pour toi.

Je n'attends aucune réponse de ta part, mais j'aimerais que tu trouves la force de me pardonner.

Avec toute mon amitié,

Samuel

Le sac de boxe devant moi, je frappe sans prendre la peine de mettre des gants. Je me moque que mes mains ne soient pas protégées. Je frappe jusqu'à ce que je ressente la douleur. Une douleur qui me ferait oublier ce dernier mois, cette virée en Espagne, Samuel. Je frappe encore et encore jusqu'à l'épuisement. Je n'aurais jamais dû lire cette lettre, elle n'a fait que m'embrouiller l'esprit. Je m'écroule sur le banc, dégoulinant de sueur.

— Will ?

Jessy est devant moi, inquiète.

— Ça va ? Me demande-t-elle.

— Pas vraiment ! Qu'est-ce que tu fais ici ?

— On n'a pas fini notre discussion. Je suis allée chez toi, mais je n'ai pas vu ta voiture. J'en ai déduit que tu devais être au Club.

Elle remarque la lettre que j'ai laissé tomber au sol avant de m'acharner sur le sac. Je me précipite, mais elle est plus rapide que moi. Elle finit sa lecture et se retourne vers moi, ébahie.

— Waouh ! Il a l'art d'écrire de jolies lettres. Will, je sais ce que tu ressens…

— Arrête, Jess, vous semblez tous savoir ce que je ressens, toi, Toby, Alex. Mais, en fait, vous ne savez rien !

— Nous sommes ta famille, on est là pour toi.

— Pourquoi ? Pourquoi tu veux être là pour moi ?

— Tu es perdu, tu n'arrives pas à gérer cette situation. Et je suis certaine que toi aussi, tu as des sentiments pour lui et que tu refuses de l'admettre.

— Non !

— Arrête de nier l'évidence, Will. Tu passes le week-end chez lui, après c'est lui qui passe la nuit chez toi. Vous partez quelques jours en Espagne *tous les deux*. Sans oublier le nombre de fois où tu m'as dit que ce mec est génial !

— Il y avait des situations atténuantes.

Elle se calme.

— Tu sais. Tu as toujours eu ce regard différent envers les autres hommes. Ce regard avec lequel tu contemplais leurs beautés. Papa aussi avait des doutes. Ces doutes se sont amplifiés la fois où tu l'abandonné au restaurant, en colère. On a attendu que tu nous avoues ce secret jusqu'au moment où tu as rencontré Lydia. Mais quand je vois comment tu t'es comporté avec Samuel et ta réaction d'aujourd'hui, je me dis qu'il y a du vrai dans ce qu'on croyait depuis le début. Dis-moi que tu n'as aucun sentiment pour cet homme et je te laisse tranquille.

— Je…

— C'est bien ce que je pensais.

— Va-t'en !

— Attends…

Je rugis.

— Dégage !

Avant de quitter le Club, elle glisse une dernière fois :

— Quand tu seras prêt à en parler, appelle-moi !

Je ne peux plus m'arrêter de frapper. Je ne veux pas m'arrêter. Et si Jessy avait raison sur ce que je ressentais ? Si j'avais réellement des sentiments pour lui ? Non c'est impossible, elle se trompe forcément.

La porte claque de nouveau, suivie de pas.

— Je t'ai dit de me laisser tranquille, Jess !

Quatre hommes, tous vêtus de noir et les visages cachés, se tiennent devant moi.

24.

Leurs carrures imposantes, leurs souffles réguliers. Ça ne sent pas bon, ça ne sent pas bon cette histoire !

— Oui, messieurs. Que me vaut ce plaisir ?

Discrètement, j'essaie de me rapprocher du comptoir où se trouve le fameux « *bouton rouge* ». C'était pour moi une dépense inutile, mais aujourd'hui je suis bien content que Christophe m'ait convaincu de l'installer. C'est peut-être l'unique moyen de sauver mes fesses. Ils ne me laissent pas faire le moindre pas. Ils s'avancent, se placent tout autour de moi. Le plus imposant des quatre prend la parole :

— C'est une belle femme qui vient de sortir ! Ce serait un plaisir que tu nous la présentes.

Rester calme ! Rester calme !

— Dans tes rêves ! Et ne vous avisez pas de vous approcher d'elle !

— Je crois qu'il n'est pas judicieux de nous menacer. Nous sommes quatre et tu es seul. À ton avis, qui gagnera la partie ? Attrapez-le !

Deux d'entre eux m'agrippent fermement par les bras. Je me débats avant qu'un coup violent ne rentre en contact avec ma mâchoire. Puis un autre. Un goût métallique dans la bouche, le nez en sang, il frappe encore.

Il enlève sa veste, prend de l'élan et se déchaîne sur moi. Des coups à l'estomac, sur les côtes. Je m'écroule au sol, la respiration coupée.

— C'est bon, lâchez-le !

Il s'agenouille devant moi, m'attrape par les cheveux avant d'ajouter :

— Tu as intérêt de trouver l'argent. Sinon, c'est *elle* qui aura le même châtiment ! Ce serait dommage, tu ne crois pas ?

Ils quittent la salle. Je veux me relever, les suivre pour leur donner une bonne raclée, mais mes jambes refusent d'obéir. Mon téléphone est posé sur le banc à l'autre bout de la pièce. Il faut que je l'atteigne. Je rampe. La douleur est insoutenable. Le moindre centimètre parcouru me demande un effort considérable. Ma vision se trouble par les larmes, je n'arrive pas à lire les contacts. Je clique au hasard sur l'un d'eux. Une voix masculine décroche, mais je ne comprends rien à ce qu'elle raconte. Tout ce que je veux c'est de l'aide.

— De l'aide !

La voix calme se transforme en une voix paniquée.

— William, qu'est-ce qui se passe ? Où es-tu ?

— Le Club.

La douleur, la fatigue, c'est difficile de lutter. Je m'allonge au sol et ferme les yeux.

***

Une personne s'allonge à mes côtés dans mon lit. Son odeur m'est étrangement familière, mais impossible pour moi de mettre un nom dessus. Elle s'approche, se blottit contre moi, sa main parcourt mon corps à moitié nu, vêtu uniquement d'un simple boxer. Elle est chaude, délicate et dessine avec douceur des cercles dans le dos.

Elle dépose des baisers dans le creux de mes reins, sur mon l'épaule, jusqu'à ce que son souffle caresse ma nuque. Ma peau tout entière est envahie de frissons. Sa main tombe rapidement sur le haut de mes fesses où son petit doigt glisse sous l'élastique de mon boxer. Le désir monte, je ne le contrôle plus.

Je veux vivre cet instant, profiter de cette attirance, de cet amour, de ce désir que je n'ai jamais ressenti auparavant. Je pose ma paume sur sa joue, caresse sa bouche de mon pouce avant d'écraser mes lèvres sur les siennes. Douces et tendres, je ne peux pas m'en détacher. Nous échangeons un long baiser langoureux, qui nous rapproche encore plus. Son corps est sur le mien désormais. Nous nous embrassons encore, mes mains plaquées sur son dos musclé afin de la maintenir contre moi. Musclé ? Peu importe, ce que je souhaite maintenant c'est poursuivre notre chemin ensemble vers notre plaisir ultime. Ses lèvres se détachent des miennes pour se poser en dessous de mon oreille. J'entends pour la première fois sa voix d'une sensualité qui me fait bondir de passion :

— Alors, William, tu penses à moi ? Est-ce que tu me désires autant que je te désire ?

— Sam !

Je me réveille en sursaut, essoufflé, dégoulinant de sueur. Je ne parviens pas à savoir où je suis. Je sursaute à nouveau, Jessy est assise à côté de moi.

— Tout va bien, tu es à l'hôpital.

— Qu'est-ce… pourquoi ?

— Samuel t'a retrouvé dans un sale état, peu après mon départ. Tu peux m'expliquer ce qu'il s'est passé ?

Je me souviens de la menace qu'ils ont proférée sur Jessy. Dois-je lui en parler ? Non, je serais forcé de tout lui raconter. Elle se fait suffisamment de soucis, inutile d'en rajouter davantage. Elle doit partir cette semaine chez la famille de Yann, ce sera l'occasion de l'éloigner et de la mettre en sécurité le temps que je règle toute cette merde.

— Un cambriolage. Des types sont rentrés. Ils pensaient trouver de l'argent, mais je n'en avais pas et ça a dégénéré.

Elle me fixe, sourcils froncés comme si elle cherchait un signe qui pourrait me trahir. Elle sait que je suis nul pour raconter des bobards, mais cette fois-ci, elle ne voit rien. L'honnêteté est l'une des valeurs qui me sont chères et devoir moi-même mentir, c'est difficile. Mais là, il ne s'agit pas de simple vérité, mais de la sécurité de Jessy. Et puis, je ne suis pas loin de la vérité. Mon père avait l'habitude de nous dire que « *Les mensonges se construisent avec une part de vérité* ». Il avait raison.

Elle s'allonge à côté de moi et se blottit dans mes bras.

— Tu m'avais promis de ne plus t'attirer d'ennuis.

— Ce n'est pas moi qui cherche les ennuis, ce sont eux qui viennent à moi.

De petites secousses confirment l'effet que je voulais pour la détendre. On discute durant des heures, de leur programme pendant les vacances, du fait qu'elle est terrifiée de séjourner chez les parents de Yann un mois entier. Elle se sent comme une étrangère et les piques que lui lance sa belle-mère n'arrangent rien. Il était prévu qu'ils aménagent chez Yann, à Paris, mais par amour pour Jessy, ils sont restés à Bordeaux. Yann savait qu'elle ne supporterait pas de vivre loin de sa famille, loin de moi.

Même si ce n'est pas l'endroit le plus merveilleux qui soit, ce moment avec elle m'a permis de penser à autre chose. Je me rappelle les nuits blanches qu'on passait, dans ma chambre ou dans la sienne, à discuter, à regarder des films ou à jouer aux échecs, sans que les parents ne s'en rendent compte. Pendant un instant, j'oublie mes problèmes, l'argent que je dois, Samuel. Je lui suis reconnaissant de ne pas remettre sur le tapis mon hypothétique homosexualité.

— Jessy ? Comment se fait-il que ce soit Sam qui m'ait

trouvé ?

— Tu l'as appelé. Il t'a amené à l'hôpital. Il est parti quand je suis arrivée.

J'ai des dizaines de contacts dans mon répertoire et il fallait que je tombe sur celui que j'essaie d'oublier. Le karma ne me laissera donc jamais en paix !

— Je peux entrer ?

Yann, dans son éternel costume de bureau, se dresse devant la porte.

— Yann ! C'est gentil de venir prendre de mes nouvelles ! Au cas où tu aurais espéré le contraire, je vais très bien.

Jessy me tape sur l'épaule.

— Ta mère t'attend, chérie. Je vais prendre le relais.

— Maman t'attend, pourquoi ? Et de quel relais il parle ?

Je regarde tour à tour Yann et Jess. Tous deux dessinent un sourire malicieux sur leurs visages.

— Non, mais vous n'êtes pas sérieux ! J'ai passé l'âge d'être babysitté !

— Désolé, mais avec tout ce qu'il t'arrive en ce moment, j'aimerais t'enfermer à double tour. À défaut, on va te surveiller. Au revoir, mon frère !

— Non, Jess. Ne me laisse pas avec lui ! Pitié !

Yann lève les yeux au ciel avant de s'installer dans le fauteuil à côté du lit. Il fouille dans son sac et en sort un jeu d'échecs. Je souris, disons plutôt que je grimace de toutes mes dents.

— Je ne te l'ai jamais dit, mais tu es mon beau-frère préféré !

— C'est gentil vu que je suis le seul. Tu veux jouer ou non ?

— Évidemment ! Je vais pouvoir te mettre la misère !

— N'en sois pas si sûr. Je me suis beaucoup entraîné

avec Jess.

Effectivement, je suis impressionné par ses progrès. Fier comme un coq avec son premier « échec et mat » face à moi. Je le comprends. Jessy est la plus forte et gagner contre elle, c'est loin d'être facile. Et en gage, j'ai dû m'excuser plusieurs fois et avouer que ce n'était pas si terrible de passer du temps avec lui. À la troisième partie, nous sommes interrompus par mon téléphone. Alex. J'espère que Jessy ne lui a rien dit.

— Salut…

— *Tu es chez toi ?* m'agresse-t-il.

OK, on se détend mon pote !

— Je suis à l'hô… Je suis avec Yann.

Je deviens fort à ce jeu-là.

— *Ramène-toi, le Club est en feu !*

— Quoi ?

— *Samuel m'a appelé, on est devant. Les pompiers sont en train d'intervenir.*

Sur le coup de la surprise, un geste brusque chavire le plateau par terre éparpillant les pions sur le sol. Je bondis du lit, me dégage des fils plantés dans la peau.

— Qu'est-ce que tu fais ? Remets-toi au lit.

J'ignore totalement Yann affolé, qui cherche un moyen de me faire entendre raison. Mais il faut que je parte. Je chope une tenue plus décente que cette robe d'hôpital et je sors en trombe de la chambre. La douleur, qui était jusqu'à maintenant atténuée par la perfusion, refait surface. Les pas deviennent de plus en plus difficiles au fur et à mesure que j'avance, mes côtes me font souffrir au point de lâcher des gémissements.

Yann n'a pas de mal à me rattraper. Il suffit de quelques enjambées pour être en face de moi. Il me prend par les épaules et m'oblige à le regarder.

— Will ! Non ! Retourne dans la chambre !

— Tu n'as pas d'ordre à me donner. Il faut que j'y aille.

— Peut-être, mais tu n'es pas en état.

— Depuis quand tu t'inquiètes pour moi ?

— Je ne m'inquiète pas pour toi, mais pour moi. Si je te laisse sortir, je me fais tuer par ta sœur !

Malgré toutes ses tentatives pour me convaincre de faire demi-tour, Yann accepte de m'amener au Club. Je signe les papiers de sortie et il me guide à sa voiture.

Le trajet est interminable et je ne supporte plus Yann, qui n'arrête pas de se plaindre en répétant sans arrêt : « *Je vais me faire tuer, je vais me faire tuer !* » ou « *Tu te rends compte, Will, que ça sera un motif de rupture pour Jess !* ».

Trente minutes nous séparent du Club et j'ai l'impression de rouler depuis des heures. Plus je m'approche, plus j'angoisse. Je ne sais pas dans quel état je le trouverai. Je me prépare à l'idée qu'il n'y aura rien à sauver. Yann remarque une épaisse fumée noire. Mon rythme cardiaque s'accélère.

Un périmètre de sécurité a été mis en place, plusieurs camions, plusieurs pompiers sont à pied d'œuvre pour éteindre l'incendie. Certains sont rentrés pour attaquer le brasier de l'intérieur. Des flammes sont encore visibles au rez-de-chaussée, l'étage est également touché. Il lâche la voiture dans un coin de rue et on se précipite difficilement, vers Alex et Sam. C'est un vrai désastre. Tout est en cendres. Tout.

Alex, choqué par mes hématomes au visage, s'apprête à parler. Sûrement pour me questionner ce qu'il m'est arrivé. Je le fais taire de la main. Ce n'est pas le moment de me justifier.

— Qu'est-ce qu'il s'est passé ? je finis par lui demander.

— On ne sait pas encore. Nous devons attendre l'extinction de l'incendie et que la structure soit sécurisée pour commencer notre enquête. Mais d'après certains pompiers, ce serait crimi…

Un énorme craquement se fait entendre. Les pompiers à l'intérieur se précipitent dehors et un bruit sourd résonne dans toute la rue. Le sol de la mezzanine vient de s'effondrer, entraînant dans sa chute tous les appareils de musculation.

En quelques instants, j'ai tout perdu. Des mois de travail pour en arriver là. Le sort s'acharne contre moi. Sans parler de toute la paperasse qui s'annonce. L'assurance, les expertises, mes salariés que je vais devoir mettre en chômage, les clients à qui je devrai rembourser parce qu'ils ne pourront plus profiter de leur abonnement.

Sam s'approche de moi, sachant qu'à ce moment, j'ai besoin de réconfort. Il est près de moi, je sens son parfum. Des frissons me parcourent le corps quand sa main frôle la mienne. Dans un geste inconsidéré, j'enroule mes doigts autour des siens. La tension de ces dernières minutes s'évanouit un instant.

25.

Samuel

Un après-midi entier aura été nécessaire pour que les pompiers viennent à bout des flammes. La police est en piste, prise de photos, recherches d'indices, d'empreintes, n'importe quoi qui pourrait les aiguiller. C'est la procédure, même si d'après le lieutenant il y a peu de chance qu'on puisse retrouver l'auteur de l'incendie. William, Yann et moi, nous attendons le feu vert pour pénétrer dans ce qu'il reste du Club.

William est silencieux. Trop silencieux. Il a à peine dit deux mots. Je ne sais pas comment me comporter avec lui, après un mois sans nouvelle. Quand j'ai vu cet homme séduisant s'avancer aux côtés de William, de mon William, une peur irrationnelle m'a envahi. La peur qu'il ait choisi un autre homme que moi. Pourquoi ? Ce n'est pas dans les bras d'un homme qu'il aura du réconfort, mais dans ceux d'une femme. Cette peur s'évanouit avec la présentation de Yann, qui n'est autre que l'homme qui partage la vie de Jessica.

Yann lui a assuré qu'il ferait tout pour lui trouver un nouveau local, qu'il pourra travailler dans peu de temps.

Mais ce n'est pas la principale préoccupation de William. La colère guette, il bout de l'intérieur. Je sais qu'il pense la même chose que moi. Le passage à tabac, hier, la destruction du Club, quelle sera la prochaine étape ? Est-ce qu'ils passeront à la vitesse supérieure ? S'en prendre à sa famille, à son petit garçon, à lui-même. Ce que je crains, c'est qu'il serait capable de se jeter dans la gueule du loup sans hésiter pour protéger ceux qu'il aime. Il n'a pas cessé de me le répéter lorsqu'il m'a raconté son histoire.

La police scientifique a terminé. Le lieutenant nous signale que la voie est libre. William entre le premier, suivi de Yann puis moi.

— Les scientifiques ont confirmé l'hypothèse des pompiers, c'est un incendie criminel, affirme le lieutenant. Ils ont tout saccagé. Les sacs de boxe, les sièges des machines ont été éventrés avant le départ du feu qui a eu lieu ici à l'entrée. Il a été déclenché avec de l'essence et un briquet. Quelqu'un t'en veut, Will ! Tu as une idée de qui aurait pu faire ça ?

— Non, aucune !

Je me tourne brusquement vers lui, furieux. Comment peut-il mentir ? Il ne voit pas que c'est pire de ne rien lui dire. William inspecte ma réaction. Je suis le seul à savoir ce qui se trame. Il comprend ce que j'ai derrière la tête, il me supplie d'y renoncer.

— Qu'est-ce que vous cachez, vous deux ? grogne le lieutenant. Si vous savez quelque chose, vous feriez mieux de me le dire.

— Non, il n'y a rien, répond précipitamment William.

Je lève les yeux au ciel.

Tout est dévasté. Ses récompenses qu'il avait soigneusement mises en valeur, ses photos de lui avec son entraîneur et ses camarades, il ne reste plus que le verre brisé au sol. Ses médailles, ses coupes qu'il a eues en amateur, recouvertes de suie. Ses ceintures de champion qui n'ont pas eu de meilleurs traitements. L'une d'elles est tombée. Sa sangle en cuir, ses écussons dorés, elle était magnifique. Maintenant, elle est dans un sale état.

— C'est la dernière ceinture que j'ai remportée avant la naissance de Gabriel, se souvient William, une pointe de nostalgie dans la voix. C'était mon ultime championnat et d'avoir tout quitté a été difficile. Mais quand j'ai vu mon fils pour la première fois, je me suis dit que j'avais fait le bon choix. Ma nouvelle vie avait commencé.

Nous restons près d'une heure à essayer de retrouver du matériel, des papiers, des objets personnels épargnés par les flammes. Il n'y a plus rien. La majeure partie était dans son bureau, entièrement écrasé par la mezzanine. William est à bout de nerfs, il est sur le point d'exploser. Mains sur ses côtes, grimaçant de douleur, il ramasse une tasse intacte.

— Voilà ce qu'il reste ! Une simple tasse ! grogne-t-il les dents serrées.

Dans un accès de colère, il la jette contre le mur. Elle se brise en mille morceaux.

— Je suis désolé ! J'ai besoin de prendre l'air !

— Je vais lui parler, dis-je aux deux autres.

Ils acquiescent et poursuivent leurs recherches.

William est introuvable. J'examine chaque côté de la rue, il n'y a que les curieux, venus contempler le spectacle, offert un dimanche après-midi. Il n'a pas pu aller bien loin, il est arrivé avec la voiture de Yann. Je l'appelle. Ça sonne dans le vide. Je persévère. Directement sur sa messagerie. Il ne veut pas qu'on le cherche. Et si c'étaient ces types ? Et s'il avait été kidnappé ? Ils savent que Will serait ici. Je m'immobilise ! Je le rappelle.

— Réponds, Will, je t'en supplie, réponds !

Mon cœur s'emballe. Je continue d'avancer, je ne partirai pas tant que je ne l'aurai pas retrouvé. J'ai besoin d'un coup de main, je compose le numéro du lieutenant. J'interromps l'appel, une voix résonne dans un bar. Une voix que je reconnais immédiatement. Je franchis la porte.

Je ne prête aucune attention à la déco. Je ne suis pas là pour admirer les goûts des propriétaires, mais pour chercher l'homme que j'aime et m'assurer qu'il est en sécurité. Toutes les conversations sont focalisées sur l'incendie, des hypothèses établies, des accusations sur des «*prétendus*» coupables, rien pour arranger la situation. Je le repère enfin, assis au bar, un verre à la main, une bouteille de whisky presque vide, posée à côté. Mon Dieu, j'espère qu'il n'a pas bu autant.

— William ?

Ses yeux vitreux, injectés de sang, c'est ce que je craignais, il est saoul.

— William, arrête ! Ce n'est pas raisonnable. Je vais te ramener chez toi.

— Qu'est-ce que ça peut te faire ? T'es rien pour moi !

Un coup de poignard en plein cœur.

— Peut-être, mais je m'inquiète pour toi ! Boire n'est pas une solution.

Et, je sais de quoi je parle. Tout a commencé dans une boite de nuit où j'ai décidé de me saouler pour oublier un instant ma vie, qui était un lot d'obstacles que je n'étais pas prêt à affronter. C'était efficace. Si efficace que j'ai voulu recommencer la semaine suivante, plusieurs fois par semaine puis tous les jours. Jusqu'à ce que je me rende compte que ce qui était devenu un refuge était devenu un nouveau combat. Je n'ai pas touché une goutte d'alcool depuis plusieurs années maintenant. Même s'il m'arrive parfois d'en avoir envie. J'ai gardé contact avec ceux qui m'ont aidé et accompagné pendant cette période sombre de ma vie. Ce sont mes amis aujourd'hui. Mes seuls amis. Mélanie qui s'occupait d'une association d'alcooliques anonymes. Fred et Jeff mes camarades de cure qui ont, eux aussi, réussi leurs rédemptions. Ce qui est sûr c'est que je ne veux pas que William subisse ce même combat. Il en a déjà bien assez. Il remplit son verre.

— En quoi c'est un problème ? Laisse-moi, je n'ai pas besoin de toi ni de qui que ce soit !

— C'est hors de question. Je sais comment ça va finir si tu restes ici. Viens, je te ramène chez toi.

Je lui prends le bras qu'il dégage immédiatement. Je n'ai jamais vu autant de colère dans ses yeux. J'aimerais pouvoir le soutenir, mais il ne m'aide pas. J'abats ma dernière carte. Je m'installe sur le tabouret à côté de lui et commande un verre.

— Tu fais quoi ?

— Tu vois, je reste picoler avec toi.

— Tu m'as dit que tu ne buvais jamais d'alcool.

— C'est vrai ! Ce n'est pas vraiment recommandé pour un alcoolique !

Il m'arrache mon verre des mains et le balance contre le mur.

— Qu'est-ce qui ne va pas chez vous ?! crie le barman.

— Oh quel maladroit ! s'excuse faussement William.

Il jette un billet de cinquante euros sur le bar, m'agrippe le bras et me traîne à l'extérieur. Avec tout ce qu'il a bu, je suis impressionné qu'il arrive encore à mettre un pied devant l'autre.

— C'est vrai cette histoire ou c'était une ruse pour me faire sortir ?

— Les deux. Je ne m'attendais pas à ce que ça marche aussi bien. Maintenant, tu vas accepter que je te ramène chez toi ?

Il hoche la tête. J'envoie un message au lieutenant avant de le conduire à ma voiture, prenant soin de ne pas passer devant le Club réduit en cendres. Il en a assez vu pour aujourd'hui.

***

Dix longues minutes que nous sommes garés devant sa résidence. William, comme depuis qu'il est monté dans la voiture, fixe le tableau de bord. Un silence absolu s'est installé. Seule la pluie a décidé de rompre ce silence. J'aimerais pouvoir lui tenir la main, le prendre dans mes bras, le serrer contre moi et lui dire que tout ira bien. Lui dire à quel point je l'aime et que quoiqu'il arrive je serai là pour lui.

Il se tourne vers moi, comme s'il venait de reprendre connaissance.

— Tu veux monter boire un verre… enfin un truc. Je vais te paraître ridicule, mais je n'ai pas envie de rester seul ce soir. J'ai… J'ai besoin de… non, laisse tomber.

— Ce n'est pas ridicule. Comme ça je pourrai m'assurer que tu sois bien arrivé sans avoir raté une marche.

Il sourit enfin. Il grimpe les escaliers sans problème. Ce n'est pas comme s'il venait d'engloutir la moitié d'une bouteille de whisky.

— Assieds-toi sur le canapé, j'attrape les sodas.

J'acquiesce et prends le temps d'admirer une nouvelle fois son appartement. Du noir, du gris, du blanc. La sobriété qui lui ressemble. Des touches de couleurs, des photos de lui et son fils, de ses parents, de sa sœur, de ses amis à des âges différents. Il ne mentait pas quand il disait qu'il connaissait le lieutenant et le docteur depuis l'enfance.

— Tu n'as pas intérêt à te moquer de mon appareil dentaire ! m'avertit-il en s'installant à côté de moi.

— Ce n'est pas mon genre.

— Je suis désolé pour ce que je t'ai balancé tout à l'heure, je ne le pensais pas.

— C'est oublié.

— Il n'y a pas de match ce soir, je peux te proposer un film. Ah ! Tiens, il y a *Retour vers le futur*, ça devrait te plaire.

Il s'est souvenu que c'est mon film préféré. C'est anodin, mais cette attention me touche beaucoup. Encore plus lorsqu'elle vient de William. Il m'observe depuis un moment.

— J'ai quelque chose sur le visage ?

— Pourquoi tu crois toujours avoir un truc sur le visage ? Non, je me demandais… j'aime beaucoup les ailes sur ton cou.

— Merci. Le signe de la liberté. La liberté d'être moi.

— C'est la première chose que j'ai admirée chez toi. Il est magnifique, tout comme toi.

— Qu'est-ce que tu viens de dire ?

— Pardon… ce n'est pas… je voulais… Oh et puis merde !

Il prend mon visage entre ses mains et dépose ses lèvres sur les miennes. Sous l'effet de la surprise, je ne lui rends pas immédiatement ce baiser avant de m'y abandonner totalement. Ce baiser que j'ai espéré, que j'ai rêvé. Je m'abandonne à sa douceur, à ses caresses jusqu'à ce que nos baisers deviennent plus intenses. Ma conscience me rappelle à l'ordre. S'il doit se passer quelque chose entre nous, je ne veux pas que ça soit de cette façon.

— Je ne comprends pas. Je pensais…

Il se lève d'un bond, la main sur le visage, complètement dépassé par son geste.

— Je… je suis désolé, Sam. Je n'aurais jamais dû faire ça ! Je t'en prie, va-t'en !

— On devrait en parler. Tu ne crois pas ?

— Sam, non, il n'y a rien à rajouter ! C'était une erreur ! Maintenant, sors de chez moi !

— Will…

— Dehors !

C'est loin de ce que je désire, mais je quitte son appartement en gardant espoir que ce baiser soit tout sauf une erreur. Son regard, ses gestes, ses doigts autour des miens. Je reprends espoir. L'espoir qu'il veuille construire une belle histoire à mes côtés. Maintenant, ce qui m'importe c'est de veiller sur lui. Il faut que j'aille parler au lieutenant.

26.

William

Oh putain ! Oh putain, je l'ai embrassé. Moi, William Moreno, j'ai embrassé un mec pour la première fois. C'est impossible ! Qu'est-ce qu'il m'a pris ? Et le pire, je ne voulais pas que ça s'arrête, je voulais plus. Je le désirais, ses lèvres, sa poitrine, son corps tout entier m'appelaient. On nous parle souvent des papillons dans le ventre lors d'un baiser. Ils étaient là. Mon pouls s'accélérait, mon cerveau était en ébullition alors que j'espérais contredire Jessy, lui prouver qu'elle avait tort, que mon attirance pour les hommes n'était qu'une fiction.

C'est une fiction ! Ce sont les effets de l'alcool qui me font faire n'importe quoi. Je ne vois que ça. Comment je pourrais passer d'hétéro à gay ? Tout ça pour un homme à qui je porte une grande amitié. Je n'ai couché qu'avec des femmes, j'ai vécu avec une femme, j'ai eu un enfant avec elle, pourquoi ça changerait, maintenant, aujourd'hui ? Je me hais de ne pas comprendre ce qu'il m'arrive, de ne pas comprendre pourquoi il me manque, de ne pas comprendre pourquoi un mois sans le voir était une torture, de ne pas comprendre pourquoi je meurs d'envie de le retrouver.

J'attrape mon téléphone. J'ai besoin d'un tranquillisant :

— Will ?

— J'ai retenu ce que tu m'as dit la dernière fois qu'on s'est vu, mais t'aurais pas envie de t'envoyer en l'air, ce soir ?

Le rire de Camille résonne à travers le téléphone.

— Eh ben ! Comme question directe, je n'aurais pas fait mieux. Viens chez moi, je t'envoie l'adresse.

Je me jette sur mes clés. Merde ! J'ai trop bu. J'appelle un taxi. Je dévale les escaliers et pour couronner le tout je rate une marche et m'écrase sur le mur en face, ravivant la douleur dans ma poitrine que j'avais presque oubliée.

Je monte dans la voiture, ignorant totalement le conducteur qui me juge avec mépris. J'imagine ce qu'il est en train de se dire : « *Qu'est-ce qu'il va me faire celui-là ?* » ou peut-être : « *Pitié, qu'il ne vomisse pas dans la voiture !* ». Au bout d'une quinzaine de minutes, il me lâche devant un ancien immeuble. Camille m'accueille de son sourire radieux.

Je ne perds pas de temps, je l'attrape, l'assois sur une table et l'embrasse avec fureur.

— Attends, attends. Tu as bu avant de venir ?

— Oui, pourquoi ?

— Ton ex t'emmerde encore ?

Si seulement c'était ça. J'ai espéré que Lydia me fiche la paix, là j'aurais préféré que ce soit elle, la raison de ma venue ici.

Elle enlève son T-shirt, je lui dégrafe son soutien-gorge. J'aime cette peau douce, ses formes généreuses. Oui, j'aime les femmes, mon érection le prouve. Je la prends dans mes bras et l'emmène dans sa chambre.

Les chaussures balancées à l'autre bout de la pièce, les vêtements jetés sur le lit, je me sens mieux. Je me détends en elle. La synchronisation de nos gémissements, de nos souffles, le plaisir augmente. Ses pecs, ses bras musclés… NON ! Je suis avec Camille ! J'enfouis mes mains dans sa crinière dorée, je l'embrasse longuement. *William*… NON ! Je suis avec Camille. Les ailes sur son cou… NON ! NON ! J'accélère le mouvement jusqu'à atteindre l'orgasme.

Je tombe à côté. Essoufflé.

— Waouh ! Je ne sais pas ce qui t'a mis en rogne, mais c'était… intense.

***

Septembre 2006

— *Dépêche-toi, Willy. Tu vas être en retard.*

— *J'arrive, papa !*

Qu'est-ce qu'il est chiant. Je sais que j'ai traîné au lit, qu'on doit partir dans dix minutes et que je rêverais de rester à la maison. Je rejoins tout le monde dans la cuisine, les parents en pleine discussion, Jessy qui finit son bol de céréales.

— *Bonjour, chéri, tu veux déjeuner ?*

— *Non merci, maman, j'ai pas faim.*

— *T'as la trouille, t'as la trouille ! se moque Jessy.*

— *La ferme !*

Elle m'énerve, mais merde ! Oui, j'ai la trouille ! J'ai passé des heures à évacuer mon stress aux chiottes.

Je rentre au lycée. Un lycée où je ne connais personne, où mes amis ne seront pas mes repères, comme ils l'ont toujours fait. Traitres ! Jessy s'en fout, elle retrouvera toutes ses copines et de nous deux, c'est elle la plus populaire. Dans la même situation, en une journée, elle aurait tout le lycée en ami. Moi, je ne suis que Will, le mec discret, entouré de sa bande de potes. Enfin, c'était avant.

— *C'est normal, mon fils. Tu es prête, ma puce ?*

Comme tous les matins, c'est papa qui nous dépose. D'abord Jessy au collège puis moi.

— Ça va bien se passer, ne t'inquiète pas.

— Ne viens pas me chercher. Je retrouve Toby et Alex après les cours.

Il hoche la tête.

Je me sens abandonné dans ce gros bahut. Des groupes d'élèves se forment, moi seul comme un débile attendant que le proviseur prenne la parole.

— Salut ! T'es nouveau toi aussi ?

Un rare courageux qui ose me parler.

— Ouais.

— Moi c'est Kevin.

— Will.

— Content de te connaître, on se verra plus tard.

L'appel des élèves par classes, les premiers cours, les éternelles présentations répétées, cours après cours, pour chaque prof. Kevin est dans la même classe, avec les mêmes options. Il est cool ! Vient enfin la dernière heure, le sport. Course d'endurance pour commencer l'année. Le prof siffle.

— Bravo à tous. Vous pouvez regagner les vestiaires.

Comme à mon habitude, je me glisse dans un coin. On ne me voit pas, on ne me remarque pas, je suis invisible.

— Qu'est-ce que tu fais dans ton coin ?

Kevin se tient à côté de moi, à poil. Je détourne les yeux. Bon, pour ce qui est de l'invisibilité, il faudra revoir le concept.

— J'aime avoir de l'intimité, vois-tu ! Et montrer ma bite devant tout le monde, c'est pas mon truc.

— T'as pas à rougir, pourtant. Elle est très bien.

Une tape sur l'épaule, un clin d'œil. Est-ce qu'il vient vraiment de complimenter ma queue ?

Quelques jours plus tard

Je commence vraiment à me plaire ici. Les profs sont cools, je m'entends bien avec les gars. Les filles ? Il faudrait déjà que j'arrive à parler avec l'une d'elles. J'ai deux ans devant moi, j'ai le temps.

— Salut !

Je sursaute.

— Merde, Kevin ! T'as pas marre de me foutre la trouille dans les vestiaires.

Il rit. Du bout des doigts, il me caresse le bras.

— Woohoo ! Tu fais quoi là ?

— Je vais être clair avec toi. T'es mignon, sarcastique, tu me plais beaucoup. Et j'aimerais échanger plus que des « Salut, ça va. ». Si tu vois ce que je veux dire.

— Non, là, maintenant, je ne vois pas !

— Je te montre.

Il rapproche son visage du mien. Seulement quelques centimètres nous séparent, quelques millimètres.

— Non, non, non ! Je suis flatté, vraiment, mais les mecs, c'est pas mon trip.

— T'en es sûr ?

— Absolument.

— Pourquoi tu bandes alors ?

— Will ? Est-ce que ça va ?

Camille, emmitouflée dans sa couverture, me rejoint sur le balcon. Je n'arrivais pas à trouver le sommeil. Je pensais qu'avec l'alcool et le sexe, je dormirais à poings fermés. C'est tout le contraire.

— Ouais, je… Désolé si je t'ai réveillée.

— Tu vas me dire pourquoi tu t'es réfugié chez moi, bourré ?

En me pointant ici, je me suis promis de ne parler à personne de ce qu'il s'était passé ce soir. De l'enterrer dans un coin de ma tête, me rappeler seulement que c'était une erreur. Une simple erreur. Mais ça me ronge. Me confier serait une solution pour soulager ma conscience. Et qui mieux qu'une personne qui ne connaît ni ma famille ni mes potes ni le gars en question ?

— Est-ce qu'il t'est arrivé de te poser des questions sur qui tu es vraiment ?

— Non. Pourquoi, tu te poses ces questions ?

— Je… Je crois que je suis en train de tomber amoureux…

— Pas de moi, j'espère !

— Honnêtement, j'aurais préféré. Je suis en train de tomber amoureux… d'un mec.

— Qu… quoi ? s'exprime-t-elle, les yeux grands ouverts comme des soucoupes. T'es gay ?

— Je crois… enfin, je sais pas… je sais plus. Je suis paumé, Camille !

Je lui raconte tout. De ma rencontre avec Samuel, du week-end chez lui après le bordel que j'ai foutu dans le bar, les sentiments étranges que je ressens pour lui, de son amour pour moi, de ce que pense ma sœur, de ce souvenir qui vient de refaire surface. Elle m'écoute attentivement.

— Tu voulais te prouver que t'étais bien hétéro ? C'est pour ça que tu m'as appelée ?

— Oui, je suis désolé.

— Tu pensais à lui ?

Oh oui, je pensais à lui et c'est comme ça depuis que je l'ai rencontré. Il m'obsède. J'enfouis mon visage dans mes mains. Elle pose la sienne sur mon épaule.

— Écoute, je ne vais pas prétendre comprendre ce que tu ressens, mais tu cherchais l'amour, non ? Il est amoureux et toi aussi. Alors quelle importance si c'est un homme ou une femme ?

— Comment je peux passer d'hétéro à gay à trente ans ?

Pourquoi je n'ai rien vu avant ?

— Je suis d'accord avec ta sœur sur le fait que tu l'as toujours été, mais que tu ne le remarquais pas jusqu'à maintenant. Il a fallu qu'une personne te donne le déclic. Et cette personne c'est Samuel. Tu as pris ton pied avec des femmes c'est vrai, surtout avec moi. Mais si tu as besoin d'un homme pour être heureux, ça sera un homme.

Elle me serre dans ses bras, me serre contre elle. Je lui murmure : « Merci ».

— Je vais rentrer chez moi, je…

— Il n'y a pas de tram ni de bus à cette heure-ci. Viens te coucher, tu rentreras chez toi demain.

27.

William

L'eau chaude ruisselle sur mon visage. Depuis que je suis revenu de chez Camille, la tension absorbée par mon corps ne disparait pas.

— Tu envisages d'en parler à Samuel ? m'avait-elle demandé avant mon départ.

— J'en sais rien. Je devrais, non ?

— Pour son petit cœur, oui.

— Tu te rends compte que si j'entame une nouvelle relation, ce sera fini de nos parties de jambes en l'air.

— Qu'il en soit ainsi ! Je ne serai plus une *sexfriend* mais ton amie. Ça me va aussi. Si tu as besoin de quelqu'un à qui parler, je suis là.

Elle m'a embrassé sur la joue avant que je quitte son appartement.

Et cette histoire d'argent n'arrange rien. Il n'y a pas de preuve, mais je suis certain que les types qui m'ont attaqué sont les mêmes qui ont détruit le Club, et « *Laurel et Hardy* » en faisaient partie. Je ne les laisserai pas de me pourrir la vie. Je ne veux pas d'une vie de crainte, d'angoisse et qu'il puisse arriver quelque chose à ma famille, à Jessy, à mon fils. Je ne me le pardonnerai jamais. Je dois mener ma propre enquête, les retrouver et faire en sorte qu'ils me fichent la paix.

J'en viens à me demander si c'est réellement qu'une histoire d'argent, « *Nous savons qui tu es, ne l'oublie pas, William* ». Cet appel était étrange, la voix était modifiée. Est-ce quelqu'un que je pourrais connaître et qui a cherché à dissimuler son identité ? Quelqu'un que j'aurais pu croiser pendant les combats clandestins ? Je devrais me rendre là où tout a commencé : la vieille usine. J'enfile les premiers vêtements qui viennent, avale des antidouleurs et monte dans ma voiture.

***

Quatre mois sont passés depuis la dernière fois que j'ai mis les pieds dans l'usine. Plus aucun combat ne s'est déroulé jusqu'ici. Alex, qui était chargé de l'enquête, n'a toujours pas retrouvé les organisateurs, qui doivent sûrement profiter d'un nouvel endroit pour leurs trafics. Aux dernières nouvelles, il était encore à leurs recherches. Alex partage peu de son travail par secret professionnel, mais cette fois, il m'avait fait part d'une chose : ils ont fouillé toute l'usine de fond en comble, ils n'ont rien trouvé. Pas de drogue, pas d'arme. Ils savaient que la police se pointerait. Alex en est convaincu. Est-ce utile que je vienne ici ? Probablement que non. C'est sûrement une mauvaise initiative. Qui sait ? Peut-être que je tomberai sur un indice qu'ils auraient ignoré. Pour le moment, je n'ai pas d'autres idées et il faut bien que je commence quelque part.

Les portes cadenassées, les clôtures enchaînées, toute l'usine est scellée. Ça ne va pas me faciliter la tâche. Je fais le tour, en étant le plus discret possible. Il ne manquerait plus qu'un voisin signale ma présence. Après avoir trouvé une clôture suffisamment solide pour supporter mon poids, je l'escalade. Mes années de sport intensif m'auront été utiles à autre chose que pour la boxe.

L'intérieur n'a pas changé. Le ring, la piste de danse, le bar sans les bouteilles d'alcool, soit les flics ont tout réquisitionné soit des pilleurs se sont servis. Je pencherais pour la deuxième option.

Plusieurs heures s'écoulent avant que je trouve le moindre indice, la moindre trace qui pourraient me mener aux deux compères. J'ai fouillé les vestiaires, les placards, les pièces qui étaient jusqu'alors fermées. Rien. Je perds mon temps. À moins que… Il y a un endroit que je n'ai pas examiné. Cette porte que je n'ai pas réussi à ouvrir le soir de la descente de flic. Elle était proche du couloir dans lequel Alain et moi, nous sommes passés pour les semer.

La porte est scellée, elle aussi. De grandes bandes de scotch rouge mentionnant en lettres noires « *Ne pas ouvrir, scellé judiciaire* ». Je fais taire la petite voix qui me supplie de ne pas faire ça, je sais que c'est illégal. J'ai besoin de m'assurer que rien ne m'a échappé. Je prends mon courage à deux mains et ouvre cette porte.

Je me suis mis une telle pression que je suis déçu du résultat. Un bureau ! Un simple bureau, vraiment ? Enfin, il est quand même en bois massif, mais je m'attendais à quelque chose de plus… excitant. Les tiroirs sont vides ainsi que les étagères derrière. Pourquoi tant de secrets dans une pièce où il n'y a rien ?

J'ouvre un tiroir. Un bout de papier attire mon attention. Je tire. C'est une feuille déchirée, une annonce immobilière, cachée dans le double fond du tiroir :

« *Corps de ferme à rénover.*

Résidence principale de cinq chambres et son terrain agricole de dix hectares à une heure trente de Bordeaux »

Je l'étudierai plus tard, des pas résonnent proches du

bureau. Je fourre l'annonce dans la poche de mon jean. Ils viennent dans ma direction. Putain ! Ils sont justes derrière, je ne peux plus m'enfuir. Sans réfléchir, je me cache sous le bureau *en bois*. Excellent Will ! Du bois, s'ils ont des flingues, c'est idéal comme protection.

Aucun bruit ne dérange le glissement de leurs pas sur le plancher, je les entends se rapprocher, je n'arrive pas à distinguer leurs positions exactes, je n'ai aucune visibilité. La gorge sèche, la respiration coupée, je ne sais plus quoi faire. Si je reste, ils me tueront, si je prends mes jambes à mon cou, ils me tueront avant même d'atteindre la sortie. Je n'ai pas le temps de trouver une solution, le canon d'une arme est braqué sur ma tête.

28.

Ça y est, c'est la fin ! Il m'aura déjà collé une balle en pleine tête avant que je n'arrive à le désarmer. Je vais mourir, mon corps sera dispersé aux quatre coins de la ville. Une main m'attrape par ma veste et me lève brusquement, prenant le bureau en pleine gueule.

— Bon sang, Will ! Qu'est-ce que tu fous ici ?

Alex ! Merci, mon Dieu ! Désolé, mais il va falloir attendre, je ne vais pas te rejoindre pour le moment. Mon meilleur ami baisse son arme, furieux. Il est accompagné de Sam. Je les regarde l'un après l'autre pour m'arrêter de nouveau sur Sam. Non, il n'a pas fait ça !

— Tu lui as tout balancé, n'est-ce pas ?

— Oui et il a eu raison de le faire ! Intervient Alex. Je ne comprends pas, pourquoi es-tu resté silencieux ?

— Ils t'ont menacé et….

— Will, je suis flic ! Des menaces, j'en reçois tous les jours.

Sam ne dit rien, ne me regarde pas et se cache derrière

Alex, comme s'il se protégeait de la foudre qui pourrait s'abattre. Il a trahi sa promesse.

— Je t'ai fait confiance, Sam !

Honteux, il s'avance de quelques pas.

— Je sais… Je suis désolé.

Devant sa gueule d'ange, impossible de rester fâché trop longtemps avec lui. J'ai été imprudent de m'aventurer seul, sans renfort en cas de besoin. J'aurais dû en parler à Alex.

— Comment m'avez-vous retrouvé ?

— À vrai dire, on n'était pas sûr de te trouver ici. C'était une intuition de Samuel qui nous a conduits jusqu'ici.

— Ouais et c'était une perte de temps.

On sort tous les trois de l'usine. Alex et Sam ne manquent pas de me réprimander encore une fois. Je fais la sourde oreille. Je marche suffisamment vite pour qu'ils se mettent à courir pour me rattraper. J'aurais préféré qu'ils me fichent la paix, qu'ils me lâchent. Ils en ont décidé autrement. Tant que je n'aurai pas quitté cet endroit, ils seront derrière moi.

Je n'avais jamais remarqué la forêt vaste et épaisse, à l'arrière de l'usine. Un détail m'intrigue : une lueur au milieu de cette immensité verte. Je veux savoir ce qu'il s'y cache. Je change de direction sans prêter attention aux plaintes des gars. Je cours et disparais au cœur de cette forêt.

La végétation dense, les arbres, les buissons s'étendent à perdre de vue. Le chant des oiseaux, le sifflement du vent sur les feuilles, le ruissellement de l'eau résonnent. J'aime cette ambiance, cette impression d'être seul au monde. Personne n'a pu admirer cette beauté de la nature depuis un moment. Le sentier, qui devait servir auparavant, est recouvert de ronces. Je garde en mémoire plusieurs points clés qui me permettront de retrouver mon chemin et continue ma route. Ce qui est loin d'être facile. Un jogging et des chaussures en toile, ce n'est pas vraiment la tenue adéquate pour une randonnée en forêt.

Au bout de cinq minutes de marche, je tombe sur une cabane en ruine. Du lierre qui l'engloutit, de la mousse qui la recouvre, des planches de bois qui pendent à certains endroits, des vitres brisées sauf une. Le soleil se reflète à l'intérieur.

La raison pousserait certains à revenir sur leurs pas, à ignorer cette découverte. Je suis bien trop curieux pour ça. La moisissure, l'humidité qui se dégage de cette cabane, j'ai envie de vomir ! Je m'engage sur les escaliers, dont la solidité est plus que douteuse et j'atteins la porte d'entrée restée ouverte.

Des racines d'arbres qui ont défoncé le parquet par endroit, une odeur insoutenable se mélange à la moisissure, les pièces plongées dans l'obscurité sauf la cuisine à peine visible grâce à quelques rayons de soleil. J'ai des frissons. Je n'aime pas cet endroit.

— Will ?

— Par ici !

Alex surgit du bas de la porte, son arme dans une main et une lampe dans l'autre suivit de près par un Sam essoufflé.

— Tu as trouvé quelque chose ? Me demande Alex.

— Pas encore. Rien qui puisse nous aider… Oh ! Attends, regarde !

Des éclaboussures rouges s'étendent sur une bonne partie du mur de la cuisine.

— Tu crois que c'est…

— Du sang ? Oui ! Je ne sais pas dans quoi tu nous as embarqués, mais il serait préférable de partir d'ici. Surtout vous deux.

— Bien sûr, on va te laisser là tout seul à te faire dévorer par les loups…

— Euh, il n'y a pas de loup dans cette forêt.

— Merci, Sam. La prochaine fois que tu auras une info

plus pertinente, tu m'appelles, OK.

Je me rapproche plus près du mur. Le parquet sous mes pieds est soumis à un bruit sourd, plus fort, plus inquiétant que les craquements que nous avons entendus jusqu'à présent. Avant même que je réagisse, le sol s'effondre sous mon poids m'entraînant dans une chute. Je m'écrase à terre, suivi d'une douleur violente dans le dos et dans les côtes.

— William ? William ? Tout va bien ? S'écrie Sam.

— Aïe ! Ouais, ça va, à part que j'ai envie de pleurer. Alex, tu peux m'éclairer, je vois rien.

Ce parquet n'était pas seulement là pour la déco, mais pour dissimuler une fosse, peut-être deux ou trois mètres de large et de même en hauteur. Alex éclaire les parois. Aucun appui, aucune prise me permettant de me hisser jusqu'au plancher. Cette fosse n'est pas naturelle, des coups de pelles sont encore visibles.

Les mains derrière la nuque, les yeux rivés sur le sol, je prends quelques minutes pour me calmer. Je suis intrigué par la bosse sur laquelle je suis tombé. Je pensais que c'était une racine d'un arbre, mais en y regardant de plus près, j'en suis moins sûr. Je m'agenouille et creuse.

Je blêmis. Pris d'une angoisse, je recule, cherchant absolument une échappatoire. Je tremble de tous mes membres, mon cœur s'emballe, la respiration difficile. Je recule encore, mais dans la panique je trébuche sur un gros caillou et je tombe en arrière. Ce n'était pas un caillou.

— Oh putain de merde !

— Qu'est-ce qu'il se passe ? M'interroge Alex.

— Il y a…. un… cadavre… humain ici !

— Attends, attends, tu es sûr que c'est humain ?

— Enfin, Alex, j'étais nul en sciences, mais je sais reconnaître un crâne humain !

— OK, calme-toi. Je vais chercher quelque chose pour

t'aider à remonter. Et surtout, ne bouge pas !

— Oh, j'avais un petit doute, merci du conseil !

Alex se retourne vers Sam et ajoute :

— Reste avec lui et ne fais pas attention à ce qu'il dit. Il va être insupportable.

— Mais pas du tout, crétin !

Ce que je détestais par-dessus tout à l'école, c'étaient bien les cours de sciences. Je ne pigeais jamais rien. M Joyel, notre professeur l'avait bien compris. Il se faisait un malin plaisir de me désigner pour des exercices au tableau et de m'humilier. Et je ne parle même pas des moqueries à cause de ma phobie.

— Alex est revenu ? Je demande à Sam.

— Non.

— Putain, mais il lui faut combien de temps ?

— William, détends-toi, ça fait à peine cinq minutes qu'il est parti.

— Que je me détende ? Que je me détende ? Il y a un cadavre à mes pieds. Oh, putain, un cadavre !

— Tu veux que j'éteigne la lumière ?

— Ça ne va pas ! Tu veux que je fasse une syncope, je suis déjà au bord de la crise cardiaque.

Je n'arrive plus à respirer, j'entends les battements de mon cœur dans les tympans, mon T-shirt est trempé par la sueur.

— William ? Ferme les yeux !

— Quoi, pourquoi tu….

— Ferme les yeux et focalise-toi uniquement sur ma voix.

Je ne sais pas ce qu'il a derrière la tête, mais je lui fais confiance. J'obéis. D'une voix douce et pénétrante, il continue :

— Imagine un endroit ou un souvenir où tu te sentais

heureux et détendu. Imagine-toi au bord d'une plage en compagnie de ton fils, de ta sœur ou de tes amis. La première chose qui me traverse l'esprit.

Je replonge quelques mois en arrière à Noël où on avait offert son premier vélo à Gabriel. Il était tellement content qu'il s'est précipité pour l'essayer. Il faisait froid, mais le soleil était au rendez-vous. Idéal pour de premières tentatives. Ma sœur lui avait offert le casque et des genouillères. Il ne voulait pas les mettre, mais c'était la condition pour qu'il puisse tester son vélo.

— Ça y est, tu l'as ?

— Oui.

— Très bien. Maintenant, respire profondément.

Je me concentre sur ce souvenir. Quand Gabriel a enfourché son vélo et qu'il s'était lancé à l'aventure. Sur sa première chute, rien de méchant, puis le moment où il a réussi à faire le tour de la maison sans tomber. Ce souvenir passe en boucle jusqu'à ce que mon cœur et ma respiration s'apaisent.

— William, je suis désolé pour tout à l'heure, je ne voulais pas trahir ta confiance. J'aimerais te demander… te proposer un dîner. Je n'arrête pas de penser à ce qu'il s'est passé hier soir. J'ai besoin qu'on puisse savoir où on en est tous les deux.

— T'es sérieux ? C'est une demande de rencard ?

— Euh… ça se… pourrait. Pourquoi ?

— C'est une épouvante ! Je suis entouré d'un cadavre, coincé dans une fosse. Tu réalises que tu as choisi le pire moment qui soit !

— Je ne pouvais pas attendre plus longtemps.

— Oh les gars ! On a un problème !

La voix essoufflée d'Alex résonne jusque dans la fosse, il murmure quelques mots à Sam. Je n'aime pas ça, je n'aime pas ça du tout !

29.

— Qu'est-ce que vous complotez tous les deux ?

— Tu ne vas pas aimer, Will, mais on n'est pas seul. Je n'ai pas eu le temps de trouver de quoi te remonter. Samuel et moi, nous allons nous cacher et toi…

— Non, non, non ! Je ne vais pas rester dans la fosse dans le noir, c'est hors de question !

— Tu n'as pas le choix, mon vieux. Écoute, ils vont sûrement venir ici et remarquer la fosse. Ça sera le moment de les prendre par surprise si les choses tournent mal.

Leurs pas s'éloignent, laissant place à un long silence. La peur et l'angoisse sont toujours là. Je ne suis pas dans mon élément, je n'ai aucune visibilité ni aucune possibilité d'intervenir.

Je perçois plusieurs voix masculines qui se rapprochent. Ma crainte augmente lorsque je reconnais l'une de ces voix.

— Allez, Ringer, grouille-toi ! On doit récupérer ce qu'on nous a demandé et nous barrer d'ici au plus vite.

Je cache ma bouche pour étouffer mon fou rire nerveux en entendant ce nom ridicule que me rappelle une marque de gâteau. Des pas lourds s'avancent sur le plancher, des voix tonnantes se diffusent dans toute la cabane, des faisceaux de lumière dansent sur le mur ensanglanté. Il n'y a plus aucun doute que ce sont eux et ils sont armés. Je ne suis pas inquiet pour Alex, il a l'habitude de ce genre de situation, mais Sam non. J'espère qu'il n'aura pas la brillante idée de s'en prendre à eux, une nouvelle fois.

— Merde ! Tony, regarde !

— Putain ! Ce n'est pas bon ça ! Ça va foutre la merde, cette histoire.

Coulé contre la paroi, mes mains sur ma bouche pour dissimuler le bruit de ma respiration haletante, je prie pour que ça suffise pour sauver ma peau. Malheureusement pour moi, le type au visage familier me repère en quelques instants, son arme braquée sur moi. Encore !

— Tu croyais vraiment que je n'allais pas te remarquer ?

— Ça valait le coup d'essayer.

— La dernière fois je t'ai loupé, mais là je vais me faire un malin plaisir de vider mon chargeur sur toi !

— Ouais, ben vu tes talents de tireurs je ne devrais pas trop m'en faire…

Un bruit sourd tonne. Une balle siffle à quelques centimètres de ma tête et se réfugie dans la terre derrière moi.

— Je te conseille de la fermer. Ça vaudrait mieux pour toi ! J'ai encore neuf balles.

Il relève la tête avant de s'adresser à son pote.

— Regarde dans les autres pièces, je suis sûr qu'il n'est pas seul cet abruti.

— Franchement, tu crois vraiment que je serais resté coincé ici si je n'étais pas seul ?

— Il marque un point ! Et rappelle-toi, il nous le faut vivant.

— La ferme, Ringer. Il n'avait pas besoin de cette information. Mais je peux m'amuser !

Il ne vise plus ma tête, il vise mes jambes. Aujourd'hui encore, j'ai le souvenir de ma blessure à l'épaule. Je n'ai jamais eu aussi mal de toute ma vie. Je n'en veux pas d'une deuxième.

Sa mâchoire se crispe, ses doigts se resserrent sur la crosse. Je ferme les yeux. Une détonation jaillit. J'ai un mouvement de recul en m'attendant à ressentir une douleur atroce. Rien. Aucune.

Des gémissements, des jurons sortent de la bouche de mon assaillant. Il n'est pas déstabilisé pour autant. En l'espace d'une mini-seconde, la cabane qui se trouvait dans un silence inquiétant devient un vrai champ de bataille. Des balles fusent dans tous les sens, un combat violent et acharné se déroule juste au-dessus de moi. Le bruit incessant des coups de poing venant se réfugier dans la mâchoire ou les côtes d'un autre, des meubles détruits sous le poids d'un corps, du verre réduit en mille morceaux. S'ajoute ensuite un hurlement de souffrance. Sam !

J'entends tout ce qu'il se passe et je suis coincé ici, sans pouvoir venir en aider à mon frère et Sam. Je dois sortir de là. Putain, il le faut. Je prends un élan et me jette sur l'une des parois. Échec total. Ce que je pensais pouvoir être des appuis s'effrite dans mes mains. Je tombe lourdement sur le dos. Je recommence. Nouvel échec. Je n'arrêterai pas tant que je n'aurais pas atteint ce fichu plancher.

Je m'apprêtais à une nouvelle tentative lorsque la cabane est plongée dans un silence net. Le silence le plus long, le plus inquiétant, le plus angoissant de toute ma vie. Plus aucune voix, plus aucun pas. La panique totale.

Quelques minutes d'affolement avant qu'une corde soit lancée à mes pieds.

— Grouille-toi ! On n'a pas toute la journée ! crie Alex.

J'empoigne la corde et je remonte petit à petit jusqu'à ce qu'Alex m'attrape et m'aide à me hisser sur le plancher. Des égratignures partout sur le visage, la respiration essoufflée, le combat était rude. Les types ont disparu. Sam est là, assis par terre contre un mur, il tient fermement son poignet contre lui.

— Oh putain, Sam ! Sam, ça va ?

Je prends son visage entre mes mains.

— Oui, c'est superficiel. Ne t'en fais pas.

— Sam, je suis vraiment désolé ! Tout ça, c'est à cause de moi, je…

De sa main valide, il pose son index sur mes lèvres et me sourit.

— Ça va aller ! Je vais bien, OK !

Je m'écarte de lui. J'avais presque oublié qu'Alex était avec nous et qu'il n'est pas au courant de ce qu'il y a entre Sam et moi. Avec ce qu'il vient de se passer, je me rends compte que j'ai eu peur de le perdre. J'ai du mal à l'admettre, mais je suis en train de tomber amoureux de cet homme. Kevin, le gars de ce bar cubain, les autres que je reluquais. C'était par attirance et non par simple observation. Mon cœur qui s'emballait quand j'ai vu pour la première fois Sam torse nu. Mon cœur qui s'est déchiré en lisant sa lettre. Quoi que je puisse faire, je pense à lui. Son corps, ses yeux, sa voix, son parfum me hantent. Et le rêve à l'hôpital montre à ma conscience tout le désir que j'éprouve pour lui. Jessy et papa avaient raison, je suis gay ! Je l'ai toujours été.

Je croyais que j'avais tout pour être heureux, que mon chemin était tout tracé avec Lydia et Gabriel, que rien ne pouvait détruire ce que j'ai construit. Mais la trahison, la souffrance m'ont fait prendre conscience que tout ça n'était qu'un leurre. Elles m'ont montré que la personne que j'étais n'est pas celle que je suis réellement. Il a fallu que je passe par toutes ces épreuves pour le comprendre.

Suis-je capable d'accepter une telle relation ? Je ne crois pas. Cette idée m'effraie. Je ne suis pas prêt à affronter le regard des gens et de mes proches. Je suis partagé entre l'envie d'être avec lui et la honte de ce que je suis.

— On devrait y aller les mecs, nous suggère Alex.

— Oui, il faut amener Sam à l'hôpital.

Alex, téléphone à la main, acquiesce et nous le suivons le long du sentier. L'adrénaline au plus bas, on est tous épuisés. Le poignet de Sam a doublé de volume, il souffre le martyre. Sans un mot, nous marchons près de trente minutes pour rejoindre la voiture de Sam. Les dernières fois que je l'ai aperçue, il faisait trop sombre et surtout j'étais tellement bourré que je n'avais pas pris le temps de l'admirer. Une belle Mustang noir décapotable. Rien que ça.

— Qu'est-ce que nous allons faire maintenant ? demande Sam à Alex.

— Pendant la route, j'ai contacté la police scientifique et des renforts. Ils arrivent. Je reste ici. Will, amène Samuel à l'hôpital.

***

C'est un vrai plaisir d'être au volant de sa voiture. Le chant du moteur, la fluidité de conduite, le confort de ses sièges en cuir. Je l'ai déjà adoptée. Ce qui me rappelle que j'ai encore abandonné la mienne. Je jette des coups d'œil inquiets à Sam, auxquels il me répond avec un sourire.

— Je vais bien, William. Arrête de t'en faire pour moi.

— Je peux pas. Je t'ai mis en danger et ça me tue de savoir que tu as été blessé par ma faute. Tu aurais pu te faire tuer ! Pourquoi tu as tout dit à Alex ?

— Tu étais dans une colère noire et… je peux le comprendre. J'ai seulement eu peur que tu te mettes dans une situation difficile. Je devais te protéger et l'unique moyen que j'ai trouvé c'était de tout lui raconter.

— Me protéger ? Pourquoi ?

— Pour la même raison que tu t'inquiètes pour moi.

— J'accepte !

— Quoi ?

— J'accepte le rencard.

Avant qu'Alex nous interrompe, je voulais décliner sa proposition. Mais maintenant, c'est peut-être la seule solution pour savoir où nous en sommes tous les deux et peut-être que j'aurai le courage de lui avouer ce que je ressens.

30.

Les papiers barbants de l'assurance, le stress permanent, les allers-retours au commissariat. Il a été difficile de trouver du repos pendant les deux semaines qui viennent de s'écouler. Après notre découverte, le reste de la journée s'est déroulée aux urgences pour que Sam reçoive les soins nécessaires. La salle d'attente était bondée, des personnes avec des blessures en tout genre et discuter de notre situation avec tout ce monde n'était pas évident. Un infirmier lui avait donné un antidouleur pour supporter l'attente interminable.

Sam a été d'une aide précieuse et d'un grand soutien. J'admire la patience qu'il a envers moi. Quand je lui ai dit que j'avais envie et surtout besoin de passer du temps avec mon fils, le week-end suivant, il a accepté sans sourciller. Même si nous sommes restés chez moi, d'avoir Gabriel près de moi me rassurait. J'ai tellement peur qu'on puisse s'en prendre à lui surtout maintenant qu'une menace plane sur la tête de Jessy. Ils n'ont aucun scrupule et s'attaquer à un enfant, à mon enfant, ne serait qu'un jeu pour eux.

J'ai passé une partie de mon temps au téléphone pour inciter ma mère et Patrick à partir en vacances puis à convaincre Lydia de quitter Bordeaux avec Gabriel pendant quelques semaines. Personne n'est au courant de toute cette histoire et c'est bien mieux comme ça. Ne pas avoir à m'inquiéter pour eux est une charge en moins sur mes épaules. Seul Sam a voulu rester, « *Jamais je ne te laisserai affronter ça tout seul* » m'avait-il dit un soir au téléphone. Il a le don de me faire sourire le matin au réveil par ses messages et de m'apaiser avec nos appels le soir. Une habitude qui s'est installée au fil des jours et ce serait difficile de m'en passer. Malgré ça, nous n'avons pas pris le temps de parler de nous ni de choisir la date pour notre « *rencard* ». Je ne saurais pas définir la nature de notre relation aujourd'hui. Rien n'a été officialisé, mais il n'est plus seulement un ami. J'ai du mal à me convaincre que ce rendez-vous pourrait être un nouveau départ, le début d'une relation amoureuse. Je n'ai pas la moindre idée de comment je vais l'annoncer à ma famille, à mes potes, à mon fils. Je veux des réponses. Il me faut des réponses. Ce soir pourrait être idéal pour en parler. Je sors mon téléphone de la poche et envoie un message à Sam.

Alex, quant à lui, m'a interrogé pendant des heures, pas parce que j'étais suspect, bien que le pingouin en uniforme de ma détention de l'autre nuit pense le contraire, mais pour lui donner toutes les informations que j'avais. Je lui ai raconté tout en détail, en passant par la manière dont le recrutement des combattants se déroulait et comment j'ai pu y participer. C'était simple : pour récolter un max d'argent, ils cherchaient des gars baraqués qui acceptaient rapidement, avec trois combats par semaine, je pouvais gagner jusqu'à plusieurs mois de salaire. Qui ne serait pas tenté par de l'argent facile ? On ne gagnait pas autant que les parieurs qui eux remportaient des centaines de milliers d'euros, mais suffisamment pour arrêter de travailler comme je l'ai fait. J'ai réussi à intégrer les combats par mon exploit d'avoir battu le grand vainqueur. Mon mètre quatre-vingt-dix et mes quatre-vingt-dix kilos ne convenaient pas aux critères de recrutement. Ils se sont marrés quand j'ai voulu monter sur le ring. Si j'avais su tous les problèmes que ça me causerait, je n'aurais jamais franchi les portes de cette usine.

Je fixe mon téléphone en attendant une réponse de Sam. Il a plusieurs heures de travail sur un tatouage aujourd'hui et avec sa main gauche, pas tout à fait remise, son temps de travail s'est allongé. Il ne répondra pas tant qu'il n'aura pas terminé. Je n'ai jamais contemplé son salon. Pourquoi maintenant ? Je ne sais pas si c'est une bonne idée ou s'il sera content de me voir, mais je veux être avec lui. Je prends les clés de voiture et je me dirige vers son salon.

***

« *Chez Samuel et Mélanie tatou* » écrit en blanc sur une devanture noire et grise, une enseigne simple qui lui ressemble. Les murs rouges, les tatouages encadrés, le sol en damier, le comptoir en bois, j'aime beaucoup. Deux fauteuils à la vue de tous qui doivent servir pour les petits tatouages et une salle à l'arrière de la boutique.

— Bonjour, vous avez rendez-vous ?

Une femme aux cheveux roux, oreilles percées à plusieurs endroits et bras intégralement tatoués s'avance vers moi.

— Non, je suis venu voir Samuel.

— Et vous, vous êtes ?

Qu'est-ce que ça peut lui faire ? Je veux voir Sam.

— En quoi ça vous regarde ?

— C'est juste pour lui annoncer votre identité.

— William.

Elle part vers l'autre pièce avant de se retourner.

— Vous êtes le « William » ?

— Pardon !

— Celui du futur rencard ?

Elle commence à m'emmerder celle-là.

— Que les choses soient bien claires, je suis un ami qui passait dans le coin. Je veux juste lui dire bonjour. Alors est-ce que vous pouvez reprendre votre route et lui dire que je suis là ? Merci !

Elle se met à rigoler avant de disparaître. Elle réapparaît quelques minutes plus tard.

— Il arrive dans un instant.

Un homme sort de l'arrière-boutique et rejoint la *totally spies*. Elle lui explique la marche à suivre pour la désinfection et il règle la facture.

— Je suis d'accord avec lui, me dit-elle une fois le client parti.

Je fronce les sourcils.

— De quoi ?

— Que vous êtes canon ! Un peu grincheux, mais canon.

— Grincheux ! Grincheux ! Grincheuse vous-même !

— Répartie d'école primaire. Bravo, William.

Sam se tient devant la porte de sa cachette, les bras croisés. Jean moulant et T-shirt blanc, mon Dieu qu'il est sexy.

— C'est elle qui a commencé.

Il lève les yeux au ciel. Il m'invite à l'arrière-boutique qui n'est ni plus ni moins identique à l'accueil si ce n'est le nombre plus important de tatouages accrochés au mur. J'en reconnais un immédiatement. Celui de Sam, la main en squelette portant une rose rouge.

— C'est toi qui l'as dessiné ?

— Oui et Mélanie me l'a tatoué.

Il ne cessera donc jamais de m'étonner avec son talent.

— Il y a une raison pour que tu me rendes visite ?

Quoi ? Ça ne lui fait pas plaisir que je sois là. Je me suis tapé les embouteillages pour rien.

— Je peux repartir si tu ne veux pas me voir !

Je tourne les talons, il me rattrape au vol. Il débute un massage sur mes épaules, des petits moulinets.

— Calme-toi, William. C'est fou ce que tu es tendu. Ce ne sont plus des épaules que tu as, mais des briques.

Je lui fais face.

— Excuse-moi. Je… Comment va ta main ?

— Je ne peux pas m'en servir à cent pour cent, mais ça va. Ne t'en fais pas.

— Je me disais que… qu'on pouvait passer le reste de l'après-midi ensemble et diner dans un endroit ce soir.

— C'est une excellente idée ! s'exclame-t-il avec un large sourire. Je connais un très bon restaurant proche d'ici. C'est mon ami Jean-François qui le tient. On y mange très bien.

— Parfait !

Il saisit sa veste en cuir et nous sortons. Et bien sûr, il faut passer par le comptoir et son amie.

— À bientôt, monsieur Grincheux, dit-elle, sourire malicieux aux lèvres.

— Non, mais t'as vu, c'est elle qui me cherche.

Sam part dans un fou rire.

— Et ça te fait rire ?

— Oui ! J'étais sûr que vous vous tireriez dessus.

— Ouais, ben elle devrait arrêter parce qu'on sait tous les deux qui gagnera la partie.

— Oui, c'est Mélanie.

Je lui lance un regard noir. Si même mon petit a…, mon ami ne me soutient pas, ça promet.

— Je plaisante. Où veux-tu aller ?

— Je…

Je suis interrompu par mon téléphone.

— Est-ce que ça va ? me demande Sam, soucieux.

— C'est Alex. Il veut me voir au plus vite.

— Tu devrais y aller.

— J'avais envie de passer du temps avec toi.

Il dépose sa main sur la joue. Je ferme les yeux à ce contact qui me fait frissonner. Je me ressaisis et me rappelle qu'on est en plein milieu de la rue. Je scrute les alentours pour m'assurer que personne ne nous ait vus ou que personne ne peut nous surprendre.

— Ne t'en fais pas pour moi. On a qu'à se retrouver ce soir.

— On se dit vingt heures.

Il acquiesce. Je vérifie une nouvelle fois la rue et l'embrasse sur la joue avant de lui glisser à l'oreille :

— J'ai hâte !

Il est surpris par mon geste et je dois avouer que moi aussi. Bien que je meure d'envie de l'embrasser tout court. J'espère qu'Alex a vraiment une méga excuse pour me faire venir et d'avoir gâché cette journée.

31.

J'ai passé tellement de temps dans ce commissariat, qu'à mon arrivée j'ai besoin de cinq bonnes minutes pour saluer tous les collèges d'Alex. Je prends soin de me glisser discrètement sur le côté de l'accueil, pour éviter Stéphane. Je n'ai rien contre lui, mais il est trop bavard. Vraiment trop bavard.

— William ! Ça me fait plaisir de te voir.

Et merde ! Je prends un air faussement joyeux avant de poser la question qu'il ne faut jamais poser.

— Salut, Stéphane. Comment tu vas ?

Et me voilà parti dans une cascade de « *J'ai mal là* », « *J'ai mal ici* » et il ne manque pas de me raconter les aventures d'un homme retrouvé dans un champ de maïs complètement à poil. Il était persuadé qu'il avait été enlevé par extraterrestre. L'anecdote est drôle, mais je ne suis pas sûr que Stéphane sache ce que signifie le secret professionnel. Pendant plus de quinze minutes, j'alterne les « *humm* » et les « *ok* », histoire qu'il croit que j'écoute tout ce qu'il me dit.

Comme ma patience a des limites, je voulais l'envoyer se faire cuire un œuf lorsque je reconnais une silhouette aux cheveux blonds et bouclés sortant du bureau d'Alex, Camille. Je me dirige vers elle sans prêter attention à Stéphane qui me maudit de partir avant qu'il n'ait fini son histoire de couleuvre dans son ruisseau. Vissée à son téléphone, elle ne me voit pas arriver et me rentre dedans.

— Oh excusez-moi, je ne… William ? Alors ça ! Pour une surprise !

— Qu'est-ce que tu fais ici ?

— J'ai été convoquée par le lieutenant Martial. Il avait des questions à me poser sur la bagarre entre Joe et toi l'autre soir. Toi aussi ?

— Oui.

— C'était une bonne soirée, non !

— Voyons voir ! On a couché ensemble et ensuite j'ai été réduit en bouillie par ton ex et ses potes. C'est vrai, super soirée !

Malgré mon sarcasme, cet incident est oublié. C'est quand même grâce à elle et ses conseils que je me suis rapproché de Sam.

— Alors, il y a du nouveau entre ce Samuel et toi ?

— Oui… Notre premier diner, c'est ce soir.

— Oh, le beau brun a un rendez-vous galant ! Je suis contente pour toi.

— Will !

Alex attend que je le rejoigne. Camille me salue avec un clin d'œil et disparaît.

— J'espère que tu as une super raison pour me faire venir.

— Pourquoi, tu avais un rencard ?

— Ça pourrait bien oui ! Un rencard avec mon canapé !

Il sourit. Il n'est pas dans son assiette. Ses yeux sont rouges, ses mains sont tremblantes et à en croire toutes les tasses sur son bureau, ça fait un moment qu'il est ici.

— Ça t'arrive de dormir ! Regarde-toi, on dirait une épave !

— Merci. J'apprécie.

— Ça venait du fond du cœur.

— J'ai travaillé sur l'affaire une bonne partie de la nuit…

— Plus qu'une nuit si tu veux mon avis.

— Tu me laisses termi…

On frappe à la porte. Julien, un de ses officiers, apparaît timidement.

— Lieutenant, j'ai la déposition du couple gay.

Alex saisit le dossier et le remercie d'un signe de tête. J'attends que Julien sorte avant de poser la question :

— Qu'est-ce qu'il s'est passé ?

— On nous a appelés pour une bagarre dans une boite de nuit. Mais quand on est arrivé, c'était plus un lynchage qu'une bagarre.

— Ils vont bien. Le couple ?

— Un s'en est sorti avec quelques blessures superficielles, mais l'autre n'a pas eu la même chance. Il a voulu protéger son petit ami et il a reçu tous les coups à sa place. Il est à l'hôpital.

Je me demandais si, avec nos mœurs qui ont évolué, il était possible de vivre tranquillement. J'ai ma réponse. Non. Le regard des autres me fait peur, et me montrer en couple avec Sam : j'ai la trouille. Comment Sam a-t-il fait pour les accepter et les ignorer ?

— Qu'est-ce que tu penses de tout ça ? Des couples gays ?

— Disons que je ne comprends pas que l'on peut avoir de l'attirance pour un autre mec. Enfin, ce que je pense n'a pas d'importance, mon rôle est de protéger la population.

Ce couple n'a rien demandé si ce n'est de pouvoir s'amuser comme tout le monde.

J'ai les mains qui deviennent moites. Il faut que je lui pose la question.

— J'ai besoin de te poser une question et j'aimerais que tu répondes avec sincérité.

Il recule de son bureau, les bras croisés.

— Si je…

Courage, Will, courage !

— Si je t'annonçais que je suis gay, comment tu réagirais ?

— C'est quoi cette question ? Tu ne l'es pas !

— Je t'en prie… Alex. J'ai besoin d'une réponse, je lui rétorque sèchement. Est-ce que tu resterais le même ?

— Ça ne fait pas une, mais deux questions.

Je lui jette un regard noir. Il lève les mains en signe d'apaisement.

— OK ! OK ! Pour être honnête, je n'en ai aucune idée. Ça serait comme un coup de massue, je suppose, parce que je ne m'y attendrais pas. Est-ce que je serais le même ? Je ne sais pas. Ce que je ne comprends pas c'est pourquoi tu me poses toutes ces questions.

— C'est une affaire que je dois régler. J'avais besoin d'un avis.

Il n'est pas convaincu, mais ne rajoute rien. Pendant un instant, j'imagine ma vie aux côtés de Sam. Sans mes amis, qui m'auront tourné le dos, sans ma famille qui n'accepterait jamais ma différence, excepté Jessy, sans mon fils dont on m'aura enlevé la garde à cause de qui je suis et des choix que j'aurais faits.

— Pourquoi tu m'as fait venir ?

Il attrape le dossier devant son bureau et me présente des photos. J'ai un haut-le-cœur. Ce sont les corps, retrouvés dans la fosse, disons même plusieurs parties de corps dont la décomposition n'est pas terminée.

— Dans la fosse, il n'y avait pas un, mais deux corps, deux hommes, Nicolas Aubry et Pascal Royer. Celui-ci sur lequel tu es tombé est mort il y a moins d'un an, tué par strangulation. Celui-là, tué par arme à feu, sa mort remonte à cinq mois environ, selon le légiste. On avait signalé leurs disparitions sans jamais retrouver leurs corps. Deux modes opératoires différents, mais retrouvés au même endroit.

Pourquoi ces noms me semblent-ils familiers ? Alex étale devant moi le portrait de chacun avant leurs meurtres. Une sueur froide dégouline dans le dos.

— Tu connaissais ces types ?

Si je les connaissais ? Si je les connaissais ?! Bien sûr !

— Ce sont… d'anciens… combattants. Pascal Royer était un grand champion avant que je ne le batte et que je prenne sa place. Et Nicolas Aubry combattait, mais il était aussi chargé du recrutement des champions.

— Il n'y a plus aucun doute, il faut te mettre sous protection policière !

— Je n'ai pas besoin de garde du corps…

— Si, Will. Avec ce que tu viens de me raconter et toutes tes mésaventures, inutile d'être un génie pour savoir que tu es la prochaine cible. Et ta famille…

— C'est déjà fait. Ils sont tous en vacances.

Il se lève et commence à faire les cent pas derrière son bureau.

— Ne te promène pas la nuit. Reste le plus possible dans ton appartement. Si tu dois sortir, privilégie les trajets en voiture et évite les fenêtres proches des rues. On va mettre ton téléphone sur écoute si jamais ils tentent de rappeler.

Ma vie est en danger ainsi que ceux que j'aime. Je le savais déjà, mais entendre ces recommandations, voir mon meilleur pote s'agiter d'inquiétude, j'en prends enfin conscience.

— Il faut une protection pour Sam.

Alex acquiesce avant d'être interrompu par Julien qui revient en trombe dans le bureau.

— Lieutenant, un corps a été découvert !

— Très bien ! Will rentre chez toi et restes-y. Je vais avertir deux de mes officiers de t'escorter. Ne t'inquiète pas pour Samuel, j'envoie aussi quelqu'un.

— Non ! Ne me demande pas de me comporter comme un lâche, laisse-moi vous aider dans cette enquête. Elle me concerne.

— C'est vrai, mais c'est trop dangereux. Tu n'es pas entraîné et s'il t'arrivait quelque chose sous ma supervision, je ne me le pardonnerais pas.

Je pense alors à Sam et je réalise qu'avec moi il ne sera jamais heureux. Je n'accepterai jamais qui je suis, je serai incapable de me montrer aux yeux du monde dans les bras de cet homme. Je ne veux pas que ma vie devienne plus difficile qu'elle ne l'est déjà. Je serai un fardeau pour lui. Je me cacherai lorsqu'il me présentera, je le repousserai quand il m'embrassera dans la rue. Je dois le préserver, le protéger, l'éloigner, de moi, de tous ceux qui veulent ma peau, je dois briser son cœur pour sauver sa vie.

32.

Samuel

Je ne m'attendais pas à ce que William vienne me rendre visite au salon. J'avais tellement envie de partager avec lui mon métier et ma passion, partager bien plus que de simples conversations téléphoniques. Et cette joie, cette joie immense lorsqu'il m'a proposé de passer le reste de la journée avec lui. Qu'il ait eu cette initiative me rassure sur ses sentiments pour moi et sur la belle histoire d'amour future qui n'est plus très loin. J'aurais bien sûr aimé que la rencontre avec Mélanie se déroule dans de meilleures conditions, mais avec leurs deux caractères explosifs, c'était perdu d'avance.

Je ne suis pas rentré directement après que William a été appelé par le lieutenant. Je savais que chez moi, je tournerais en rond en patientant sagement que les heures défilent. Je suis retourné au salon pour m'occuper l'esprit. Mais je ne pensais qu'à la soirée qui se préparait.

Je n'ai jamais été aussi nerveux de toute ma vie, même quand j'ai annoncé mon homosexualité à mes parents. Mon lit recouvert de diverses tenues, de chaussures que je n'arrive pas à choisir. Je veux lui plaire, lui montrer que cette soirée est importante pour moi, pour nous. Il n'est pas du genre à critiquer ce que je porte, mais je veux qu'il soit surpris, que je suis prêt à changer s'il le désire. Je range mes colliers, mes bagues, mes piercings, mes rangers et j'enfile un jean, une chemise blanche et un blazer noir. Classique et élégant, il va aimer.

Le bistrot où je lui ai donné rendez-vous n'est pas loin du salon. Mon meilleur ami, Jean-François, le tient depuis quelques années maintenant et la salle est souvent complète. Je le connais depuis la cure et les réunions des alcooliques anonymes et nous sommes devenus amis. Comme moi, il a traversé des épreuves qui l'ont poussé à se réfugier dans l'alcool. Il a perdu son travail puis sa femme qui, du jour au lendemain, a décidé de le quitter en amenant leurs enfants avec elle. Sans travail, sans maison, sans famille qui pouvait l'accueillir, il est resté SDF pendant plusieurs mois avant de se reprendre en main. Avec de la persévérance, il a réussi à réaliser son rêve qu'il avait enfoui dans un coin de sa tête : ouvrir un restaurant. Il m'a avoué que ce n'était pas facile, que les banques étaient frileuses de lui prêter autant d'argent. Il a retrouvé un travail, loué un petit appartement et mis de l'argent de côté pour avoir un apport suffisant. C'est devenu notre point de repère. Son atmosphère chaleureuse, accueillante, est parfaite pour un premier rencard.

— Sammy !

Jean-François me donne une accolade amicale.

— J'ai vu ton nom sur le carnet de réservations, je voulais te saluer avant de retourner en cuisine. Tu as l'air d'aller bien. Tu es accompagné ce soir ?

— Pas pour le moment, mais il va arriver.

— C'est un rencard ?

— Oui.

Il me fait une tape sur l'épaule.

— Je suis content pour toi. Ne foire pas tout, hein ? Bon, je dois te laisser, je dois terminer la mise en place avant le grand rush. Et je compte sur toi pour me présenter ton ami !

Je lui réponds d'un signe de tête. J'ai toujours été honnête sur mon homosexualité, dès notre première réunion ensemble. C'est même l'une des raisons qui m'ont poussé à boire.

Ça ne l'a jamais dérangé. Frédéric, Jean-François et moi, on s'est soutenus et Mélanie était là pour nous épauler. Sans leur aide, je serais encore en train de vider une bouteille de whisky à l'heure qu'il est.

Je m'installe à une table proche de la fenêtre et je commande un cocktail sans alcool. Il est vingt heures passées et toujours aucune nouvelle de William. Il lui arrive d'être en retard, mais j'ai un mauvais pressentiment. Un deuxième cocktail, puis un troisième, je scrute la moindre silhouette qui pourrait être la sienne. Au bout d'une heure, il n'est toujours pas là. Aucun message, aucun appel. Il m'a posé un lapin ! Le serveur revient et me demande si je veux un autre cocktail.

— Non, c'est inutile, merci. Dites au chef que je le salue.

Je règle ma note avec un pourboire et je sors du restaurant. J'attrape mon téléphone. « *Bonjour, vous êtes bien sur le répondeur de William. Laissez-moi un message et je vous rappellerai, ou pas. Et parlez doucement s'il vous plaît. Les gens parlent beaucoup trop vite et je comprends jamais rien. Merci.* »

Je tente une nouvelle fois. Répondeur. J'attends le bip pour me déchaîner à plusieurs reprises.

— Monsieur Álvarez-Fuentes ?

Deux policiers se tiennent devant moi. Gilet par balle, arme à feu, matraque, l'équipement entier pour une opération commando.

— O… Oui, que se passe-t-il ?

— Je suis l'officière Leila Razak et voici l'officier Olivier

André. Le lieutenant Martial nous a chargés de votre protection.

***

William

J'ai découvert à mes dépens ce que ça faisait d'avoir deux gugus qui épient les moindres faits et gestes. Depuis que j'ai quitté le commissariat, ils ne m'ont pas lâché la grappe. Ils m'ont suivi en voiture, dans les escaliers, c'est limite s'ils ne m'avaient pas accompagné aux toilettes. Heureusement, ils sont assez cool. Ils sont quatre à se relayer jour et nuit.

Bien que je sois consigné chez moi, je réussis à négocier pour chercher le repas.

— Monsieur Moreno, ce n'est pas raisonnable, m'avait prévenu Johan.

— Et si on arrêtait les formalités et qu'on s'appelait par nos prénoms, les gars, hein ! Et je rêve de ce kebab ! Je vous en offre un.

Ils ont finalement accepté avec une condition : que je monte à l'arrière de leur voiture. Super ! Il y avait pourtant plusieurs kebabs aux alentours de chez moi, mais j'en voulais un. Un seul. Celui qui se trouvait en face du restaurant où Sam m'avait donné rendez-vous. Je savais que depuis la caisse, je pouvais le voir. J'aurais aimé que ce kebab se transforme en un confit de canard que j'aurais dégusté auprès de Sam et non avec deux flics que je connais à peine. J'ai remarqué les efforts qu'il a faits pour s'habiller. Sa chemise incroyablement bien coupée qui le rend ultra sexy, sa barbe taillée parfaitement. L'absence de ses bijoux le rend plus doux, moins agressif. Il était beau, mais je ne veux pas qu'il change. J'aime tout ce qu'il est, ses tatouages, ses piercings, sa coiffure, tout ce qui fait sa personnalité.

Il regardait sans cesse son téléphone, espérant un message de ma part. Ses doigts qu'il tortillait, comme il a l'habitude de faire quand il est stressé, sa main derrière la nuque pour cacher son impatience. Si seulement nous étions seuls au monde, je courrais vers lui, je le prendrais dans mes bras, je l'embrasserais.

Les trois kebabs à la main, je suis retourné à la voiture où m'attendaient Johan et Yassine qui me surveillaient au loin.

J'avais éteint mon téléphone sur la route du retour, je ne voulais pas être tenté de répondre aux appels de Sam. J'ai attendu que les gars mangent leurs kebabs et qu'ils sortent de mon appartement avant de le rallumer. Ce que je n'aurais jamais dû faire. Des dizaines de textos, d'appels manqués, messages vocaux. J'écoute le premier « *William, où es-tu ? Rappelle-moi.* », le deuxième : « *Je vais peut-être passer pour le rencard envahissant, mais je t'en prie, rappelle-moi !* ». Plus j'avance dans les messages et plus sa voix est ému. Un autre pour m'achever : « *Je ne sais plus quoi penser, William. Quand tu es venu me voir, j'ai cru qu'après tout ce temps tu avais décidé et accepté qu'on puisse avoir une chance de construire une histoire ensemble. Mais encore une fois, je me suis trompé. Avec toi, j'ai dû affronter un ascenseur émotionnel entre espoir et souffrance… bip* ». S'ensuivent plusieurs messages quelques minutes plus tard. « *Oublie le dernier message, je suis désolé ! Qu'est-ce qu'il se passe ? Je suis vraiment inquiet !* ».

Je fais les cent pas dans le salon. Est-ce que je dois lui répondre, le rassurer ? Je suis tiraillé entre deux voix. Une, qui me supplie de l'appeler et l'autre qui me suggère de l'ignorer. J'ai choisi la deuxième option. J'ai supprimé les messages un à un.

Ça fait plus d'une heure que j'essaie de trouver le sommeil. Je me souviens de ce que ma mère me disait quand j'étais gamin : « Fais le vide dans ta tête ». Ça marche quand on a sept ans, un peu moins quand on en a vingt-neuf.

Il est minuit. Les deux mecs grognent dans le hall. Le cœur affolé, je rejoins l'entrée.

— Arrêtez-vous ! Nous avons ordre de ne laisser passer personne ! Gronde un des flics.

Il va me rameuter tous mes voisins, ce couillon. Un gros bruit sourd résonne dans tout le palier.

— Nous avons l'autorisation de tirer. Lâchez-le !

— Je ne veux pas vous faire de mal, je veux voir William.

Sam ! J'ouvre la porte et découvre une scène à laquelle je ne m'attendais pas. Sam en train de plaquer Johan contre le mur, Yassine qui braque son arme et qui lui ordonne une nouvelle fois de lâcher son collègue.

— Stop ! Je crie.

Sam lâche Johan pour se précipiter vers moi, essoufflé. Il prend mon visage entre ses mains :

— Est-ce que ça va ? J'étais… tellement inquiet ! Je suis désolé… désolé pour les messages que je t'ai envoyés.

Je le repousse vivement et je lui fais signe d'entrer.

— Qu'est-ce qui te prend de m'enlacer comme ça ? Et je peux savoir ce que tu fais ici ?

— C'est une blague, William ? Tu me poses un lapin, tu ne réponds pas à mes appels, deux flics débarquent pour ma « *protection* », qui m'attendent en bas et tu me demandes ce que je fais ici ? Tu es mon petit ami…

— Non, je ne suis pas ton petit ami ! Je ne le serai jamais !

Une expression déchirante se dessine sur son visage. Ses espoirs viennent de s'envoler.

— Je… je ne comprends pas. Et le rencard ?

— C'était une erreur ! Je n'aurais jamais dû accepter ni te voir aujourd'hui. Maintenant, j'aimerais que tu partes et que tu disparaisses de ma vie.

Je me force à ne pas craquer, à ne pas me jeter dans ses bras, à ne pas le réconforter. Ses yeux se remplissent de larmes.

— Non ! Qu'est-ce que j'ai fait pour que tu me traites comme ça ?

— Rien du tout. C'est moi. On s'est trompé depuis le début, je n'ai aucun sentiment pour toi, je n'en ai jamais eu.

— Tu m'as embrassé, je te rappelle !

— J'étais bourré et paumé. Je voulais savoir si je ressentais quelque chose. Rien.

Je tourne les talons, il m'attrape le bras, saisit mon visage et m'embrasse. Un baiser passionné d'une telle douceur que je voudrais ne jamais m'en détacher. Nos lèvres se frôlent désormais, il me murmure :

— Ton cœur bat plus vite, ta respiration s'accélère. Tu frissonnes quand mes mains glissent le long de tes bras. Alors, je ne crois pas un mot de tout ça.

Il faut que je me m'éloigne, il faut qu'il me lâche avant que je m'abandonne à son baiser, à ses bras, à lui. Garde le contrôle, Will !

— Non ! Tu dois partir et m'oublier. Et si tu avais raison sur ce que je ressens, je refuse de tout abandonner pour toi.

— Je ne t'ai jamais demandé ça !

— Sauf que je pourrais perdre ma famille, mes amis. Je ne veux pas me retrouver seul, comme toi !

C'était la phrase de trop. Sous un air blessé, il quitte mon appartement et ma vie. J'ai envie de m'écrouler, de pleurer toutes les larmes de mon corps.

Mon téléphone sonne. Non, Alex, ce n'est pas le moment. Il rappelle plusieurs fois de suite.

— Quoi !

— Est-ce que tu vas bien ?

Je viens de larguer l'amour de ma vie alors non ça ne va

pas bien du tout.

— Pas vraiment !

— Je suis désolé, mais j'ai une nouvelle qui ne va pas t'aider !

— Au point où j'en suis, vas-y, balance la sauce !

— Le corps qu'on a retrouvé…

Rien que le début de cette phrase me donne la chair de poule.

— C'est ton entraîneur, Alain.

La surprise est telle que mon téléphone s'écrase au sol accompagné d'un bruit de verre brisé. Je tombe à genoux, le cœur palpitant, les larmes hors de contrôle. Je prends une profonde inspiration et je crie. Je crie toute cette colère, toutes ces émotions qui m'envahissent. Alex, toujours à l'autre bout du fil, les flics qui se précipitent vers moi, incapables de comprendre ce qui m'arrive. Sans leur prêter attention, je me dirige vers la cuisine, attrape une bouteille de whisky et me réfugie dans ma chambre en espérant que l'alcool me fera oublier cette soirée abominable.

33.

Les pieds dans l'eau, l'humidité ambiante, les gouttes qui s'écrasent sur les tuyaux, le manque de lumière, il faut que je parvienne à venir à bout de ce tunnel interminable. C'est le seul moyen de le trouver avant qu'il ne soit trop tard. Il m'appelle, me suppliant de le sauver. Sa voix déchirante résonne, il ne tiendra pas longtemps. Son cri de douleur bouleverse mon cœur. Je cours, je cours plus vite. Je trébuche sur un objet non identifié, je m'écrase au sol. Recouvert de boue, je me relève coûte que coûte. Je cours encore, accompagné par des rats affolés par ma présence. Sa voix est lointaine. Trop lointaine pour comprendre ce qu'elle me dit. Au fur et mesure que je m'approche, elle devient plus claire, plus déchirante, plus terrifiée.

Le bout du tunnel est là. Quelques enjambées et je serai à ses côtés, pour toujours. Une énorme pièce ronde se dresse devant moi, sans aucune fenêtre, sans aucune porte, sans aucune sortie. Une silhouette à genoux apparaît, une silhouette familière qui se découvre progressivement au peu de lumière qui règne dans cette pièce. Ses mains sur son visage, couvertes de sang, son corps mutilé. Je me précipite à ses côtés l'obligeant à me regarder.

— Samuel, tout va bien, je suis là.

— *C'est trop tard !*

— *Je vais te sortir de là !*

— *C'est trop tard ! Tu m'as abandonné !*

— *Jamais je ne ferais ça !*

— *C'est trop tard, il m'a attrapé !*

— *Qui ?*

Une main émerge sur le côté pointant une arme sur sa tête.

— *C'est trop tard, William ! Je t'aime !*

— *Je t'ai....*

Une détonation jaillit !

— NON !

Essoufflé, dégoulinant de sueur, le réveil est brutal. La pluie battante, l'orage qui s'annonce par les éclairs. Parfait pour coller avec mon moral au fond du gouffre. Je saute sur mon téléphone, soulagé qu'il fonctionne encore.

— Allez, Sam, décroche !

Bien sûr que non, il ne répondra pas. Je réessaie. Je suis tenace et je n'arrêterai pas tant qu'il ne n'aura pas décroché. Au bout du troisième essai, c'est sa messagerie directe qui me répond. J'ai besoin d'être rassuré. Deuxième solution : Alex. Une attente de deux sonneries suffit avant que sa voix ensommeillée ne surgisse de l'autre bout du fil :

— *Will ! Qu'est-ce qui se passe ?*

— Sam ne répond pas ! J'ai fait un rê... Peu importe. Je veux m'assurer qu'il aille bien.

Il met un petit moment avec de répondre. Mon cœur s'emballe.

— Est-ce que Sam va bien ?

— *Oui. Tu tiens le coup ? Je sais que tu étais proche d'Alain.*

C'est peu de le dire. C'est lui qui m'a tout appris, qui m'a donné le courage d'avancer dans ce sport malgré les réticences de ma mère. C'est lui qui m'a accompagné à mon premier championnat et avec qui j'ai remporté ma première médaille. Je ne le voyais pas comme un second père, mais plutôt comme un oncle. À la mort de mon père, il a été d'un grand soutien. Je devais être fort pour Jess, Alain était mon pilier.

— Je n'ai pas envie d'en parler. Salut !

— *Attends !*

— Quoi ?

Il cherche ses mots.

— *J'ai... J'ai été étonné de ta question hier quand je t'ai parlé du couple gay.*

— Qu'est-ce que tu essaies de me dire, Alex ?

— *J'ai écouté les messages que Samuel t'a laissé... Je comprends mieux.*

— Tu veux dire que... tu nous as espionnés !

— *Ton téléphone est sur écoute, je te rappelle. Johan et Yassine m'ont expliqué l'altercation qu'ils ont eue avec Samuel et sa dispute avec toi.*

Merveilleux ! Maintenant, tous les flics savent que j'ai changé de bord. J'étais tellement concentré sur le choix des mots pour éloigner Sam que j'avais oublié ce détail. Ce que je voulais éviter à tout prix et est finalement arrivé : que mon meilleur ami, que mon frère soit au courant.

— *Est-ce que... c'est ma réponse qui t'a fait agir comme tu l'as fait ?* hésite Alex.

Je reste silencieux.

— *Je comprends par ton silence que la réponse est oui. Je suis désolé. Si j'avais su que tu parlais de toi, j'aurais...*

— Tu aurais dit quoi, Alex ? Que ça ne changerait rien entre nous, que tu resterais mon pote alors que c'est faux ? J'ai peur ! Peur de ce que peut engendrer cette relation. Plus je me sens proche de lui, plus ça me rappelle tout ce que je pourrais perdre. Toby, ma mère, ma famille, toi !

Je m'interromps. Et si on nous écoutait.

— Tu as appris la mort d'Alain à sa femme ?

— *Non. Il a été transféré à l'hôpital. J'irai la voir dans la matinée, il va falloir qu'elle ou un autre membre de la famille vienne identifier le corps.*

— Je le ferai.

— *Tu as failli faire une crise cardiaque dans la fosse. Là, c'est quelqu'un que tu connaissais. Tu es sûr de pouvoir le supporter ?*

— Pas vraiment, mais je ne veux pas laisser Catherine subir cette épreuve.

— *Très bien, rejoins-moi à l'hôpital en fin de matinée.*

J'acquiesce par un « *humm* » et mets fin à la conversation. Je ne sais pas comment anticiper la réaction de Catherine. Je ne la voyais que rarement, mais je la connaissais par le biais d'Alain qui n'arrêterait pas de faire l'éloge de sa femme. C'était un homme amoureux même après tant d'années de mariage et les difficultés qu'ils ont rencontrées. Comme les nombreuses fausses-couches. Je m'étais toujours demandé pourquoi ils n'avaient jamais eu d'enfant. En rentrant d'une compétition, il m'avait avoué que sa femme avait une malformation de l'utérus et qu'il lui était impossible de porter un enfant, d'où les fausses-couches répétées. Je me souviens de la phrase touchante qu'il avait prononcée : « *Ne t'en fais pas, Will. C'est difficile c'est vrai, mais je ne peux pas lui en vouloir. Au fond, ce n'est pas grave, je l'ai, elle. Elle est le plus beau cadeau que la vie ne m'ait jamais offert…* ».

Aujourd'hui, je vais voir mon ami pour la dernière fois. En route vers l'hôpital, en compagnie de deux nouveaux flics, je sens venir la crise d'angoisse. Ils ont essayé de m'occuper l'esprit, mais n'ayant aucune réaction de ma part, ils ont abandonné. Mes doigts crispés sur les genoux, le regard dans le vide, je ne prête aucune attention à ce qui est autour de moi.

Alex et d'autres de ses collègues m'attendent à l'entrée.

Les jambes en coton, je me demande si elles tiendront mon poids dans les minutes qui vont suivre.

Alex s'avance vers moi, inquiet.

— Comment vas-tu ?

— J'ai envie de vomir ! je lui avoue accompagné d'une grimace.

— Si tu ne t'en sens pas capable, ne te force pas ! C'est une épreuve très difficile. Je comprendrais que tu renonces à le faire.

Je me souviens de Sam lorsqu'il est sorti de la maison de sa tante, blanc comme linge. Et encore, il est plus tenace que moi. Plus on avance dans les couloirs de l'hôpital, plus l'appréhension me monte à la gorge. L'odeur insupportable des produits médicaux, les médecins et infirmiers qui courent dans tous les sens, je n'ai qu'une envie : prendre mes jambes à mon cou.

Nous traversons plusieurs allées, descendons plusieurs escaliers avant de nous retrouver dans un couloir plus sinistre que les autres, caché dans les sous-sols de l'hôpital. Aucune voix, aucun bruit, uniquement celui de nos pas. Un léger courant d'air me saisit la nuque, accentuant l'ambiance glaciale qui y règne déjà. J'ai l'impression d'être accompagné jusqu'à ma propre mort. Les battements de mon cœur s'accélèrent, ma respiration devient plus difficile.

Ce week-end aurait dû se dérouler autrement. J'aurais fini la soirée aux côtés de Sam, à déguster un bon repas, à contempler son sourire, à écouter ses histoires. On aurait échangé quelques baisers et peut-être qu'on aurait passé la nuit ensemble. Et ce matin encore, je serais en train de flâner avec lui. Et au lieu de ça, je suis ici, à devoir découvrir le corps sans vie de mon ami, à me préparer à une image qui ne me quittera jamais.

Deux médecins se tiennent devant la porte. La distance est suffisante pour que je perçoive leurs badges. « Cindy

Thomas, médecin légiste », une femme d'une quarantaine d'années et l'autre « Pedro Marquez, Assistant légiste », plus jeune, plus menu. Le visage crispé, la mâchoire serrée, Alex ne me rassure pas sur ce qu'il se trouve derrière cette porte. Les deux flics du jour restent campés à plusieurs mètres de nous ! Bande de lâches !

— Excusez-moi, lieutenant Martial, nous venons pour le corps qu'on vous a apporté cette nuit, annonce Alex en présentant sa carte de fonction.

La légiste acquiesce, nous ouvre la porte et nous invite à entrer. Alex est à côté de moi, une main sur mon épaule.

— Tu es prêt ? me demande-t-il en exerçant de légères pressions pour me donner du courage.

Je n'ai plus de voix. Pour réponse je lui adresse un petit signe de la tête. Je ferme les yeux, prends une profonde inspiration et entre dans la morgue.

L'ambiance n'est pas plus chaleureuse que le couloir. Blanc hôpital, mobilier et casiers en inox. Ce qui m'interpelle c'est l'odeur. Pas d'odeur de sang, de cadavres, mais une simple odeur de produits médicaux. Mon corps s'apaise.

— Vous êtes le fils du défunt ? me questionne la légiste.

— Non, un ami proche.

— Très bien.

L'assistant ouvre l'un des casiers. Les pieds visibles, une étiquette pendue à l'orteil. L'apaisement était de courte durée, je ne tiens plus en place. Il attrape le bout du drap attendant notre signal pour dévoiler le corps. La main devant les yeux, tremblant, je suis au bord de l'asphyxie.

— Vous êtes prêt ?

Non, non, non ! Il découvre la tête. Il n'aura fallu qu'une mini-seconde pour que je le reconnaisse. La terreur se lit sur son visage, abîmé par les coups, qui en dit long sur ce qu'il a subi pendant les dernières minutes de sa vie. Un trou dans le front. Sûrement, la cause qui l'a mené à sa fin.

— On confirme que la mort est due par la blessure par balle sur le front. Mais avant, il a été torturé. Les ongles sont arrachés et des traces de brûlures sont visibles sur l'ensemble du corps...

Je n'écoute plus la légiste, je ne respire plus. J'ai besoin d'air ! Je quitte la morgue d'un pas de course, sans prêter attention à Alex qui tente de me rattraper. Je prends le chemin inverse en courant. Les médecins, les patients me regardent comme si j'étais un alien. Je m'en branle, j'ai besoin d'air ! J'arrive dans le hall principal. La porte de sortie est là. Je me réfugie dans un petit coin de nature, je m'adosse à un arbre et je m'accroupis.

Pense à autre chose ! Pense à autre chose ! Je me souviens du conseil de Sam quand j'étais dans la fosse. Un souvenir heureux, pense à un souvenir heureux. Le souvenir du vélo ne suffit plus. Trouve autre chose ! Je me concentre sur des flashs. Des flashs qui me feront plus de mal que de bien, mais je n'ai pas d'autres idées. Je repense à lui, à sa douceur, à son parfum, à sa voix, à son dernier baiser. La crise d'angoisse disparaît, ma respiration ralentit.

La tête sur les genoux, je ne sais pas combien de temps je reste dans cette position. Des minutes, des heures ? Je ne compte plus. Quelqu'un s'installe à côté de moi. J'aimerais tellement que ce quelqu'un soit lui. J'ai besoin qu'il me prenne dans ses bras, j'ai besoin de lui.

— Ça va ? me demande Alex.

— Oh ! C'était une vraie partie de plaisir… Je suis désolé.

— T'en fais pas, je comprends.

Il marque une pause.

— Tu as besoin de temps, je sais, mais il faut qu'on retourne au commissariat.

Le silence qui pèse dans la voiture, les deux flics qui me fixent, c'était un supplice. Mon téléphone n'arrête pas de vibrer. Je n'ai pas voulu prendre la peine de lire les messages ni les appels manqués. Si c'est Sam, je péterai un câble, je craquerai pour de bon.

J'ai hâte que toute cette histoire se termine enfin, que je puisse retrouver une vie normale et oublier toutes ces emmerdes.

Yann est là, à l'accueil de l'hôtel de police. Il crie à pleins poumons, exigeant de voir Alex. Ça ne me dit rien qui vaille. Ça se confirme lorsqu'il se précipite sur moi, la rage dans les yeux.

— Ça t'arrive de répondre au téléphone !

Oh, il va se calmer le garçon ! Il va finir par avoir mon poing dans la gueule, petit copain de ma sœur ou pas. Et, ça me donnera une excuse pour me défouler sur quelqu'un.

— Qu'est-ce que tu fais là ? Tu n'étais pas à Paris avec Jessy ? Elle est où ?

— Elle a disparu !

34.

Samuel

— Donc tu es d'accord qu'il s'est comporté comme un con, là !

Ce n'est pas dans mes habitudes d'insulter les gens. Ce n'est pas ma nature et mon père ne m'a pas élevé comme ça. Mais il le mérite. « *Je ne veux pas me retrouver seul, comme toi !* ». Cette phrase résonnait tellement en boucle que je n'en ai pas dormi de la nuit. Je m'attendais à entendre ces mots de la bouche d'un pseudo ami, mais pas de William. C'est vrai que je n'ai pas beaucoup d'amis, que mes proches se comptent sur les doigts d'une main. Quand on est rejeté toute sa vie, on finit par s'y habituer et à l'accepter. Je me suis convaincu qu'il valait mieux s'entourer de peu de gens sincères qui vous acceptent, que de s'entourer de gens qui vous rejetteraient parce que vous n'êtes pas comme eux.

— Un vrai connard, oui !

J'ai demandé à Mélanie de déjeuner avec moi. Même si ce n'est pas la personne la plus sensible ni la plus douée en histoire d'amour, j'avais besoin de parler à quelqu'un, de vider mon sac.

— Tu dois l'oublier, me conseille-t-elle sans la moindre hésitation. Je ne comprends même pas pourquoi tu as laissé une chance à ce type !

— J'ai cru qu'il… J'avais espoir et j'étais amoureux, je lui avoue. Je le suis toujours.

— Tu parles ! Il s'en fout de toi !

J'aime son côté brut de décoffrage, mais là j'aimerais bien qu'elle y aille avec des pincettes.

— Regarde-moi ! poursuit-elle. Je croyais être amoureuse et que c'était réciproque, mais quand je suis tombée enceinte, bizarrement (elle claque des doigts), l'amour s'est envolé. Résultat, je me suis retrouvée seule avec un bébé.

— C'est différent !

— Pourquoi ? Parce que tu es gay ? Crois-moi, ils sont tous pareils, gay ou non. Exemple en date : Thomas.

Ma première histoire d'amour. Enfin, c'est ce que je pensais avant d'apprendre qu'il me menait en bateau depuis le début. Je l'aimais vraiment. Mes sentiments étaient sincères, mais pas les siens. J'avais confiance. Une confiance aveugle qui a eu comme résultat une dure vérité. Après avoir vidé mon compte en banque et souscrit plusieurs crédits à mon nom, il m'a quitté. Me laissant assumer seul l'appartement qu'on avait pris à deux et d'énormes dettes.

Toutes les dettes ne sont pas soldées, j'en ai encore. Beaucoup trop. Je me suis contenté de vivre avec le minimum. Je n'ai pas le choix, je n'ai pas les moyens. Mon salaire de tatoueur couvre à peine toutes les dépenses. Je ne m'en plains pas, je peux tout de même exercer un métier que j'aime.

On m'a conseillé de vendre la Mustang que je m'étais offerte avant que je rencontre Thomas. Je n'ai jamais pu. J'y tiens énormément et je savais que si je la vendais, je n'aurais jamais pu m'en offrir une autre plus tard. Oui, j'aurais pu rembourser une bonne partie, mais Thomas m'avait déjà brisé le cœur et bousillé ma vie, il était hors de question qu'il m'enlève mon seul plaisir : conduire la voiture dont j'ai toujours rêvée.

J'aurais pu l'attaquer en justice, mais là encore, les frais n'étaient pas à ma portée. Paradoxal lorsqu'on a un père et un frère avocat. Ils n'ont jamais su cette histoire et je n'ai pas demandé leur aide. À quoi bon ? À leurs yeux, je ne fais plus partie de la famille. J'aurais cru qu'après la mort de mon père, les choses changeraient. Là encore, j'en demande trop. Pourquoi je m'entête à vouloir être heureux un jour ? On en a déjà décidé autrement pour moi.

— C'est mieux comme ça, Sammy. J'le sentais pas ce type !

J'émerge à ces derniers mots. Je n'ai rien suivi depuis quelques minutes.

— Tu dois l'oublier ! répète-t-elle. À cause de lui, tu dois te coltiner des flics !

Elle a raison, mais c'est plus fort que moi. Où que j'aille, quoi que je fasse, mes pensées basculent toujours vers lui. Qu'est-ce qu'il ferait ? Qu'est-ce qu'il dirait ? Comme si nous étions en couple alors qu'on ne l'a jamais été. Mélanie dépose sa main sur mon épaule :

— T'as pas l'intention de replonger, hein ?

— Non !

Regard en coin, les yeux plissés, elle ne me croit pas. Hier, j'ai lutté. Je lutte encore contre cette envie irrépressible de descendre dans un bar. Ma rupture avec Thomas a été difficile, mais j'ai résisté. Aujourd'hui, c'est une torture. C'est pour cette raison que j'ai demandé à Mélanie de venir ici. Quand les choses vont mal et que j'ai besoin d'un rappel à l'ordre, elle est là. C'est vital pour moi parce que si je replonge, je n'aurais pas la force de refaire une cure de désintox.

J'ai encore plus envie de boire quand je sais que l'homme que j'aime a des sentiments pour moi et qu'il ne les accepte pas. Il m'a avoué le contraire, mais c'est un mensonge. Il lutte aussi. J'ai vu ses regards sur moi, son inquiétude quand il s'est précipité vers moi dans la cabane. Et puis, ce baiser sur la joue avant de partir rejoindre le lieutenant.

Si j'étais le seul à le penser, je me dirais que je me fais des films, mais Jessica me l'a confirmé. J'ai toujours gardé contact avec elle depuis l'hôpital. Tout d'abord pour me rassurer sur l'état de santé de William puis par désir de le connaître, de comprendre qui il était.

Au fil de nos échanges, elle est devenue mon amie, une personne digne de confiance avec laquelle il est facile de parler. Après que son frère m'a jeté de chez lui, j'avais besoin de parler à quelqu'un. Le choix a été rapide. Ce n'est pas l'idée la plus merveilleuse qui soit, je sais que si William ne veut pas de moi ce sera une torture supplémentaire. Je voulais du réconfort.

Je n'ai même pas laissé le temps à Jessica de répondre par un « allô ! » que je lui ai déballé mon sac. Je lui ai tout raconté comme un gamin qu'on aurait bousculé. Elle ne répondait pas, elle m'écoutait. Quand j'ai eu terminé, elle est restée silencieuse pendant quelques secondes. Je pensais que j'avais commis une erreur en l'appelant, que quoiqu'il arrive elle serait toujours de son côté, qu'elle prendrait sa défense.

— Quel idiot ! Qu'est-ce qui lui est passé par la tête ? avait-elle fini par dire.

Une question dont je cherche désespérément la réponse. La journée, il était adorable et le soir, il pète un câble. La conversation n'a pas duré longtemps. Elle était fatiguée de son retour de Paris. Elle a raccroché en me donnant rendez-vous dans ce café aux portes du centre-ville. Elle devrait être là depuis une heure. Pas de nouvelle.

— Tu vas arrêter de mater ton téléphone. Il ne t'appellera pas cet enfoiré !

— Je sais. C'est juste que… que je comptais sur Jessica.

— Sa sœur ?

Je hoche la tête.

— Tu vis dans le monde des bisounours ! Si tu crois qu'elle va t'aider, tu te fous le doigt dans l'œil.

William a envahi mon cœur et mon esprit. Même si je devrais écouter Mélanie et l'oublier, je m'accroche à toutes les solutions. Me confier à Jessica en fait partie. J'espère qu'elle trouvera un moyen de lui faire entendre raison. Je compose son numéro lorsqu'un appel m'interrompt. Le lieutenant ?

35.

William

— Quoi ? Comment ça elle a disparu ? questionne Alex.

Yann l'ignore complètement. Il s'acharne sur moi.

— Tu l'as vue ? Tu lui as parlé ? Est-ce qu'elle t'a appelé ? Oh bien sûr que non, tu as éteint ton téléphone !

Il accentue cette dernière phrase en me bousculant en arrière. Alex l'écarte immédiatement. Il sait que s'il continue à m'agresser de cette façon, ça va mal finir.

— Yann, viens dans mon bureau.

Une fois la porte fermée, Alex, tout en se mettant entre nous, incite Yann à poursuivre.

— On est rentré hier, explique-t-il les poings serrés. Elle est partie ce matin. Elle voulait voir ton pote, Samuel. Depuis, je n'ai aucune nouvelle. Ce n'est pas dans ses habitudes.

— C'est sûrement un oubli, la batterie de son téléphone est peut-être à plat, suggère Alex.

Yann le coupe immédiatement.

— Si c'était le cas, elle aurait trouvé un moyen de me contacter.

Alex se tourne vers moi, cherchant à ce que je lui

confirme ce que vient de dire Yann. On ne reste pas jamais sans nouvelle de Jessy. Qu'importe où elle aille, elle nous prévient de son arrivée, à moi ou à Yann. C'est une habitude qu'on a prise quand notre mère téléphonait à notre grand-mère dès qu'on rentrait à la maison, même avant l'apparition des téléphones portables. Et puis en temps normal, je suis en contact régulier avec Jessy qui m'envoie des messages presque tous les jours. Que ce soit pour discuter de notre journée ou pour m'envoyer des blagues. Je n'ai pas de message depuis le début du week-end. Mais une interrogation me tracasse : pourquoi elle devait voir Samuel ?

— Tu as essayé de l'appeler ? Questionne Alex à Yann.

— Bien sûr ! Tu as d'autres questions pertinentes ou je demande à un autre flic de partir à sa recherche ?

Il souffle un bon coup avant de reprendre :

— Je n'ai pas le numéro de Samuel, je comptais sur Will.

Alex semble avoir lu dans mes pensées :

— Tu sais pourquoi elle devait voir Samuel ?

— Elle voulait lui remonter le moral. Elle m'a raconté qu'il vivait une relation difficile avec un homme.

— Je me demande bien qui c'est, ironise Alex avec un regard soutenu en ma direction.

— Moi aussi, rajoute Yann. Je lui mettrais mon poing dans la figure.

— Pourquoi ? J'interviens.

— C'est à cause de lui si elle est partie ! Tu l'appelles ton pote, oui !

Il commence à me chauffer avec ses intimidations à deux balles. OK, il ne sait pas que c'est moi, il ne sait rien de ce qui se passe dans ma vie et des emmerdes qui pèsent sur moi et sur ma famille. Et si Jessy était en danger, si ces types avaient mis leur menace à exécution, si la mort d'Alain n'était qu'un avant-goût ? Putain, si jamais il lui arrivait quelque chose, je ne me le pardonnerais pas. Et la seule personne qui pourrait nous rassurer ne décrochera pas son téléphone.

La tension qui règne dans ce bureau est insupportable. Alex reste calme.

— Je vais appeler Samuel pour en savoir plus et vous deux, essayez de ne pas vous entre-tuer !

Facile à dire. Avec la peur et la colère que je lis sur son visage, il est préférable que je n'ajoute rien avant le retour d'Alex sous peine d'être réduit en pièces. Heureusement, il revient vite. Mais avec son expression abattue, il n'a pas la réponse que nous attendons. Celle qui nous confirmerait que Jessy est en sécurité.

— Gardez votre calme, les gars, d'accord ! J'ai eu Samuel et les deux officiers qui s'occupent de sa protection. Aucun d'entre eux n'a vu Jess. Samuel m'a validé qu'il l'attendait dans un café, mais elle n'est pas venue.

Là je ne ressens plus de l'angoisse, mais de la terreur ! J'essaie à mon tour de joindre Jessy. Rien à faire, son téléphone est toujours éteint.

— Il y a un truc qui m'échappe, intervient Yann. Pourquoi deux flics protègent Samuel ?

J'étais parti pour lui raconter un bobard, mais Alex me dévisage. Il est temps de tout lui expliquer. Je lui demande de s'asseoir avant de commencer mon récit. Le visage de Yann se crispe, les poings serrés, tellement serrés qu'on pourrait croire que ses ongles s'enfoncent dans ses paumes. Alex prend le relais avec les corps retrouvés dans la fosse et la mort d'Alain.

— C'est pour ça que tu tenais absolument qu'on parte à Paris, déduit Yann.

— Oui. Je voulais la mettre à l'abri le temps de gérer ça.

Il se lève d'un bon, balance la chaise au sol et me plaque contre le mur. Une seconde plus tard, son poing s'abat sur ma mâchoire. Je ne me débats pas, je le laisse faire. Il lève le poing à nouveau, Alex s'interpose entre nous. D'une voix posée, il tente de calmer Yann. C'est son talent de négociateur qui parle.

— Arrête ! Ce n'est pas en s'en prenant à lui que ça va arranger quoi que ce soit.

— Tu te rends compte qu'à cause de tes conneries, elle est sûrement en danger ! Gronde Yann, les yeux remplis de rage.

— Je comprends ton inquiétude, intervient Alex. Mais ne tire pas de conclusion trop rapidement. Il est possible qu'à l'instant même, elle soit rentrée chez vous.

— Sauf que je le ressens, je sais qu'il lui est arrivé quelque chose ! Et tu crois que lui s'inquiète pour sa sœur ?

Je fonce sur lui si vite qu'Alex n'a pas le temps de me retenir. Je plaque Yann sur le mur avec une telle violence que le mur se met à trembler. Il ne serait pas le petit ami de Jessy, je lui aurais fait sa fête à ce petit con arrogant. J'ai fait des efforts pour le supporter, mais là il dépasse les bornes. Comment peut-il penser que je me fous de ce qui pourrait lui arriver ? Elle, qui sera toujours mon alliée, quoiqu'il pourrait se passer. Elle est ma meilleure amie, ma confidente, ma sœur et je serais prêt à tout pour elle. Je relâche légèrement mon étreinte avant de hausser le ton à mon tour.

— Tu sais que je ferais n'importe quoi pour elle !

— Ah ouais ? Tu t'es au moins demandé comment elle avait vécu ton absence ? Je suis sûr que non.

Il ne prend même pas la peine de reprendre son souffle.

— Moi, je vais te le dire. Elle déprimait de jour en jour parce qu'elle n'avait aucune nouvelle de toi, elle pleurait tous les soirs parce qu'elle pensait t'avoir perdu.

— Yann, arrête ! Intervient Alex.

Il se dégage avec une force que je ne lui soupçonnais pas. Il me jette en arrière, je trébuche sur une chaise et m'écrase au sol.

— Non ! Je n'arrêterai pas ! (Il se met à hurler). Il doit savoir le mal qu'il fait autour de lui. Elle m'a fait promettre de ne rien te dire, mais là je ne peux plus.

Il se masse les tempes.

— Elle était enceinte ! On était tellement heureux de cette nouvelle. Mais les crises d'angoisse répétées et le stress que tu lui as causé ont été fatals. Elle a perdu le bébé à quatre mois et demi.

Sa voix se brise. J'ai cru, pendant un instant, apercevoir des larmes. Son regard s'égare dans le vide.

— C'était une petite fille. Ma fille, rajoute-t-il. Et grâce à toi, on n'a jamais eu l'occasion de faire sa connaissance !

— Je… je n'étais pas au courant…

— Bien sûr que non, t'étais pas là ! balance-t-il, amer.

Je reste sur le cul. Littéralement même. Je n'en reviens pas d'avoir été aussi égoïste. J'étais tellement absorbé par mes problèmes que je n'avais pas conscience du mal que je faisais et de la souffrance que Jessy a subie par ma faute. J'ai promis à mon père de veiller sur elle, de la protéger, de la soutenir dans les épreuves que la vie nous impose. J'ai failli à cette promesse. J'aurais dû être là comme je l'ai toujours été. Être celui qui la rassurait la nuit quand elle avait peur de l'orage, être celui qui la protégeait des brutes qui s'en prenaient à elle au collège, être celui qui l'a aidée à revivre après la mort de papa. Mais aujourd'hui, ce n'est pas un, mais deux deuils qu'elle doit surmonter.

— Le pire dans tout ça c'est que je n'aurais jamais cru que la personne qui la ferait autant souffrir, serait celle qu'elle aime le plus au monde.

Yann ne m'a pas seulement poignardé. Il remue le couteau dans la plaie.

— Parce que oui, elle t'aime et tu sais que c'est pour ça qu'on est resté à Bordeaux. Après la mort de votre père, je ne voulais pas l'arracher à son frère. C'est ce que j'aurais dû faire depuis le début. L'éloigner de toi !

Je me mets à prier. Prier pour qu'on m'achève.

Alex, qui était silencieux pendant que Yann me balançait mes quatre vérités, ne cherche pas à le contredire ni à me défendre. Si même mon meilleur pote pense pareil, c'en est fini pour moi.

Pourquoi ma vie est devenue si compliquée ? J'aimerais pouvoir revenir en arrière, retourner à une époque où tout était plus facile. Ma famille, mes potes, mon fils et même Lydia. Je ne savais pas ce qu'elle faisait dans mon dos, mais j'étais bien. Pas de culpabilité, pas d'angoisse, pas de blessure amoureuse. Je veux retrouver ces moments de joie avec mon fils tous les jours, retrouver mes potes, ma famille sans avoir peur pour leur sécurité. J'aimerais pouvoir effacer tous ces combats clandestins. Alain serait encore en vie, je n'aurais jamais rencontré Sam et je ne souffrirais pas autant aujourd'hui.

C'est paradoxal et pourtant, je rêverais que Sam soit là près de moi. Qu'il me serre dans ses bras et qu'il me dise que tout ira bien. Il est le seul à pouvoir m'apaiser, me faire oublier un instant ces dernières heures.

J'ai besoin d'un moment pour digérer ce que vient de m'avouer Yann. Je sors du bureau en espérant que ça suffira à enlever ce poids qui envahit ma poitrine.

36.

Samuel

Lorsque le nom du lieutenant s'est affiché sur l'écran, je pensais que c'était une ruse de William pour m'avoir au téléphone. Il m'a appelé, plusieurs fois, je n'en pouvais plus. J'ai attendu le matin pour écouter ses messages. Sa voix était essoufflée comme s'il venait de courir un sprint ou plutôt comme s'il venait de terminer une partie de jambes en l'air. Son expression favorite qu'il a l'habitude d'employer et qu'il accompagne généralement de gestes étranges.

Si c'est vraiment le cas, il a été jusque-là pour que je comprenne qu'il n'y avait plus aucune chance, plus aucun espoir entre lui et moi. J'ai tout effacé, ses messages, ses appels. Son numéro ? Non, c'est beaucoup trop tôt.

C'est quand l'un des policiers a répondu à son téléphone que j'ai senti qu'il y avait quelque chose qui n'allait pas. J'ai décroché au deuxième appel du lieutenant. « *As-tu des nouvelles de Jessica ?* » m'avait-il demandé. Ils étaient ensemble, William, Yann et le lieutenant. Ils s'inquiétaient pour elle. Jessica avait-elle parlé de notre entrevue d'aujourd'hui et des raisons qui y ont poussé ? Elle a sûrement mis Yann au courant, disons que c'est plus qu'une certitude. Elle lui dit tout. En ce qui concerne William, je ne crois pas qu'elle l'ait mentionné. En tout cas, c'était ce que m'a confirmé le lieutenant. Ce qui m'a étonné. J'ignorais qu'il savait ce qu'il se passait entre William et moi. L'a-t-il découvert ou lui a-t-on appris ? Est-ce que ça changerait quelque chose ? Je ne sais pas. Ce n'était pas le moment d'aborder ce genre de conversation. Je ne savais pas ce qui lui a vraiment été révélé et que l'importance c'était de savoir où était Jessica.

Je ne lui ai pas apporté de nouvelles informations, si ce n'est celles que Yann lui avait déjà précisées. Mais ses dernières paroles me hantent et je n'écoute plus Mélanie qui, à en croire des moments de lucidité, parle de sa petite fille et de ses exploits à l'école. Des histoires que je prends le temps d'écouter. Pas aujourd'hui. Elles ne révéleront pas mon espoir enfoui. Celui d'un rêve. Le rêve d'être un jour père à mon tour, d'aller chercher mon enfant à l'école, de le serrer dans mes bras. De me promettre de ne pas être le père que le mien a été pour moi. Non, pas aujourd'hui. Une seule personne occupe mes pensées.

Il faut que je sois là pour William, le soutenir, l'aider. Je ne peux pas rester ici et savoir qu'il souffre et qu'il souffrira encore si ça tourne mal. « *Je pense qu'il serait préférable que tu sois avec lui, Samuel.* » m'a confié le lieutenant. « *On revient de la morgue… il devait reconnaître le corps de son entraîneur, retrouvé mort cette nuit. Et s'il s'avère que Jess a véritablement disparu…* ». Il n'a pas fini sa phrase. C'était inutile.

Je bondis de ma chaise et sors un billet de vingt euros de ma poche. Elle me dévisage.

— Qu'est-ce que tu fais ?

— Je… je dois y aller. Il a besoin de moi.

— J'le crois pas ! balance-t-elle, jetant ses mains sur ses genoux. Tu te fous de ma gueule !

— Qu'est-ce que tu veux que je te dise ? Je l'aime.

— Tu l'lâcheras pas ?

Non. Je sors en trombe du café et je rejoins les deux flics.

— Le lieutenant me convoque au commissariat !

— C'est bizarre, il ne m'a rien dit, s'interroge l'un des deux flics.

— Je ne vous ai pas demandé votre avis ! Alors, soit vous m'y emmenez, soit vous lui expliquerez pourquoi je ne suis plus sous votre surveillance !

C'était facile de négocier avec eux. Je reconnais que j'étais moi-même surpris par le ton que j'ai employé. Mais j'ai eu l'effet escompté. Le confort de ma voiture me manque tout autant que la liberté de mes mouvements, mais j'ai dû me résoudre à m'en passer pendant quelque temps. Vingt minutes plus tard, nous sommes devant le commissariat.

Les policiers m'accompagnent jusqu'au bureau du lieutenant. Un gros fracas se fait entendre à l'autre bout du couloir, suivi de deux voix qui se disputent. Je reconnais sans aucun doute celle de William. « *Tu sais que je ferais n'importe quoi pour elle !* » puis celle de Yann remplie de rage. Il ne ménage pas William, qui ne dit plus un mot. Il subit les secrets gardés de sa sœur. « *Je... je n'étais pas au courant...* ». Il est au bord du gouffre. Je ressens sa blessure qui s'ouvre de plus en plus, son chagrin qui envahit son âme. « *C'est ce que j'aurais dû faire depuis le début. L'éloigner de toi !* ». C'en est trop. Je ne connais pas suffisamment Yann pour le juger, mais il va trop loin. Je dois rentrer mettre fin à ce supplice. Un des flics me retient par le bras et l'autre se plante devant moi. Je m'apprêtais à leur dire le fond de ma pensée quand la porte du bureau s'ouvre. William sort. Mon cœur se brise. Abattu, il jette un bref regard vers moi avant de fermer les yeux et de laisser couler ses larmes. Je me dégage, pousse l'autre flic et je prends William dans mes bras.

Aucune réaction, il reste raide, les bras ballants. C'était une mauvaise idée. Je doute qu'il veuille de cette marque d'affection en plein milieu du commissariat. Pourtant, au bout de quelques secondes, sa tête s'enfouit dans mon cou et il me serre fort contre lui. Il craque.

C'est la première fois qu'il montre sa vulnérabilité. Qu'il montre à quel point il est perdu, bouleversé. Le lieutenant sort à son tour du bureau. Nos regards se croisent et il baisse la tête. Le signe pour me remercier d'être venu.

37.

William

Je n'ai pas pu résister à ses bras forts qui s'enroulent autour de moi. Ses caresses dans le dos qui me font frissonner, ses murmures à l'oreille qui m'apaisent. J'aimerais plus. Beaucoup plus ! J'aimerais le serrer encore plus fort, l'embrasser, le déshabiller, lui faire l'amour pour que je puisse oublier que je ne suis qu'un connard égoïste. Yann a raison, je fais souffrir toutes les personnes qui me sont chères. Jessy en a payé le prix et je me comporte de la même façon avec Sam. Ils m'ont aidé et soutenu, mais je suis incapable de les aider à mon tour, d'être présent pour eux. Je me sens mal et Sam est là. Il est toujours là alors que je l'ai blessé. Je ne mérite pas son amour, je ne mérite pas d'être aimé par un homme ou par une femme. C'est ma faute si Lydia m'a trompé. C'est moi qui ai détruit notre famille. Mon fils passe plus de temps chez sa mère et c'est mieux comme ça. Mieux pour lui.

Tous les flics nous observent. Je ne sais pas depuis combien de temps nous sommes dans ce couloir à nous enlacer. Je repousse Sam. Il est inquiet, ému. J'ai besoin d'être seul, d'un endroit à l'abri de toutes ces fouines.

J'examine chaque recoin du commissariat. Les toilettes sont par ici. Je cours sans prêter attention à Sam qui essaie de me retenir. Je franchis la porte. Ils sont vides, c'est déjà un bon point. Je m'appuie sur l'un des lavabos et arrose mon visage d'eau froide. Il paraît qu'on se sent mieux après. Hum… pas vraiment. Le reflet de ma sale gueule et de mes yeux bouffis, dans le miroir, ne m'aide pas non plus. Voilà ce qui arrive lorsqu'on chiale comme un gamin.

— William ?

Je sursaute. Sam est derrière moi, nerveux. Je ne l'ai pas entendu entrer. Il s'approche de moi et dépose une main sur mon épaule.

— Sam, je t'en prie ! Va-t'en !

— Laisse-moi t'aider !

— Je ne vois pas ce que tu peux faire de plus. On ne sait toujours pas où est Jessy.

— Je ne parlais pas de ta sœur, mais de toi.

— Moi ? Je suis qu'un sale type, je n'ai pas besoin d'aide.

Il m'écarte du lavabo et il me fait face, ses deux mains plaquées sur mon visage.

— Je t'interdis de dire ça ! s'exclame-t-il d'un ton sec. Tu as vécu une période difficile. Personne ne peut te blâmer pour ça.

— Alors comment tu expliques que Jessy ait perdu son bébé à cause de moi ?

Il répond d'une voix plus douce :

— Parfois, il est plus facile de trouver un coupable que de faire face à un deuil.

À la mort de mon père, je voulais affronter l'auteur de l'accident, qui s'en était sorti qu'avec une jambe cassée. Je n'acceptais pas qu'il soit vivant et non mon père. J'étais prêt à lui casser la gueule à sa sortie de l'hôpital, appelant des potes si c'était nécessaire sans attendre de savoir qui était réellement responsable. C'était lui le coupable. Mais en réalité, c'était mon père. Je ne voulais pas le croire. Toby, qui a étudié la psychologie, m'a expliqué que c'était une façon pour moi de gérer ce deuil. Peut-être que Yann réagit aussi de cette façon. Mais je ne peux pas m'empêcher de penser que je n'étais pas là pour Jess. Je n'ai pas su lire à travers ses sourires la souffrance qu'elle endurait.

Je m'éloigne de Sam.

— Tu étais au courant ?

— Non, j'ai seulement entendu la conversation. (Il marque une pause). Et tu es loin d'être égoïste. Je te rappelle que tu étais là pour l'enterrement de mon père.

— Et je t'ai laissé tomber juste après !

— Aucune importance ! Maintenant, je suis là pour toi.

Il avance de quelques pas. Je l'arrête de la main :

— Je… je veux que tu t'en ailles. Je t'en prie !

— Non, Will. Je suis parti hier soir, mais je ne ferai pas deux fois la même erreur.

Il s'avance encore. Ma main sur son épaule, il n'est plus qu'à quelques centimètres de moi. Il m'attire contre lui et m'embrasse à pleine bouche. Je n'ai pas la force de le repousser. Mon esprit l'ordonne, mon cœur et mon corps refusent d'obéir.

Il détache ses lèvres des miennes. Je plonge dans ses yeux verts où sont mêlés inquiétude, amour et peur. Je devrais le rassurer comme il le fait avec moi. Je devrais avoir le courage de lui dire ce que j'ai sur le cœur. Mais je suis un lâche, je ne le ferai jamais. Pourquoi je ne suis pas tombé amoureux d'une femme ? Ce serait tellement plus simple pour moi et pour mes proches. Pas d'explication, pas de honte, pas de mauvais regards autour de nous. Une nouvelle relation qui aurait déjà débuté sans que je ne me pose tout un tas de questions. Non, c'est cet homme que mon cœur a choisi, l'amour sincère que je cherchais est devant moi.

Une mèche de cheveux tombe sur son front, je l'écarte du bout des doigts. Un geste qui le surprend. Si seulement je pouvais lui dire à quel point il est beau, que malgré ce qui nous sépare, j'ai pris le temps de remarquer ses petites fossettes au coin des lèvres lorsqu'il sourit, sa manie de regarder ailleurs lorsqu'il est gêné, sa façon de passer sa main dans ses cheveux. Peut-être que je pourrais me perdre dans ses bras. Juste une fois. Une seule fois. Puis je l'abandonnerai encore, lui prouvant que ça ne marchera jamais entre nous.

Je saisis sa veste et la glisse le long de ses bras. Mes mains remontent, laissant mes doigts effleurer sa peau. Je contemple, admire son torse tracé par son T-shirt moulant. Je le pousse et le coince contre le mur.

— À quoi tu joues, William ?

— Chut !

Je l'interromps par un baiser plus intense, nos langues rentrent en contact. Il ne proteste pas, il entre dans la danse. Il agrippe le haut de mon jean et notre étreinte devient plus étroite. Nos hanches sont collées, ses mains se baladent dans mon dos. J'arrête nos baisers pour laisser mes lèvres descendre le long de son cou. Il frissonne, sa respiration s'accélère. Il aime ça ! Un petit espace suffit pour que sa main s'aventure sur la boucle de ma ceinture. Je sursaute. Sa main s'est glissée dans mon boxer. Il me caresse. Un gémissement s'écharpe de ma bouche, il rit.

— Laisse-moi te faire oublier cette mauvaise journée, me murmure-t-il d'un ton que je ne lui connaissais pas.

Il m'attrape par le col de mon T-shirt, me plaque à son tour contre le mur. Il m'embrasse. Les lèvres, le cou, le torse, le ventre. Il baisse mon pantalon, puis mon boxer avant de me prendre à pleine bouche. Je ferme les yeux et me laisse submerger par le plaisir. J'oublie que nous sommes dans les toilettes du commissariat, j'oublie cette matinée, j'oublie cette journée. Il n'y a que lui.

Il accélère le mouvement ! Le bas du ventre me picote.

— Sa… Sam ! Arrête !

Il accélère encore. Je ne tiens plus. Quelques secondes suffisent pour être envahi par cette passion qui nous lie.

Je reprends mon souffle. Sam se relève. Il sourit. Une vague d'amour me submerge. C'est à moi maintenant de lui offrir ce qu'il m'a donné. Je l'attire contre moi et glisse une main dans son pantalon. Son front contre le mien, les yeux fermés, il se laisse engloutir à son tour.

— Tu ferais mieux de te rhabiller avant qu'on nous surprenne, finit-il par dire après quelques minutes.

— Ouais ! Je suis étonné que personne ne soit rentré jusqu'à présent.

— On ne devrait pas jouer avec le feu.

Si on m'avait dit un jour que je coucherais avec un mec dans les toilettes du commissariat, je lui aurais envoyé un coup de poing dans la gueule. Jamais je n'avais eu autant de désir pour quelqu'un. Je ne me souviens pas d'avoir ressenti la même chose durant ces six années aux côtés de Lydia. Il y avait le plaisir, oui, mais c'était bien plus. Il y avait douceur et amour.

Je savais que c'était une mauvaise idée, que je m'aventurais sur un chemin dangereux. Je me suis promis de ne pas me laisser envahir par mes sentiments, de rester loin de lui. Ouais, pas terrible la promesse ! Ce qui est sûr après ça, je ne pourrai plus lui faire croire que je ne ressens rien pour lui.

J'avance au milieu de la pièce, à réfléchir si j'écoute cette petite voix, qui me chuchote d'accepter cette relation, ou l'autre, qui me rappelle que nous n'avons aucun avenir ensemble. Si c'est la deuxième option qui s'impose, comment je peux faire maintenant qu'il pense qu'on pourrait être un couple ? Et on ne sait toujours pas où est Jessy.

— Ça va ?

— Je… je suis inquiet pour Jessy.

Dos à lui, ses bras m'enlacent et il pose sa tête sur mon épaule.

— Je sais. Laisse-moi être là pour toi.

Je me détache de son étreinte.

— Non !

— Je ne comprends pas.

— Je… On ne peut pas être ensemble. Oublie ce qui vient de se passer.

Sans plus d'explication, j'avance jusqu'à la porte. Il agrippe mon bras avant que je ne puisse l'ouvrir.

— Non, non, non, William !

Il prend mon visage entre ses mains :

— Écoute, on peut en parler, mais je t'en prie, ne m'abandonne pas encore une fois !

Il presse avec délicatesse ses lèvres sur les miennes. Je me refuse de craquer. Je ne lui rends pas ses baisers. Je repousse ses mains sans le regarder.

— Non, Samuel ! Je ne peux pas, désolé !

Ma lâcheté a encore gagné.

38.

William

J'ai laissé Sam en plan dans les toilettes sans me retourner. Si je le faisais, je serais de nouveau dans ses bras. La fuite c'est ce que je connais de mieux. Sam a essayé de me convaincre le contraire, mais Yann a raison sur toute la ligne. J'ai profité d'un moment de bonheur avant de replonger dans mes états d'âme qui me tourmentent depuis que je l'ai rencontré. Un moment de plaisir qui m'a fait comprendre que le désir que j'ai pour lui n'est pas un rêve, mais une réalité. J'ai tout fait pour éteindre la flamme en moi, qui brûle pour lui. Je l'ai ignorée, délaissée, dans l'espoir que cette flamme devienne des braises et que ces braises s'éteignent à jamais. Mais, il suffit de ses bras, de son parfum, de sa voix pour ranimer cette flamme. Mais une chose m'empêche d'être heureux : la honte.

Je m'échappe du commissariat malgré l'ordre d'Alex de rester dans les locaux. Je ne veux plus de ces larbins de flics, de cet endroit, de ces sentiments. Je prie pour que ça s'arrête. Si Dieu existait, je serais à genoux.

Un appel me sort de mes pensées. Il me donne le sourire.

Une vague de soulagement me submerge. Jessy !

— Putain ! Jess, t'es où ? On est tous inquiets !

Mais cette vague est descendue aussi vite qu'elle est montée. Je reconnais cette voix. Ce n'est pas celle de Jessy. Je l'ai entendue quelques semaines auparavant. Cette voix grave et étrange. Je m'affole. Non pas ça !

— *C'était le but.*

— Où est-elle ? Si jamais tu lui as fait du mal, je te retrouverai et…

Un rire machiavélique résonne.

— *Elle est vivante… Pour l'instant. Je te déconseille de me menacer si tu souhaites qu'elle le reste.*

— Qu'est-ce que tu veux ?

— *Mon argent. On t'avait mis en garde, pourtant.*

Je n'ai pas son argent, putain ! Je n'ai ses cinq cent mille balles qu'il réclame. Le seul capital que j'avais c'était le Club qui n'est maintenant qu'un tas de cendres. L'assurance ? Elle est beaucoup trop longue. Demander de l'argent ? Les parents gagnent bien leurs vies, mais ils n'ont pas une telle somme d'argent. Il me faut une idée. Une putain d'idée.

— Je me propose captif à sa place. Libère-la et tu pourras me tuer si ça te chante.

— *J'en déduis que tu n'as pas l'argent.*

Il est calme, beaucoup trop calme.

— *Je m'attendais à cette réponse alors je vais te suggérer autre chose.*

— Quoi ?

— *Tout d'abord, tu vas suivre mes indications. Ne t'avise pas d'en parler à ton pote flic ou à ton espagnol.*

— Mon espagnol ?

— *Je sais que tu vis une relation étroite avec cet homme. Donc, si tu ne veux pas le retrouver mort lui aussi, écoute attentivement. Ah et ne fais pas de bêtise, je vois tous tes gestes.*

Chercher un mec qui téléphone. Super ! Il y a quoi, seulement des centaines à interpeler ? Il y a vingt ans, ça aurait été plus simple, de nos jours un peu moins. Il peut être n'importe où. Le mec là-bas sur le banc, l'autre qui promène son chien, celui à la station de tramway. Tu es où, sale enfoiré ? Il ricane.

— *Tu peux toujours chercher mon ami. Tu ne me trouveras pas.*

— Je t'écoute.

Bien sûr que l'idée de rentrer dans le commissariat, d'alerter toute la troupe m'a traversé l'esprit. Si je devais suivre ses indications, me rassurer avec un potentiel renfort serait un atout. « *Mauvaise idée.* », m'a-t-il chuchoté.

Après dix minutes à errer devant l'entrée, j'ai réussi à semer les flics, qui grouillaient dedans comme à l'extérieur du bâtiment. Pour la plupart, ils me connaissent et connaissent la situation. Me faufiler discrètement n'a pas été facile.

J'ai fait des allers-retours en simulant un appel avec un ami. Pas commode lorsqu'à l'autre bout du fil vous avez celui qui pourrait tuer votre sœur. J'ai attendu le bon moment pour disparaître. Johan m'a interpelé et demandé de rentrer, Alex me cherchait. Je lui ai montré le téléphone et lui ai précisé que j'arrivais dès la fin de cette conversation. C'était là, le bon moment. Je n'avais plus que quelques minutes ou quelques secondes pour réagir. Alex allait débarquer, suivi de Yann pour savoir avec qui j'étais en train de parler. D'un pas tranquille, je me suis effacé dans un groupe de passants, me menant à une rue plus loin.

— C'est bon.

— *Très bien. Maintenant, prends la rue à droite, puis celle de gauche. Une berline noire aux vitres teintées t'attend.*

Il raccroche. Je la vois au loin. Arrivé à moins de cinquante mètres, un type descend de la voiture. Habillé d'un costume noir, lunettes de soleil sur le nez, je sais de qui il s'agit. Ringer.

— Waouh ! Tu me fais un remake de *Men In Black*.

Il me jette sur le capot de la voiture, fouille mes poches à la recherche d'un objet suspect. Il m'enlève ainsi la seule chose qui pourrait me sauver : mon téléphone.

— La ferme et monte !

Je m'exécute. Ringer me pousse au milieu du siège, au côté d'un autre mec. Tony.

— Quelque chose à rajouter ? demande-t-il menaçant.

— Non pas *Men In Black*. Un remake du *Parrain* plutôt.

— Tu trouves toujours le mot pour blaguer, dit-il d'un ton mauvais. Sache qu'à l'instant même où je te parle, il y a une arme braquée sur la tête de ta frangine. Un seul faux pas et… Boom !

Je sursaute. Il éclate de rire. Dans quoi je m'embarque ?! Je suis dans une voiture avec deux types qu'ils veulent ma peau, enfin trois avec le chauffeur, qui me conduisent dans un endroit sûrement désert. Sans arme, sans issue. Pourtant si c'est l'unique chance, infime soit-elle, de sauver Jessy, je dois le faire. J'espère que j'en ressortirai vivant, que je reverrai mon fils, que je pourrai dire à Sam que je l'aime. Je regrette de ne pas lui avoir avoué, d'être parti en lui brisant le cœur encore une fois. J'ai prié pour que mes sentiments disparaissent, mais coincé ici, je prie pour le retrouver, le serrer dans mes bras, l'embrasser, le supplier pour qu'il me pardonne.

— Oh, on a oublié un truc, rajoute Tony.

Avant même que je lui demande de quoi il est en train de parler, je reçois un gros coup sur la tête. Un seul coup qui suffit à me plonger dans le noir.

39.

Samuel

Pourquoi j'ai pensé que les choses changeraient après ça ? Il a quitté les toilettes sans me prêter un seul regard. Pourtant, j'ai touché son amour, j'ai entendu son cœur, qui battait à tout rompre. Je n'arriverai jamais à lui faire accepter qui il est ni lui faire accepter tout l'amour que j'ai à lui offrir.

La porte s'ouvre à la volée. Pendant une seconde, j'ai cru que William venait s'excuser. Mais non, c'est le lieutenant. Je sèche mes larmes, ravale le sanglot qui est sur le point d'éclater en espérant qu'il n'aura rien remarqué.

— Enfin, j'en trouve un sur les deux ! Est-ce que Will est avec toi ?

Sa mine passe du questionnement à l'empathie. Il a vu mes larmes.

— Désolé, je…

— Ce n'est rien. On discutait il y a cinq minutes. Il vient de sortir.

— Très bien !

Il est hésitant.

— Écoute, commence-t-il. J'ignore où vous en êtes tous

les deux…

— Pour le moment, nulle part, je le coupe sèchement. Chaque fois que j'ai l'impression qu'on progresse, je retourne à la case départ.

— Je suis désolé.

Je ne sais même pas pourquoi je me confie à lui. Il est sympathique, mais je ne le connais pas vraiment. Si ce n'est les seules conversations que nous avons échangées pour résoudre les problèmes de William. Pourtant, il reste sans bouger, sans prononcer un mot, les yeux au sol. Aurait-il quelque chose à m'apprendre ? Que cherche-t-il ?

— Tu… t'es sûr qu'il est… je veux dire… gay ? On a grandi ensemble et je n'ai pas vu de signes qui puissent me le faire penser.

— Sans vouloir t'offenser, tu n'as pas été suffisamment observateur ! Gay ou bi, je ne sais pas ce qu'il est, mais ce qui est sûr c'est qu'il aime les hommes.

— Comment tu peux avoir un avis objectif ? Tu es amoureux de lui. Tu as tellement envie qu'il éprouve les mêmes sentiments que tu pourrais avoir mal interprété ses intentions. Tu ne t'es jamais posé la question ?

Oh si, plus d'une fois.

— Alors comment expliques-tu que c'est lui qui fait à chaque fois le premier pas. C'est lui qui m'a embrassé la première fois, c'est lui qui m'a embrassé avant qu'on couche ensemble.

J'omets de préciser que la dernière étape s'est passée il y a seulement quelques minutes.

— J'ignorais que vous aviez été jusque-là.

— Et Jessica s'est toujours interrogée sur son orientation. Elle a laissé tomber quand Lydia est rentrée dans sa vie.

Je finis par hausser le ton comme si je ne cherchais pas uniquement à le convaincre, lui. Mais à me convaincre moi aussi.

— Je connais ce qu'il traverse. Je suis passé par là, je rajoute pour combler ce silence pesant. Mais il se trouve que c'est plus difficile pour lui que ça l'a été pour moi.

— C'est juste que… c'est mon frère et… je veux qu'il soit heureux.

— S'il me donne cette chance, je ferai tout pour qu'il le soit.

Il conclut cette conversation par un hochement de tête, il s'en va.

— Alexandre ?

— Oui.

— Si tu avais vraiment des doutes, pourquoi tu m'as demandé de venir ?

— Il avait besoin de soutien.

— Tu aurais pu demander à Tobias. Pourquoi moi ?

— Je me suis dit que s'il avait réellement des sentiments, c'était de toi qu'il avait besoin. Et je t'avoue que c'était aussi une manière de te tester.

— J'espère que j'ai réussi. Ce test.

Il sourit et sort, moi sur ses talons. Dans le couloir, deux policiers nous sautent dessus.

— Lieutenant, on nous a signalé une voiture abandonnée sur le bord de la route, une MINI Cooper, lance un des flics.

— Vous avez la plaque ?

— Oui.

Il tend un morceau de papier et poursuit.

— Pneu crevé et des effets personnels à l'intérieur.

Sans rajouter un mot, il se précipite dans son bureau.

— MINI Cooper ? Ce n'est pas ce que conduit Jessica ? je lui demande.

Visage fermé, il répond :

— Si, j'en ai bien peur !

Yann, toujours dans le bureau, tapote son téléphone, espérant une réponse de sa compagne. Je reste calme face à lui. On ne serait pas dans cette situation, j'aurais déjà mis mon poing dans sa figure. Je déteste me battre, mais je n'aurais pas hésité.

Le lieutenant s'avance et lui donne le morceau de papier. Ses traits se durcissent encore plus.

— Johan, vous avez trouvé William ?

— Il est dehors, au téléphone.

On relève tous les trois la tête vers lui. Il est tellement surpris qu'il en recule d'un pas.

— Avec qui ? grogne le lieutenant.

— Euh… un ami.

Je me tourne vers Alexandre.

— Tobias ?

— Non, il est de garde tout le week-end. Il a rarement du temps pour lui.

On se regarde, tour à tour. Ils pensent comme moi. Nous suivons Alexandre, qui se précipite à l'entrée. Il court maintenant, tous les yeux du commissariat braqué sur nous. Il donne un coup dans la porte, il s'arrête. Il scrute les environs.

— Vous le voyez ?

Il n'est nulle part. La station, la rue, le parc. Pas l'ombre d'un grand ténébreux. Mon ténébreux ! Pas le signe de cette chevelure soyeuse, dans laquelle j'aimerais plonger mes doigts.

— Merde, Will ! s'exclame-t-il.

Je lis dans son regard de l'inquiétude. L'inquiétude que son meilleur ami soit en danger, qu'il soit parti seul, retrouver sa sœur. Qu'à n'importe quel moment, il pourrait avoir besoin de nous alors que nous ignorons où il est.

En retournant dans son bureau, il ordonne à deux groupes de partir à la recherche de William. Il fouille dans les tiroirs, attrape un brassard « police » et son arme.

— Vous deux, vous restez ici, c'est compris !

— Quoi ? C'est hors de question ! proteste Yann. Je viens. C'est de ma femme qu'il s'agit.

— Moi aussi !

Nous sommes coriaces, on ne restera pas ici à attendre que ça se passe. Au bout de quelques minutes, le lieutenant finit par céder.

— OK, mais vous ferez ce que je vous dis. Vous êtes des civils, s'il vous arrive un pépin, j'suis mort.

Avant de monter de la voiture, Yann se tourne vers moi :

— Pourquoi tu veux venir ?

— Tu as ton amour à sauver, j'ai le mien à sauver aussi !

40.

William

J'ai froid, très froid. De l'air chatouille la peau de mes bras humides. Humides ? Je ne me souviens pas avoir été sous la pluie. J'entends des gémissements étouffés et plaintifs proches et lointains à la fois. Je parviens à peine à distinguer les paroles à travers ses sanglots.

Je bouge. Impossible ! Mes bras et mes jambes me font souffrir comme si j'étais passé sous un train et ce mal de tête, putain ! Je pourrais très bien me taper la tête contre un mur, ça serait pareil. *« Will… Will, ré… veille-toi ! »*. Jessy ! Oui, je suis là ! J'ouvre les yeux.

Je suis où ? Escalier en bois au centre, des étagères contre les murs, des seaux, des serpillières, déposés sur un sol en béton, une table à ma gauche où des outillages trônent dessus. OK, je suis dans une cave. Il y a même un congélateur. Cool ! J'espère que je ne vais pas finir en viande congelée. Ça s'arrête là, je ne vois plus rien. Le reste est dans l'obscurité la plus complète. *« Will… ! »*. Je n'ai pas rêvé !

Elle est avec moi !

— Jessy ?

Je me lève malgré la douleur.

— Jessy, c'est toi ?

— Oui…

Je me précipite vers elle à l'aide du son de ses pleurs. Je vais la rassurer, lui promettre que tout va bien se passe. Ça commence mal. Je trébuche sur un je-ne-sais-quoi. Je bascule en avant, emportant au passage l'étagère à côté, provoquant une cascade de casseroles, poêles et autres ustensiles de cuisine. Quel crétin ! Ils vont rappliquer !

Personne ne vient. Je continue mon ascension. Je contourne l'escalier et je la vois. Apeurée, assise contre le mur, les genoux repliés sur son visage. À l'aide de la petite lucarne, au-dessus d'elle, qui laisse un brin de lueur de la lune, je me hisse vers elle. Quand elle m'aperçoit enfin, elle se jette dans mes bras. Mon prénom se perd dans ses sanglots, je comprends la moitié de ses phrases.

— Wi… je… te… croyais… mort.

J'ai des millions de questions à lui poser. J'aimerais l'examiner pour m'assurer qu'elle va bien. Mais avant tout, je la laisse se calmer, répétant inlassablement les caresses sur ses cheveux.

Elle s'écarte de moi, les yeux rouges, toujours remplis de larmes.

— Je suis désolée, dit-elle en me montrant mon T-shirt taché par son mascara. Je ne pensais pas que j'en avais encore.

Je souris et je l'embrasse sur le front. Je suis inquiet de la voir dans un état pareil. Il faut que je lui pose la question :

— Ils t'ont fait du mal ?

— Non.

Je la scrute avec insistance.

— Ils ne m'ont pas violée, si c'est ça ta question.

Je la serre contre moi, envahi par une vague de soulagement.

— Je vais bien, ajoute-t-elle. À part qu'on est coincé ici.

— Tu sais où on est ?

— Non. Ils m'ont endormie. Je me suis réveillée dans cette cave.

Elle se rassoit et me raconte tout depuis le début. J'en profite pour trouver un moyen de sortir de là.

— Je devais rejoindre un ami dans un café…

— T'es pas obligée de mettre des gants. Je sais que tu vois Sam en cachette.

— J'ai déjà regardé la lucarne, il y a des barreaux. Non ! Je ne le vois pas en cachette, il avait besoin d'aide pour *te* comprendre.

Merci pour ce pique subtil.

— Donc je reprends. Je devais le rejoindre dans ce café et j'ai crevé sur la route. Mon téléphone était à plat, je ne pouvais pas appeler Yann. Alors je me suis mise à changer la roue toute seule. Je ne me débrouillais pas trop mal quand une voiture s'est arrêtée. Un homme, plutôt charmant, est sorti et m'a proposé de m'aider.

— Tony ?

— Peut-être, il ne m'a pas dit son nom. J'ai accepté. Non, c'est inutile, la porte est verrouillée par un code. Je lui ai demandé si je pouvais emprunter son téléphone le temps d'envoyer un message à Yann. J'étais déjà partie depuis un moment. Il devait s'inquiéter. Puis le gars est arrivé derrière moi et c'est le trou noir. Jusqu'à ce que je me réveille dans cette cave.

— Ça fait combien de temps que je suis ici ?

— Il y a plusieurs heures, je dirais. Il faisait jour quand ils t'ont amené, trempé. Ils t'ont traîné dans l'escalier pendant que tu étais inconscient. Comme je ne te voyais pas, et que je n'entendais pas, j'ai cru qu'ils t'avaient tué.

J'arrête mes recherches et m'installe à côté d'elle, désespéré.

— Il n'y a pas d'issue.

— Ça craint !

Elle me prend le bras et pose sa tête. Chez nos grands-parents, il y avait une cave similaire à celle-ci. On n'avait pas le droit d'y aller quand on était gamin. Notre grand-père bricolait beaucoup et il détestait qu'on touche à ses affaires. Pourtant, c'était là qu'on se réfugiait. On aimait se cacher, se raconter des histoires ou se plaindre des adultes après une engueulade. Une époque qui me manque parfois. L'époque de l'insouciance où mon seul problème était de savoir comment placer mes petits soldats. L'époque où on se retrouvait avec mon père pour une partie de pêche. Je me souviens du cri de Jessy lorsqu'elle avait attrapé son premier poisson.

— Qu'est-ce qui te fait rire ?

— Toi et ta première partie de pêche.

— Oui et papa devait me tenir par la doudoune pour ne pas que je bascule dans l'eau.

— Oh oui !

Nous rions tous les deux, oubliant un instant que nous sommes toujours enfermés. Les souvenirs reviennent. La maison familiale que notre grand-père a dû se résoudre à vendre, bien trop grande pour lui, les vacances d'été passées avec les petits voisins. Une maison, aujourd'hui disparue. Je me tourne brusquement vers Jessy :

— Quand j'ai fouillé l'usine la dernière fois, je suis tombé sur une annonce d'une maison de campagne. Un corps de ferme.

— Tu penses que c'est là où on est ?

— Je ne sais pas. Ce n'est qu'une théorie.

— Oui, c'est plausible. Tu l'as dit à quelqu'un ?

— Oui, à Sam.

— Bon, il n'y a plus qu'à miser là-dessus.

Avant notre premier rencard, j'ai partagé cette découverte avec lui. Il m'avait conseillé d'en parler à Alex. Même si ce n'était qu'une info inutile, au moins il savait tout. Je ne l'ai pas écouté. Si j'ai vu juste, j'espère que Sam fera le lien.

— Je suis désolé.

Elle me regarde, surprise.

— Je suis désolé pour tout ça. Désolé que tu sois enfermée ici et je suis désolé pour le bébé. Tout est ma faute !

— Non, c'est faux ! Yann m'avait promis de ne rien te dire.

— Pourquoi t'as gardé le secret ?

— Tu avais déjà tes affaires à gérer, entre Lydia, la boxe, puis maintenant avec Sam. Je n'allais pas en rajouter.

Elle soupire.

— Et, tu n'y es pour rien, reprend-elle. Oui, c'est vrai que le stress n'a pas aidé, mais le fond du problème ce n'était pas ça. Mon corps n'était pas prêt. Que tu aies disparu ou non, j'aurais quand même fait une fausse-couche.

Je la serre contre moi, si fort qu'elle râle. Je l'étouffe. Mais je sais que ça n'effacera pas mon absence alors qu'elle avait besoin de moi. Elle agite les bras pour que je la lâche enfin.

— Maintenant, tu vas me dire pourquoi tu as été odieux avec Sam.

Est-ce que c'est une ruse pour changer de sujet, pour ne plus parler de cette épreuve difficile ? Je n'insiste pas.

— Alors ?

Je n'ai aucune excuse pour mon comportement envers lui. Je me suis voilé la face à chercher à le protéger. En réalité, il souffre à cause de moi. Je ne le protège pas, je l'abandonne sans cesse.

— Tu ne veux pas répondre à ça, OK. Je vais te poser

une autre question et j'aimerais que tu me répondes sincèrement.

Elle marque une pause.

— Tu l'aimes ?

Je me lève. Je prends une grande inspiration, comme si ma vie dépendait de cette vérité.

— O… oui, je l'aime !

— Alors, qu'est-ce que tu attends ! Il est dingue de toi ! Ce n'était pas ce que tu cherchais, un amour sincère ?

— Parce que tu crois que c'est si simple ?

— Bien sûr ! Tu vas le voir, tu lui avoues tes sentiments, premier rencard et hop vous êtes en couple.

— Tu ne comprends rien.

Elle se lève à son tour.

— Non, c'est toi qui ne piges rien ! proteste-t-elle. Tu es prêt à foutre en l'air une belle histoire d'amour parce que tu n'acceptes pas qui tu es ! Et tu n'imagines pas la chance que tu as. Sam est toujours là, à t'attendre malgré tout ce que tu lui as fait. Il continue à t'aider, à te soutenir, à t'aimer !

Ce dernier mot résonne comme un écho.

— Tu crois que je n'en ai pas envie ! Bien sûr que j'en ai envie ! Mais, je suis terrifié ! Que vont dire la famille, mes amis, maman s'ils apprennent que je suis gay ?

Ses traits s'adoucissent, elle sourit :

— Enfin, c'est sorti !

C'est la première que je prononce ces mots à voix haute. Et aussi étonnant que ça puisse paraître, je me sens comme libéré d'un poids. Elle se rassoit en tapotant l'espace vide à côté d'elle. On a échangé les rôles. C'est elle qui est en train de me secourir, pas moi.

La lumière s'allume, Tony et un autre mec dévalent les escaliers. Je me redresse en prenant soin de me placer devant Jessy. Les deux types se jettent sur moi. Je riposte. Un coup droit dans une mâchoire, le sang dégouline de son nez, il est désorienté, j'ai frappé assez fort. Un coup de pied dans l'estomac, il s'accroupit, il tousse. Tony saisit le bras de Jessy. Elle se débat. Un coup dans les couilles. Il gémit. Je ris. Pas pour longtemps. Le mec se relève et me plaque contre le mur. Son poing rencontre mon visage. Une fois, deux fois. Je lui donne un coup de tête. Il recule. Tony se redresse, grimaçant de douleur. Il attrape de nouveau Jessy et la maintient par le cou. Je me démène pour la rejoindre. Un coup de feu retentit. S'il voulait nous effrayer, et ben ça a marché. Jessy est en pleurs, l'arme braquée sur sa tempe.

— Lâche-la ! Tu lui fais du mal, je te tue, c'est clair !

— Oh, j'ai juste besoin de parler à ta sœur, ironise Tony. Je te laisse avec mon ami. Vous avez, sans doute, pas mal de choses à vous raconter.

Il pousse Jessy dans les escaliers, lui ordonnant de se relever au plus vite. Moi, je reste immobile, de peur qu'il tire sur elle. La porte se referme. Elle crie.

41.

Samuel

Le lieutenant conduit avec un calme remarquable. Quant à Yann et moi, assis à l'arrière, nous ne tenons plus en place. Les yeux braqués sur mon téléphone, attendant désespérément un message de Will et Yann qui ne cesse de me jeter des coups d'œil.

— Quoi ?

— C'est qui, ton mec ?

— En quoi ça te regarde ?

— Il est impliqué dans cette merde. Je veux savoir qui c'est.

— Pourquoi ? Pour t'acharner encore sur lui ?

Alexandre me fusille à travers le rétro.

— Encore ? Je ne le connais même pas !

— Avec tous les indices, tu n'as toujours pas fait le rapprochement ? Heureusement que tu es agent immobilier et pas enquêteur !

— Samuel ! s'exclame le lieutenant.

Je ne devrais pas lui balancer ce genre d'info, c'est à William de le faire. Mais il me tape sur les nerfs.

— Si j'ai un contact privilégié avec Jessica, c'est pour la simple et bonne raison que le mec que je fréquente n'est autre que son frère.

Il reste bouche bée.

Notre attention est détournée par les services de la voirie qui dégagent les bouts de pneus, éparpillés sur la route. Yann se crispe, c'est la voiture de Jessica. Une MINI Cooper rouge. Le rouge est une vraie passion dans cette famille. Le lieutenant nous met en garde. On ne doit toucher à rien. Le cric en position, la croix posée par terre, le sac à main de Jessica sur le siège passager, son téléphone à côté, éteint.

— Tout laisse penser qu'elle a été interrompue et qu'on l'a emmenée de force, nous confie le lieutenant. Ce qui m'inquiète en revanche, ce sont les traces de sang retrouvées proches de la roue de secours.

— Non, non, non, panique Yann.

Alexandre empoigne sa nuque l'obligeant à le regarder :

— Ça ne veut pas dire que c'est forcément le sien. Écoute, je sais que ce n'est pas facile pour toi, mais là tu ne nous aides pas ! Donc, soit tu gardes ton sang-froid, soit je demande à quelqu'un de te ramener et Samuel et moi on continue les recherches sans toi !

Face à la sévérité d'Alexandre, il n'a pas d'autre choix que de se calmer. Faire comme si ce n'est pas sa femme qui est en danger, faire comme si ce n'est pas l'amour de votre vie, ou votre frère, qui s'est jeté dans la gueule du loup. Comment faire abstraction de nos inquiétudes, de nos angoisses, de nos peurs. Celles d'arriver trop tard, de les perdre. J'admire le lieutenant pour ça. Nous n'avons aucune preuve, mais je suis certain que William était au téléphone avec le ravisseur de Jessica. Et je suis prêt à parier qu'il s'agit du même genre d'appel que celui qu'il a reçu à l'hôtel, en

Espagne. J'aurais dû le retenir, l'enfermer dans les toilettes si c'était nécessaire. Il aurait reçu l'appel, moi à ses côtés. Je l'aurais dissuadé d'y aller.

— Samuel, tu ne vas pas flancher toi non plus ?

— Comment tu fais ? Tu… c'est la vie d'une amie qui est en jeu, et sûrement celle de ton meilleur ami.

— Si je me laisse envahir par mes sentiments, je ne serai pas opérationnel pour mener à bien cette enquête. Ressaisissez-vous, les gars ! Quand on les retrouvera, ils auront besoin de vous. Montez dans la voiture, je dois faire un point sur la situation.

On s'exécute, il s'éloigne avec son collègue. Les traits tirés, de grands gestes brusques, la tension monte. J'ignore ce qu'ils se disent, mais lorsqu'il nous rejoint dans la voiture, son visage est rouge de colère.

— Je dois récupérer un truc chez moi.

On ne conteste pas. On ne pose aucune question. Enfin, disons qu'on n'ose pas.

Nous arrivons dans un quartier résidentiel, proche du centre-ville. Une zone qui, avant, était facilement accessible en voiture. Plus aujourd'hui. Les routes se sont réduites au fil des années pour laisser place au tramway et aux pistes cyclables. Alexandre n'a pas arrêté de soupirer, de taper sur le volant, d'insulter les autres conducteurs. Ne serait-il pas en train de se laisser submerger par le stress même s'il nous a affirmé le contraire ? Est-ce que la discussion l'a bouleversé au point de plus être objectif pour retrouver William et Jessica ? A-t-il une piste ? Les sourcils froncés, la mâchoire serrée. Non, il n'en a aucune.

Nous nous arrêtons devant une belle échoppe en pierre, typique de Bordeaux. Magnifique. Il y a quelques années, c'était un rêve de posséder une maison comme celle-ci. Un rêve cher, inaccessible pour moi.

L'intérieur, en revanche, ne me donne pas vraiment envie.

Le séjour peu éclairé, alors que le soleil brille, des cadavres de bouteilles de bière qui jonchent le sol, des restes de pizzas sur la table basse, le bazar sur le peu de meubles qui occupent l'espace. Il se laisse vivre le lieutenant. Mais ce n'est pas ce qui m'attire. Sur le mur du salon se dresse un énorme plan d'enquête. Des photos de victimes reliées à un point sur une carte, une arme retrouvée reliée à une victime, des articles de presse proprement découpés aux quatre coins du tableau. Une immense photo de l'ancienne usine au milieu comme si tout partait de là.

— Chouette déco !

Je donne un coup de coude à Yann. Alexandre n'y prête aucune attention. La main devant sa bouche, il scrute le tableau dans les moindres détails, chuchote des noms, des dates, des adresses. C'est ce qu'il était venu chercher : des réponses.

— Nadya Danon, assassinée par arme à feu le 20 juillet 2008, Clémence Caruso, poignardée le 3 mars 2010, nous énumère le lieutenant. Deux meurtres non résolus. Mon père était sur cette enquête. Leurs corps ont été retrouvés dans la vieille usine. Et aujourd'hui, deux hommes retrouvés dans une fosse. L'usine est le lien entre toutes ces affaires, mais je ne comprends pas. Ça fait des mois que je suis sur cette enquête et je n'avance pas. Techniques différentes, des silhouettes différentes, homme, femme, aucun lien avec les victimes, pas de constante.

— Et ce Tony ? je lui demande.

— Rien sur lui. On n'a pas son nom complet, son visage n'est pas connu des services de police. On le classe bien sûr parmi les suspects, mais je doute qu'il agisse seul. Il travaille pour quelqu'un.

— Tu as une piste ? interroge Yann.

— Non, ce n'est qu'une hypothèse. Sans preuve, je ne peux pas m'engager dans cette théorie.

— Et la vieille usine ? je suggère. On ne pourrait pas commencer par là ?

— Non. Nous avons démantelé leurs réseaux de combats clandestins bien qu'il s'agisse d'une facette sur les réelles intentions de ces types. Ils ne prendraient pas le risque d'y retourner.

— Tu penses qu'ils ont quitté la ville ?

— Je dirais qu'ils sont encore dans la région. Tous leurs trafics se font ici. Ils ne partiraient pas loin. Enfin, toujours des hypothèses. Elle me rend fou cette enquête.

Je comprends mieux l'état de sa maison. À droite du tableau, un emplacement vide avec un point d'interrogation accompagné de : « Nouveau QG ».

— Tu crois qu'il est possible qu'ils se réunissent dans une vieille maison de campagne ?

— Oui, c'est possible. Pourquoi ?

Je lui raconte la découverte de William, l'annonce qu'il a emportée avec lui. Et vu la tête du lieutenant, William n'a pas suivi mon conseil.

— Il en a fait quoi ?

— Je ne sais pas.

— OK, on y va. T'as la clé de chez lui ?

— Non, on n'est pas encore arrivé à ce stade-là.

— Jess en a une chez nous, intervient Yann.

— Très bien, allons-y.

***

Plusieurs heures se sont écoulées depuis la disparition de Jessica et de William. Je suis loin d'être un expert, mais je sais que plus les heures passent, moins nous aurons de chance de les retrouver vivants. Je ne peux pas, je ne veux pas croire à cette hypothèse. Ne pas se laisser envahir par les sentiments ! Ne pas se laisser envahir par les sentiments ! Cette phrase tourne en boucle. La peur est là, autant que les larmes qui sont sur le point de dévaler mes joies. Je les retiens, je ravale le sanglot du fond de ma gorge. Ne craque pas.

— On va les retrouver, Samuel. Garde espoir, OK ?

Le lieutenant m'observe à travers le rétroviseur. Je lui réponds par un signe de tête.

La portière arrière s'ouvre à la volée.

— C'est bon, les gars, j'ai le double des clés. On peut y aller.

Yann n'a pas le temps de s'attacher que la voiture démarre en trombe, direction l'appartement de William. Le lieutenant se fout des panneaux, des feux de signalisation. Il roule aussi vite qu'il est possible dans une agglomération, un dimanche ensoleillé. Parcs bondés, brocantes, promenade en famille. Tout le monde est de sortie. Le lieutenant est contraint de sortir le gyrophare pour dégager la route.

Garés en double file, le pas pressant, les escaliers montés quatre à quatre, nous voilà dans l'appartement.

— Yann fouille l'entrée et la cuisine. Samuel, occupe-toi des chambres. Moi, je me charge de la salle à manger.

Plus j'avance dans mes recherches, plus mon cœur palpite. Rien dans son dressing, dans les commodes, dans la salle de bain. Yann et le lieutenant ne sont pas plus chanceux. Aucun papier, aucune annonce. L'espoir se brise. Le lieutenant s'écroule sur le canapé. Si même lui, il baisse les bras, avons-nous vraiment une chance ?

— Il n'y a rien, confirme Yann. À part des factures et ses clés de voiture.

— SA VOITURE !

L'espoir revient. Sa voiture est sur le parking. J'attrape les clés et dévale les escaliers, suivi des deux autres. Je m'installe sur le siège conducteur. L'habitacle est imprégné de son parfum boisé. Il est si fort que j'ai l'impression que William est près de moi. Je me reconcentre. Portières, sièges, pare-soleil. Et la boite à gants. Je l'ouvre. Une feuille est planquée à l'intérieur. Mon Dieu, j'espère que c'est ce qu'on recherche.

Je bondis à l'extérieur.

— Je l'ai ! Je l'ai !

Le lieutenant m'arrache la feuille des mains, Yann jette un rapide coup d'œil par-dessus son épaule. Il compose le numéro de l'annonce et s'éloigne.

— Cette maison a été vendue, il y a deux semaines.

— Ça correspond au moment où on a trouvé les cadavres.

— Exact, confirme le lieutenant.

Il fourre la feuille dans sa poche et nous courons tous les trois à la voiture. Avant de partir, il nous tend deux gilets par balle.

— On ne sait pas ce qu'on va trouver là-bas. Vaut mieux prendre des précautions.

— Et toi ?

— Il y en a que deux. Ce n'est pas grave, je préfère que vous, vous soyez protégés. Allez en route.

42.

William

Je deviens fou. Le type reste planté devant l'escalier, arme à la main. Les pas incessants au-dessus de ma tête, les appels à l'aide de Jessy. Réfléchis, Will ! Putain, réfléchis !

Les mains derrière le dos, je recule progressivement vers la table. Je saisis la première chose qui est à ma portée et j'attends le meilleur moment pour lui balancer dans la gueule. Oh, je n'espère pas l'atteindre ni le toucher, je n'ai jamais su viser. Mais le distraire pourrait me laisser le temps de le désarmer, de prendre le dessus sur lui. Bonne ou mauvaise idée, de toute façon je n'ai que celle-là. Il consulte son téléphone. C'est maintenant !

Il relève la tête juste à temps, il protège son visage. Il appuie sur la détente. Je m'écroule, une douleur intense dans la jambe droite. J'en ai marre de me faire tirer dessus. Je ne sais pas par quel miracle la balle m'a éraflé, mais ça suffit pour que je pisse le sang.

Je me reprends, je ne dois pas laisser passer cette chance. J'ignore la douleur. Je prends de l'élan et le plaque au sol.

J'immobilise ses mains. Une balle dans la tête, non merci ! J'arrive à envoyer l'arme plus loin, sa main se libère et me colle un coup au visage. Si fort que j'en tombe sur le côté. Il tape sur ma blessure. Un cri s'échappe de ma bouche. Paralysé par la douleur, il reprend le dessus. Ses yeux braqués sur son flingue, il parvient à le récupérer, ne manquant pas de me donner un coup de pied dans les côtes. Il en profite pour me bloquer de tout son poids. Il se redresse et pointe le canon sur moi. Je réunis toute la force, toute l'énergie qu'il me reste pour le repousser. Il échappe un rire moqueur.

J'ai toujours résisté jusqu'au bout, je n'ai jamais abandonné un seul combat de mon plein gré. Même lorsque j'ai commencé les entraînements à l'adolescence. Ma mère s'inquiétait. « *Tu vas finir par te tuer !* » m'avait-elle crié, au retour d'une compétition, le visage amoché. Je lui ai promis que ça n'arriverait pas. Je ne tiendrai pas cette promesse. Mais je n'aurais jamais cru que ça se produirait aussi vite, aussi tôt. Je regarde cet homme, pointer son arme sur ma poitrine.

Je suis épuisé de me battre contre ceux qui veulent du mal, à moi et à ma famille. De me battre contre moi-même parce que je suis différent. Ce serait une solution de facilité de partir ici, de cette façon, d'abandonner maintenant, de cesser enfin le combat. Ma lâcheté gagnerait encore, ce ne serait pas une première. Mais ma conscience me rappelle que je ne suis pas tout seul de cette histoire. Jessy est là-haut et elle a besoin de moi.

Je m'efforce d'une nouvelle tentative pour sauver ma peau. Je remarque une poêle, à quelques centimètres de nous. Tant pis, ça fera l'affaire. Du bout des doigts, je parviens à l'attraper, je lui écrase sur la tête. Il tombe sur le côté, inerte. Sauvé par une poêle, qui l'eut cru !

Je cours vers la porte et la scrute dans les moindres détails cherchant désespérément un moyen de sortir de cette foutue cave. Les gonds, la poignée, aucune faille. C'est bien beau d'avoir réussi à neutraliser ce type, mais si je ne trouve aucune solution, ça n'aura servi à rien. Défoncer la porte ? Elle est bien plus robuste qu'une simple porte en bois. Et ma jambe ne tiendra ni mon poids ni ne pourra accumuler suffisamment de force. Le clavier numérique ? Il y a tellement de combinaisons possibles et le temps manque.

Je fabrique un pansement sommaire avec mon T-shirt, j'examine la pièce et mon regard se pose sur le flingue, que j'ai laissé à côté du mec. Bravo, abruti ! Il se serait réveillé, tu serais mort !

Ce n'est pas la première fois que je vois une arme. J'accompagne souvent Alex au centre de tir. Mais en tenir une dans les mains, seul, face à elle, c'est une sensation étrange. Je regarde tour à tour, la crosse puis le mec. Si j'appuyais sur la détente, si je le tuais, ça serait un connard en moins. Il ne fera plus de mal à personne. Je me souviens des explications d'Alex sur son fonctionnement. Facile. Je la pointe vers sa tête. Je presse légèrement la détente. Non, Will ! Tu n'es pas un assassin.

Je me concentre sur la poignée. Premier tir, raté ! Finalement, ce n'est pas si facile que ça ! Deuxième tir, manqué ! Sérieusement ! Allez, le troisième sera le bon. J'interromps mon geste. Comment se fait-il que personne ne soit descendu ? Personne n'a été alerté par les coups de feu ? Je n'entends plus rien. Aucun pas, aucune voix, aucun cri. Le calme absolu. Je tire une troisième fois, la serrure saute sous l'impact. Un coup d'épaule et la porte s'ouvre.

La maison est déserte. Du moins, elle semble l'être. Je traverse la cuisine sombre, les volets fermés, le séjour vide, à part quelques meubles imposants en accord parfait avec les tapisseries bariolées au mur et les énormes grille-pains qui servent de chauffage. Et l'odeur de renfermé confirme que cette maison n'a pas été habitée depuis des mois voire des années. J'atteins la porte d'entrée sans grande difficulté et même un peu trop facilement.

Deux choix s'offrent à moi : visiter l'étage, pour m'assurer qu'il n'y ait pas un connard qui pourrait se la jouer Deadshot ou partir à l'aventure à l'extérieur. Je n'ai pas le temps de réfléchir, ça fait trop longtemps que Jessy est entre leurs mains et je prie pour qu'ils soient encore ici.

Face à l'immensité de la propriété, je ne sais pas par où commencer. La grange spacieuse et délabrée, l'écurie aux peintures écaillées, le bâtiment au loin, dont je n'arrive pas à savoir son utilité dans le passé, ou si je dois suivre les traces de pneus sur le chemin de terre.

J'ai la trouille ! La trouille de ce qui pourrait arriver, de la retrouver morte dans un coin, de ma réaction à la découverte de son corps. Est-ce que je dois suivre mon instinct ou procéder au hasard. Je suis terrifié, putain ! J'ai besoin d'aide !

— Papa, si tu pouvais me faire un signe, n'importe lequel.

Je dois avancer, sur le qui-vive, avec la lune comme seule lumière, comme seul repère et une arme chargée à moitié. Léger pour jouer au superhéros.

Un cri retentit. Un cri strident qui se transforme en un cri étouffé. Je me précipite dans sa direction, rasant les murs, le pas boitant. Des voix d'hommes surgissent, je ne suis qu'à quelques mètres. C'est dans cette étable, en ruine comme les autres bâtiments. Ces voix sont plus claires, le cri a disparu.

Je cours. Je me mords les lèvres pour oublier la douleur. Je me jette au sol, face à une fente. Pas assez grande pour me faufiler, mais suffisant pour repérer ce qu'il se passe à l'intérieur.

Ligotée à une chaise, bandeau dans la bouche, la tête tirée

en arrière par Tony, Jessy est là. Vivante. Il a intérêt à la lâcher avant que je ne fasse un massacre. Encore faut-il que je trouve un moyen de l'attaquer par surprise. Débouler dans le tas ? Mauvaise idée, il est entouré de trois autres hommes. Seul, je n'arriverai pas à le neutraliser. Utiliser mon arme ? J'ai peur de toucher Jessy et je serais repéré. Je devrais contourner l'étable, rentrer à l'opposé et me débarrasser des gars aussi discrètement qu'une petite souris…

— Ne t'avise même pas de respirer ! Donne-moi ton arme !

OK, passons au plan B !

43.

William.

Si seulement j'avais un plan B. Le type, que je reconnais immédiatement, une fois sa tronche en pleine lumière, m'oblige à avancer, son arme pointée dans le dos.

Le regard de Jessy se noie dans ses larmes en croisant le mien. Tony, qui donne des ordres aux autres types et se retourne vers moi.

— T'es pire qu'une sangsue !

— Qu'est-ce que tu veux ? Je peux être très agaçant quand on s'en prend à ma famille.

— Parce que tu crois que tu es de taille à nous affronter ! Nous sommes quatre et on est armé. Toi… (Il ricane). Tu es seul et estropié.

C'est vrai que dit comme ça, les chances de victoire ne sont pas vraiment de mon côté.

— Je n'abandonnerai pas pour autant !

Son calme m'interpelle, ce qui a le don de m'énerver. Puis je repense à Alain, mon ami, allongé sur cette table à la morgue. La terreur sur son visage, le trou sur son front, qui me hanteront jusqu'à la fin de mes jours.

— Pourquoi avoir tué mon entraîneur ? Il n'avait rien à voir avec cette histoire !

— Il est parfois nécessaire de sacrifier un pion pour protéger le roi.

— Tu nous vois tous comme des pions ?

Il réfléchit.

— Oui, sauf toi. Le cavalier t'irait mieux.

— Il était innocent !

Il éclate de rire.

— Si c'est ce que tu penses, tu es vraiment naïf, mon cher ami.

J'aimerais l'étrangler, lui arracher la langue à ce connard qui a détruit ma vie, celle de Catherine, celles de ces types. Et il ose me balancer que Alain était de mèche avec eux. Je n'y crois pas une seule seconde.

— À ta place, je ne tenterais rien. Ta sœur est encore parmi nous.

— Qu'est-ce que tu attends de moi ?

— Que tu te battes.

— Tu te crois dans *Gladiateur* ou quoi ?

— Tu es vraiment pénible avec tes références de films.

Il s'éclaircit la gorge, les mains derrière les dos :

— Tu n'es pas sans savoir que tu nous as fait perdre beaucoup d'argent. Pas seulement dû à ton dernier combat, mais après ton départ. Il nous a été difficile de trouver un champion aussi doué que toi. Nous avons enchainé les défaites.

— Oh ! Arrête, je vais pleurer !

Il me jette un regard noir.

— Après t'avoir espionné et suivi dans tes moindres faits et gestes, on avait compris que tu en avais fini avec les combats. Malgré nos menaces, tu n'avais pas l'air de vouloir changer d'avis. Et la seule motivation qu'on a trouvée pour que tu le fasses, c'était de nous en prendre à ce que tu as de plus cher : ta sœur.

— Je ne me battrai pas si je ne suis pas sûr qu'elle soit en sécurité.

— C'est justement ce que je te propose. (Il fait de grands gestes en hauteur) Des caméras sont dissimulées un peu partout. D'ici quelques minutes, elles retranscriront l'étable en direct à des paricurs fortunés. Tu gagnes, vous sortirez, tous les deux, sains et saufs et nous, on récupère notre argent. Tu perds, tu meurs ! Devant ses yeux, bien sûr. Sinon, ce n'est pas jouissif. Et puis, je réserverai le même sort pour ta charmante sœur.

Si on m'avait dit que nos vies se joueraient sur un combat, j'aurais changé de voie, j'aurais dû écouter ma mère. Comment j'ai pu être aussi con ? Je ne sais pas contre qui je dois me battre ni de la force qu'il me reste. Mais, est-ce que j'ai le choix ? La terreur dans ses yeux, Jessy me supplie de ne pas accepter.

— J'accepte.

— Bien. Afin de te donner plus de motivation, Ringer, place-toi derrière elle.

Il s'exécute et joue avec son arme.

— William, peux-tu te mettre au milieu, je te prie. Je te présente ton adversaire.

À l'entrée opposée, s'avance un colosse, comme dirait mon père, frais comme un gardon. Contrairement à moi. L'exemple même d'un combat inégal.

— Non, tu te fous de moi ! Comment je peux espérer gagner ?

— Tu déclares forfait ?

Il fait un signe à Ringer qui colle le canon sur la tête de Jessy.

— C'est ce qui est intéressant, cher ami. Vu ton état, les joueurs auront peur de parier sur toi. Si tu gagnes, ils perdront tout, et nous ce sera le jackpot.

Cette impression de déjà-vu ne me plaît pas du tout, de mon dernier combat qui aurait pu mal finir si Alain n'avait pas dit « Stop ». Aujourd'hui, il n'est plus là et je n'ai personne pour m'épauler, pour me venir en aide. Je ne peux compter que sur moi-même.

Le colosse se place face à moi. Je suis prêt à livrer mon dernier combat, bien loin des rings de boxe habituels. Mon ultime combat, duquel je ne me relèverai sûrement pas, celui qui me fera avancer, non pas debout, mais les pieds devant. Je préfère ne pas penser à cette option. Je me battrai jusqu'au bout ! Pour Jessy, parce que nous ne sommes rien l'un sans l'autre, pour mon fils parce qu'il est ce que j'ai de plus précieux, il mérite d'avoir un père présent, pour Sam parce que j'ai tellement de choses à lui dire et lui avouer mes sentiments sera la première étape. Je veux nous donner la chance d'être heureux… ensemble.

Pas de compte à rebours, pas de cloche, un simple coup de feu, tiré en l'air, pour annoncer le début du combat.

Il n'attaque pas, il m'apprivoise. Tout autant que moi. Je reste sur mes gardes. Il peut surgir à tout moment. Et c'est ce qu'il fait. Il se jette sur moi, tel un plaquage au rugby. Je me dégage de son corps par un coup de coude dans la tête. Je me relève avant lui et lui donne un uppercut dans l'estomac. Il tousse. Je continue dans ma lancée, je frappe au visage, il rampe pour échapper au troisième coup. Il se relève. Mon excès de confiance me joue des tours. Il saisit une barre en fer au sol et la brandit comme une épée. J'ai bien compris qu'il n'y avait aucune règle. Le gagnant sera celui qui frappera le plus fort et celui qui tuera l'autre. Il faut que je trouve une arme.

Il tente de me toucher, je l'esquive. Il réessaie. La barre

entre en contact avec la blessure à la jambe. Je tombe sous l'effet de la douleur, qui avait disparu avec l'adrénaline. Il en profite pour m'envoyer son instrument de torture en pleine gueule. J'en perds l'équilibre.

La vision troublée, le bourdonnement dans l'oreille, je suis prêt à vomir mes tripes. Je ne vois plus rien. Il exploite cet avantage. Je sens sa main agripper le T-shirt, puis son poing dans la mâchoire. Je m'écrase sur une barrière en bois qui s'écroule sous mon poids. Mon dos qui se déchiquette au contact des bouts de bois, le souffle coupé, je n'arrive plus à me lever. La tête est lourde. Une charge compresse ma poitrine. Ses doigts s'enroulent sur ma gorge. Je ferme les yeux.

44.

Samuel

Si j'avais écouté mon instinct, le lieutenant en aurait pris conscience bien plus tôt et nous aurions gagné du temps. Ce temps précieux qui nous manque au fil des minutes et des heures passées.

Yann, qui expliquait le chemin à l'aide du GPS, le lieutenant, qui roulait à toute allure, nous voilà maintenant devant la clôture de cette maison. Alexandre charge son arme :

— Les renforts vont arriver, je vais faire du repérage, dit-il avant de nous pointer du doigt. Et vous, vous restez dans la voiture, c'est compris !

J'échange un bref regard avec Yann qui pense la même chose que moi. Le portail, fermé par une grosse chaine et un cadenas, ne nous laisse pas d'autre choix que d'escalader la clôture. Ce qu'Alexandre fait d'une aisance particulièrement agaçante. Nous attendons qu'il disparaisse dans la maison avant de sortir de la voiture. Il est hors de question que nous restions sans rien faire. Si William et

Jessica sont bel et bien là, ils auront besoin de nous.

Yann franchit la clôture sans trop de soucis. C'est plus compliqué pour moi. Je ne suis pas aussi athlétique que William et l'escalade, ce n'est vraiment pas mon truc. Je parviens à enjamber la partie grillagée et retombe lourdement sur les fesses.

— Il fallait le dire. Je t'aurais aidé, se marre Yann.

Je l'ignore, remets mon T-shirt et mon blouson en place.

— Allons-y !

Sous les rires de Yann, nous pénétrons dans la maison. Elle dégage une ambiance lugubre, comme celle d'une maison hantée, qui ne donne pas envie de rester plus qu'il ne le faut. L'étage, la salle à manger, la cuisine, personne. Le lieutenant a littéralement disparu ! Le doute, l'angoisse refait surface. C'est une mauvaise piste. L'espoir auquel je me suis accroché depuis le début se dissipe peu à peu.

— Samuel, il y a une cave ici !

Peut-être un signe.

— OK, allons voir !

— Toi d'abord !

— Ne me dis pas que tu as peur des caves.

— Non, mais dans une maison comme celle-ci, va savoir ce qu'on pourrait y trouver.

Je ris, mais je dois reconnaître qu'il a raison. Je descends les escaliers, m'aidant du peu de lumière. Un faisceau lumineux danse dans la pièce et avant que je n'aie pu réagir, le lieutenant se jette sur moi.

— C'est… moi, c'est moi ! Samuel !

— Merde, les gars ! Qu'est-ce que vous n'avez pas compris dans « vous restez dans la voiture ! ».

— Techniquement, tu ne nous as pas précisé combien de temps, je me défends.

— Je croirais entendre Will !

J'allais lui répondre quand je vois un corps à terre.

— Ce n'est pas lui, me rassure Alexandre. Ce type a été assommé. Mais ils ont été enfermés.

— Comment tu le sais ? demande Yann.

— Par les deux emplacements, un là-bas et un ici. Et ça !

Il projette sa lampe sur une inscription sur le mur, écrite avec du liquide rouge. Du sang ? J'espère que non. « *Jess avec moi. Pardoname. W* ». Que William ait pu me laisser un message en espagnol, même avec une faute d'orthographe, me réchauffe le cœur, aussi glauque que ça puisse paraître.

— On est juste derrière eux !

Nous fouillons encore, priant pour qu'on trouve n'importe quel indice supplémentaire.

— Oh, les gars ! s'écrie Yann. Il y a des traces de sang au sol !

De fines gouttes ont taché le parquet de la cuisine à l'entrée. Puis l'extérieur. On les suit, sous le regard vigilant du lieutenant, prêt à tirer.

Un coup de feu retentit. Mon cœur palpite. Des coups, des cris, des gémissements de douleur, des fracas métalliques. Mon Dieu. Je prie pour qu'il ne soit pas trop tard. Nous courons.

Ils sont ici, Jessica attachée, William allongé au sol, inerte. Je vois ce type au-dessus de lui. Une rage se déferle en moi. Il faut que j'y aille, il a besoin de moi.

— Non, Samuel ! Ils n'hésiteront pas à te tuer, m'interpelle le lieutenant.

— Tu crois que je vais rester planter là alors qu'il est en train de mourir ?

— Je comprends, mais on a besoin d'un plan.

Le lieutenant observe, bouillonne pour trouver le meilleur qui soit. Il nous explique la marche à suivre.

— Je vais faire diversion. Dès que ce sera le moment.

Vous interviendrez.

Il tend un couteau suisse à Yann.

— Toi, tu t'occupes de Jess. Samuel, de Will. Prêts ?

On acquiesce. Alexandre souffle un bon coup et entre dans l'arène. Une seconde suffit pour que toutes les armes soient braquées sur lui.

— Oh, on se calme les gars ! Je me suis égaré…

— Arrête, on sait qui tu es : Alexandre Martial, lieutenant de police, s'exclame Tony.

— Un simple Alex aurait suffi.

Une vague de menaces envers William et Jessica, une vague de négociation pour Alexandre. Que Tony n'accepte pas. Le lieutenant le savait, ce qu'il veut : gagner du temps. Le temps pour Yann de se faufiler sans être vu, le temps pour moi de me glisser derrière un panneau en ferraille, en me rapprochant de William, toujours inconscient.

Un vacarme assourdissant, des cris de surprise, des planches de bois tombent sur deux des types. Ils sont assommés. Yann a réussi. Un coup de feu résonne, Alexandre a tiré dans la jambe du dernier garde du corps de Tony avant de se mettre à l'abri des tirs du camp adverse.

Yann se précipite vers Jessica, la libère de ses cordes, je me jette sur l'homme responsable de l'état de William. Il s'écarte, saisit sa barre de fer et s'avance vers moi, déterminé. Des sirènes se rapprochent, les renforts arrivent. Le gars lâche sa barre et décampe à toute vitesse. Pas vraiment courageux. Je plonge aux côtés de l'homme que j'aime.

— William ! William, je t'en prie ! Réveille-toi !

Il ouvre les yeux. Il sourit. Difficilement.

— J'étais… sûr que… tu viendrais.

— Toujours !

— Jessy !

— Elle est en sécurité.

Des échanges de coup de feu fusent. Les renforts sont là.

Tony n'est plus en mesure de se défendre. Il s'enfuit.

— Non ! crie William.

Il se lève, titube, ramasse une arme au sol et poursuit Tony à l'extérieur.

— William !

Il ne m'entend pas.

— Ne bouge plus ou je tire !

Tony se retourne, sourire en coin.

— Tu penses que tu en es capable ? Allez, vas-y. Tue-moi. Montre à ton espagnol qui tu es vraiment.

— Je ne suis pas comme toi !

— On se ressemble plus que tu ne le crois ! Tire !

Son arme pointée sur la tête de Tony, tremblant, mais prêt à tirer.

— William, ne l'écoute pas. Ne fais pas ça !

— Et pourquoi pas !

— Tu vaux bien mieux que lui.

Trois policiers neutralisent Tony. William ne flanche pas pour autant. Le lieutenant s'approche :

— Will, c'est terminé, tout va bien, l'assure-t-il. Donne-moi cette arme.

Sans geste brusque, le lieutenant attrape l'arme avec des mots d'apaisement pour que William puisse enfin la lâcher. Il se tourne vers moi, dépose son front contre le mien, sous le regard gêné d'Alexandre.

— C'est réellement terminé ? me murmure-t-il dans un souffle.

— Oui, chéri, c'est fini. Maintenant, tu dois aller à l'hôpital.

Il approuve. Nous rejoignons la voiture du lieutenant, encerclée par d'autres voitures de police et une ambulance. Menottés et embarqués, Tony et ses amis quittent la propriété. Jessica reçoit les premiers soins, Yann à ses côtés, lui tenant la main. Elle se jette dans les bras de son frère, en pleurs. Tout le poids sur ses épaules se dissipe, l'angoisse, la peur disparaissent, le soulagement l'envahit. William craque à son tour.

45.

William

Poche de glace sur le visage, la jambe bandée, j'attends qu'un médecin vienne nous rassurer sur l'état de santé de Jessy. Yann ne tient plus en place. Elle ne semblait pas avoir de graves blessures apparentes, mais ils devaient s'assurer qu'il n'y ait pas de blessure interne. Jessy déteste les hôpitaux, tout comme moi. Pendant le trajet, elle n'arrêtait pas de supplier Yann disant qu'elle ne voulait pas y aller. Elle ne voyait pas pourquoi. Elle allait bien.

Sam, quant à lui, est parti chercher de quoi nous restaurer dans la boulangerie du coin. Je ne sais pas comment j'aurais fait sans son aide. J'étais hors de contrôle, je ne me reconnaissais pas. J'étais prêt à tirer, prêt à tuer Tony. Je l'aurais fait si Sam n'était pas intervenu. Il s'en est pris à ce que j'ai de plus précieux et savoir que ma sœur a été terrorisée, traumatisée et peut-être plus encore, me rend fou de rage.

On frappe à la porte. Toby entre dans la chambre, suivi de Sam, les bras chargés de sandwichs.

— Comment va Jessy ? on s'empresse de demander Yann et moi.

— Elle va bien. On lui a fait passer plusieurs examens. Tout va bien. Elle ne souffre que de légères ecchymoses, me rassure Toby.

Une vague de soulagement me submerge. Je ne suis pas le seul. Yann ne parvient pas à contenir ses larmes. Je lui presse l'épaule.

— Et toi, comment tu te sens ? reprend Toby.

— Je n'ai pas perdu connaissance depuis au moins deux heures, c'est plutôt bien non ?

Yann lève les yeux au ciel.

— Tu trouves ça drôle. Tu aurais pu te faire tuer, me réprimande Toby.

— Ça ne sera pas la première fois.

Il coupe le bandage et examine ma blessure.

— Pas de signe d'infection. Tu auras une belle cicatrise, mais c'est en bonne voie de guérison.

— On peut revenir à Jessy, s'il te plaît !

— Elle a besoin de repos. Beaucoup d'amour et surtout un suivi psychologique. Nous la gardons cette nuit en surveillance. Si tout va bien, elle pourra rentrer chez elle demain, dans l'après-midi. Néanmoins, il ne faut pas qu'elle reste seule les prochains jours.

— Elle ne le sera pas, intervient Yann. On peut la voir ?

— Bien sûr.

Toby me tend des béquilles, et nous guide, Sam, Yann et moi à la chambre de Jessy. Assise sur son lit, elle nous dessine un large sourire, en nous voyant tous les quatre. Yann se jette dans ses bras, l'embrasse partout sur le visage. D'abord le nez, les joues, puis la bouche, avant de la serrer de nouveau dans ses bras.

— J'ai tellement eu peur ! lui murmure-t-il, mais suffisamment fort pour que Toby, Sam et moi puissions l'entendre.

Jessy lui caresse le dos :

— Je vais bien, ne t'inquiète pas !

— Hé ! Moi aussi, je veux un câlin !

Elle lâche Yann, me tend les bras telle une petite fille.

— Toi aussi, tu veux un câlin ?

Elle penche la tête vers son interlocuteur, resté en retrait dans la chambre. Sam pose les sandwichs, sur la petite commode à l'entrée, avant de s'approcher pour une brève accolade.

— Je dois partir, je vous laisse en famille, lance Sam. Jessica et William, je vous souhaite un bon rétablissement.

Il fait trois signes de la tête, un pour Yann, un pour Toby et un pour moi avant de quitter la chambre.

— Qu'est-ce que tu attends pour le rattraper ? me demande Jessy.

— Pourquoi ?

— Tu te fiches de moi ! Allez, vas-y !

Toby nous scrute, Jessy puis moi, essayant de comprendre à quoi elle fait allusion.

— Euh… J'ai raté un truc ?

— Oh oui, un sacré truc, mon cher Tobias !

— Jessy ! Avec ce qu'il vient de nous arriver, ça peut attendre. Et je n'ai pas envie.

— Ah, ah et moi je m'appelle Angelina Jolie ! Je vais bien alors, vas-y ! C'est un ordre !

Elle accentue sa phrase en pointant la porte avec son index, comme un enfant qu'on aurait envoyé dans sa chambre. C'est sans doute ma dernière chance d'arranger les choses. Je lui souris, je fonce, enfin du mieux que je peux vers la sortie. C'est trop tard, sa voiture n'est plus là. Je prends mon téléphone. Il sonne dans le vide. Je rappelle une nouvelle fois, je laisse un message : « *Je t'en prie, Sam, réponds.*

J'ai besoin de te parler !». Rien. Je retourne dans la chambre. Yann assis sur lit, sandwich à la main, en grande conversation avec Jessy.

— Il est parti, c'est ça ?

Une question à laquelle elle connaît la réponse. C'est que j'ai toujours apprécié dans notre complicité, c'est de pouvoir se comprendre sans se parler. Elle a été la seule à découvrir ce qu'il se passait entre Sam et moi sans que j'en dise un mot. Je ne m'en plains pas, au contraire, mais je suis à chaque fois impressionné par son côté empathique.

— Prête-lui ta voiture ! ordonne-t-elle à Yann.

— Quoi ? Non !

— Tu as envie de contrarier une femme convalescente ?

— Pas vraiment.

Il me jette les clés avant d'ajouter :

— Je te préviens, s'il y a une rayure…

— Promis, je te ferai gagner à notre prochaine partie de poker. Mais seulement, s'il y a une rayure.

— Fonce ! crie Jessy.

Je file à toute vitesse à la voiture de Yann, garée dans le parking payant de l'hôpital. L'enfoiré ! Il aurait pu me le dire ! J'espère qu'il aura au moins laissé le ticket de sortie.

Je réfléchis à la manière dont je devrais m'excuser auprès de Sam. De trouver les mots exacts pour qu'il accepte de me pardonner. Je me suis conduit comme un connard, et ce depuis notre rencontre. Je suis prêt. Prêt pour une nouvelle histoire à ses côtés. Enfin, je n'ai pas la moindre idée d'où il peut être. Je devrais commencer par son appartement.

Je suis rassuré de voir que sa voiture est sur le parking de sa résidence. Les mains crispées sur le volant ne font que confirmer le stress que je ressens. Tout le discours, tout mon texte que j'ai travaillé pendant le trajet a disparu. Je ne sais pas ce qui m'attend pendant les prochaines minutes ni comment je vais appréhender sa réaction. Va-t-il vouloir me parler ? Va-t-il accepter de recommencer à zéro ? Je suis fatigué par ses ascenseurs émotionnels, la frayeur, l'angoisse, l'amour. Je ne me rendais pas compte à quel point c'était épuisant.

Même si j'ai besoin de lui dire ce que je ressens, de lui avouer mes sentiments, j'avance à reculons à son appartement. Il me faut du temps avant de me décider à frapper à sa porte.

Elle s'ouvre sur le visage fermé de Sam.

— Comment tu es entré ? me demande-t-il.

Aïe, ça commence mal. Je chausse la voix la plus douce qui soit :

— Un voisin m'a fait entrer. On peut se parler ?

— Non, tu devrais partir et retourner à l'hôpital.

Il ferme la porte, je la bloque avec mon pied.

— Attends, je t'en prie ! Écoute ce que j'ai à te dire et tu pourras me mettre à la porte ensuite.

Il hésite un instant puis lève les yeux au ciel. Il me laisse un espace suffisant pour me glisser à l'intérieur.

— Je t'écoute.

Je m'arrête au beau milieu du séjour. Je ferme les paupières et je prends une profonde inspiration pour me calmer. Putain, je ne sais pas par où commencer !

— Je… Merci ! Merci pour tout ce que tu as fait.

Tu peux faire mieux, Will !

— Je suis soulagé que Jessica et toi soyez sains et saufs. Tu n'as pas à me remercier.

— Bien sûr que si ! On n'aurait jamais été retrouvé sans ton aide. On serait mort à l'heure qu'il est.

— Mais ce n'est pas le cas ! Maintenant, si c'est juste pour me remercier, tu peux repartir.

Il ne me facilite pas la tâche.

— Je ne m'attendais pas à ce que tu te sauves aussi vite

de l'hôpital.

— Je voulais avoir de vos nouvelles. Après, je n'avais plus rien à faire là-bas. Et une fois que tu seras parti, je disparaîtrai de ta vie comme tu me l'as demandé.

— Ce n'est pas ce que je veux !

Pour la première fois devant moi, il hausse le ton. Lui, qui est toujours d'un calme imperturbable, quelles que soient les circonstances. Il explose :

— Alors qu'est-ce que tu veux, William ? Je ne sais plus. Tu m'embrasses, tu me repousses. Tu acceptes le rencard, tu me repousses encore. On couche ensemble, tu me jettes.

Il est maintenant hors de lui.

— Av… avec toi, je ne sais plus à quoi m'attendre. Tu fais un pas vers moi pour en reculer de trois !

Il marque un temps d'arrêt avant de poursuivre :

— J'étais fou d'inquiétude, mais je t'en veux encore ! J'en ai marre ! J'en ai marre d'avoir une lueur d'espoir et de m'écraser au sol juste après. Je déteste cette douleur constante. Au fond, tu as raison, nous devons faire nos vies chacun de notre côté. Je suis fatigué de me battre contre tes états d'âme.

Toute la pièce est plongée dans un silence absolu. Ses yeux se remplissent de larmes, ma voix s'est échappée. Il faut que je la rattrape, il faut que je lui dise. Maintenant !

— C'est toi !

— Quoi ?

— C'est toi que je veux !

Je réduis l'énorme écart qui nous sépare.

— Attention ! William ouvre son cœur ! Quand je suis parti de l'hôtel en Espagne, je n'avais pas peur de tes sentiments, mais des miens.

Il reste bouche bée, les sourcils froncés.

— J'étais coincé entre deux émotions complètement

opposées. Quand tu m'as avoué tes sentiments, j'ai eu peur, mais en même temps j'ai ressenti cette vague de bonheur, comme si j'avais attendu ça toute ma vie. J'ai essayé de t'oublier, mais il n'y avait rien à faire. Ma sœur a vite compris qu'il se passait bien plus qu'une simple amitié. Elle a tenté de me faire accepter ce que j'éprouvais. Je ne voulais pas. J'ai espéré démentir tout ça quand je t'ai embrassé. J'avais bu, c'est vrai, mais j'étais conscient de ce que je faisais. Le résultat n'était pas celui que je souhaitais. Je désirais plus.

Je suis lessivé ! Je m'écroule sur le canapé.

— Dans la fosse, quand je t'ai entendu crier, je n'ai jamais eu aussi peur de toute ma vie. Enfin, excepté les dernières quarante-huit heures.

Son visage se radoucit, il sourit. Mon Sam est revenu. Il s'assoit en face de moi, sur la table basse.

— Tu as révélé en moi cette part de personnalité que j'ignorais ou du moins que j'ai refoulée pendant toutes ces années. Avec toi, je me sens bien, je me sens moi. J'ai l'impression de renaître quand je suis à tes côtés. Mais, plus je me rapprochais de toi, plus la peur prenait le dessus. S'est rajoutée l'histoire du couple gay et d'Alex qui ne savait pas comme il réagirait s'il apprenait qui j'étais. Je n'arrivais plus à gérer tout ça. J'étais terrifié et j'ai réagi comme un con.

Il ne dit toujours rien et son silence me pèse.

— Je sais que je t'ai fait du mal et putain je m'en veux si tu savais. J'aimerais… Je suis désolé ! Tellement désolé !

J'enfouis mon visage dans mes mains pour cacher les larmes qui ruissellent sur mes joues. Sam se glisse à côté de moi sur le canapé.

— Pourquoi tu ne m'en as pas parlé ?

— Je… Je devais comprendre seul, je crois. Et ça me donnait une excuse pour t'éloigner de mes emmerdes.

Il attrape mon menton et me force à le regarder. Il caresse ma joue, débarrasse une larme de son pouce. Il est tout aussi ému que moi et sans je m'y attende il dépose ses lèvres sur les miennes. Ses lèvres douces et légères que j'ai découvertes pour de mauvaises raisons, mais qu'aujourd'hui je me donne le droit de savourer.

— Tes emmerdes sont aussi les miennes, dit-il dans un murmure qui me fait bondir de désir.

Mes mains glissent sous son T-shirt. Je lui enlève, dévoilant son torse tatoué. Une beauté que je contemple, que j'admire sans gêne. Mes doigts se baladent sur son corps à moitié nu, je contourne le tatouage que j'adore, la main de squelette et la rose rouge. Le jour où il m'a avoué qu'il aimait une personne sans savoir que c'était moi. Puis, les ailes sur sa nuque. Il frissonne. Je l'embrasse encore avant de l'allongé sur le canapé.

— Attends, attends !

Attendre ? Pourquoi ? Je ne veux pas attendre ! Je ne peux plus attendre ! Je veux enlever ce qui lui reste sur le corps, le serrer dans mes bras, l'embrasser partout où je pourrais. Sauf si...

— T'en as pas envie ? je lui demande en le regardant droit dans les yeux, la main sur sa joue.

— Oh que si !

— Alors, c'est quoi le problème ?

Il débarrasse ma main, la serre fort.

— Je ne veux pas que tu sois déçu, que tu le regrettes. C'est ta première fois avec un…

— Sam, on a déjà couché ensemble, je te rappelle.

— Oui, mais…

Je dépose mon index sur ses lèvres pour le faire taire.

— Pourquoi je le regretterais ? Ce que j'ai dit ne t'a pas suffi à te montrer que j'ai envie de toi ? J'ai envie de te déshabiller, de t'embrasser et…

Il saisit mon visage de ses deux mains et m'attire au-dessus de lui. Je retire mon T-shirt, je me hisse entre ses jambes et nous voilà collés l'un à l'autre. Peau contre peau, lèvres contre lèvres. Nos baisers deviennent plus intenses, plus vifs, plus sensuels. Je ne me souviens pas avoir ressenti autant d'amour, autant de désir pour quelqu'un. Même avec toutes les femmes avec qui j'ai couché. Et encore, c'était que des plans cul et non du véritable amour. Pas comme ce que je vis maintenant.

Ses mots tendres qu'il me murmure dans le creux de l'oreille, ses mains douces qui descendent le long de mon dos pour attraper mes fesses et les plaquer encore plus contre lui. Il durcit et je me sens à l'étroit dans mon boxer. Allez, je me lance, il est temps de passer à la vitesse supérieure.

Ma main descend, laissant des caresses sur son passage, elle atteint le bouton et la fermeture éclair de son jean. Elle soulève l'élastique de son boxer avant de se glisser entièrement dessous. J'ai douté de ce moment. Est-ce que je saurai quoi faire ? Est-ce que je me sentirai ridicule ? Pourtant, ce que je fais me semble si simple, si naturel. Même pendant notre première fois.

Sam ne contrôle plus ses gémissements lorsque je dépose des baisers dans son cou, sur son torse, sur son ventre. Plus je descends et plus les battements de son cœur et sa respiration s'accélèrent.

— Will… William ! On glisse !

— Quoi ? C'est une expression érotique ou…

— Non, je veux dire qu'on est en train de tomber !

Comme un crétin, je n'avais pas remarqué qu'on était aux bords du canapé, bien trop petit pour nous deux. Pas le temps de réagir, on est déjà au sol. On éclate de rire.

— Je ne t'avais pas dit que tu étais à tomber !

— Samuel, est-ce c'est un jeu de mots ?

— Ça se pourrait bien ! Je peux faire mieux c'est ça ?

— Disons que c'est un début.

Sam se relève et m'aide à mon tour. Il noue ses mains autour de mon cou, m'embrasse et me guide jusqu'à la chambre. Il tombe sur le lit, s'attaque à mon pantalon et le fait descendre à mes pieds. Le plus étonnant, c'est que l'homme hésitant a fait place à un homme avenant qui maîtrise parfaitement la situation.

Il m'attire contre lui, sans aucune barrière, sans aucun tissu. Corps contre corps, cœur contre cœur, profitant de chaque caresse, de chaque baiser. Il se penche et ouvre le tiroir de la table de chevet, il en sort un sachet en aluminium. C'est une alchimie parfaite entre nous. Dans un murmure essoufflé, il me glisse à l'oreille :

— Mi amor !

Plus de tension, plus de stress de ces derniers jours. Juste nous deux, à progresser vers le plaisir jusqu'à atteindre son paroxysme.

Nos corps apaisés, nos respirations calmées, Sam est dans mes bras. Il est le premier à briser le silence :

— Ça va ?

— Oui, je lui réponds tout en l'embrassant sur le front. Mais, j'ai besoin de prendre une douche. Regarde-moi, je suis transpirant par ta faute !

— Quoi, ma faute ? répond-il, faussement vexé. Tu as des serviettes dans le placard du bas. Tu as intérêt à revenir.

— Tu crois que je serais capable de passer par la fenêtre et de me balader à poil dans la rue... Hummm, bourré, ça se pourrait bien.

Sous les rires de Sam, je chope mon boxer et je m'éclipse dans la salle de bain. La tête sous l'eau chaude, il me fallait bien ça pour redescendre sur Terre, pour redescendre cette euphorie. Je n'aurais jamais cru pouvoir vivre des moments si intenses, remplis de tendresse et d'amour qui laissent rapidement place à d'autres questions, peurs et inquiétudes.

Toutes ces questions me submergent. Comment affronter le regard des autres, de mes proches, de mes amis ? Je suis sûr de mes sentiments, de mon amour pour lui. Je suis arrivé motivé, convaincu d'être prêt. Mais est-ce que je le suis vraiment ?

Ce soir, je n'y pense plus. Je profite de ces moments avec mon petit… Enfin, je ne sais pas. On n'a pas pris le temps de mettre un mot sur ce qu'on est. Je sors de la douche puis de la salle de bain. Sam m'attend devant la porte :

— Tout va bien ?

J'ai passé plus de temps que je ne croyais sous la douche…

— Oui, je suis désolé. J'étais perdu dans mes pensées.

La frustration monte lorsqu'il disparaît lui aussi dans la salle de bain. Il se glisse, quelques minutes plus tard, dans le lit. Il se blottit contre mon dos, m'entoure de ses bras et dépose un baiser sur mon épaule avant de remarquer ma gêne :

— Il y a quelque chose qui te dérange ?

J'hésite. Peut-être lui dire que tout va bien, mais le mieux pour commencer une nouvelle relation, c'est d'être honnête, comme je le suis toujours.

— Pourquoi tu n'as pas pris la douche avec moi ?

Ça sonnait mieux dans ma tête. Je me sens con d'avoir posé cette question, comme un gamin capricieux.

— Je voulais te laisser un peu d'intimité.

— Intimité ? Après ce qu'on vient de faire ! T'es pas sérieux !

— Je ne veux pas passer pour le petit ami envahissant dès le début.

Je serre sa main contre moi, une manière de lui faire comprendre que nous sommes deux désormais.

— Bonne nuit, rajoute-t-il dans un souffle.

Oh oui, je vais passer une très bonne nuit. Une nuit que

je n'ai pas eue depuis de longues semaines. Sa respiration est régulière, il dort déjà. Je m'endors à mon tour, apaisé, heureux et terriblement amoureux.

Épilogue

— Ne triche pas !

Les deux mains sur mes yeux, Sam me guide jusqu'au Club flambant neuf. Il prépare quelque chose depuis plusieurs jours et je n'ai pas réussi à deviner ce qu'il me cachait. Et pourtant, je l'ai fait, le mec agaçant. Il a été d'une patience incroyable.

Deux semaines se sont écoulées depuis notre première nuit ensemble et, on a décidé d'officialiser notre couple aux personnes qui connaissent la situation, il y a seulement quelques jours. Jessy, Alex et Yann de mon côté et Mélanie et Jeff pour le sien. C'était un choix commun. On devait savoir où on en était tous les deux. « *On va commencer par un vrai rencard !* » m'avait-il dit. Et c'est ce qu'on a fait. On a été au restaurant de son pote, celui où était prévu le tout premier rencard que j'avais accepté. J'ai vraiment été séduit par l'ambiance. Les plats à la carte étaient des classiques de la gastronomie française. Un délice !

Nous sommes restés toute la soirée à discuter jusqu'à ce que son pote nous jette gentiment dehors. On n'avait pas fini et je n'avais pas envie de le quitter. Cette soirée s'est poursuivie jusqu'à tard dans la nuit, chez moi. Pas de bécotage, pas de sexe, seulement une grande discussion sincère entre deux hommes, qui cherchent à construire une base solide, pour commencer une relation dans de meilleures conditions. J'avais besoin de ça pour être rassuré sur ce qui pourrait se passer ensuite. Et Sam le savait.

Je lui ai confié que j'étais terrifié de l'annoncer à ma famille, à ma mère surtout.

— Il faut que tu saches que ce ne sera pas facile. Crois-moi ! Je suis passé par là, m'a-t-il avoué. On dit que c'est facile aujourd'hui de faire son coming out, mais c'est loin d'être le cas. Certaines personnes vont l'accepter, d'autres mettront du temps et puis des proches que tu pensais ouverts d'esprit, ne l'accepteront jamais. Tu devras aussi supporter les remarques et les blagues clichées sur les gays.

Face à l'angoisse qui s'est lue dans mon regard, il a pris ma main, mis la sienne sur mon visage avant de rajouter :

— Je serai là pour toi, je t'aiderai !

Il m'a embrassé, on s'est allongé sur le canapé. Ma tête sur son torse, ses mots réconfortants, ses caresses dans les cheveux, le sommeil m'a emporté en quelques minutes.

J'admets avoir peur de mon comportement lorsqu'on sera en public. Est-ce que j'aurai le courage de recevoir ou de donner des gestes d'affection, de l'embrasser ? Est-ce que j'aurai le courage de le présenter comme mon petit ami ? Quand on me demandera si je suis en couple, est-ce que j'aurai le courage de leur dire que je suis avec un homme ? Ou est-ce que je cacherai son identité sous son pseudo, qui peut-être celui de Samantha. Tant de questions auxquelles je n'ai toujours pas trouvé de réponse.

Sam est un homme de talent dans le domaine artistique, mais en ce qui concerne le guidage pour personnes aveugles, il est franchement nul. Au bout de deux minutes, je me suis pris une porte, cogné dans deux ou trois meubles et manqué de me casser la gueule sur une marche, suivit par une multitude de « désolé ».

Yann a réussi à me trouver un autre local, quasi similaire au précédent. Grâce à lui, je peux reprendre le travail, proche de chez moi et proche de l'école de Gabriel. Avec le remboursement de l'assurance, j'ai pu rééquiper en partie la salle. Du moins pour la partie boxe. Les appareils de musculation devraient arriver plus tard.

Quand j'ai annoncé à toute l'équipe qu'on pouvait rouvrir, elle était folle de joie. Et moi aussi. Après m'avoir aidé à décorer la salle pour être prête la semaine prochaine, j'ai décidé de laisser l'équipe se reposer avant la reprise.

Sans prévenir, Sam est venu me chercher pour passer l'après-midi ensemble. Enfin, c'est ce qu'il m'a donné comme excuse pour me faire venir ici.

— On va faire un petit détour, si tu veux bien, m'a-t-il dit avec un large sourire.

— J'ai le choix ?

— Euh… non. C'est moi qui conduis.

Je n'ai compris qu'après que c'était pour me conduire à cette fameuse surprise. Je lui avais dit que ce n'était pas nécessaire. Que pour mon anniversaire, je voulais simplement une soirée tranquille surtout après ce qu'il s'était passé. Non, il a tenu à me faire cette « surprise ».

— Bon ! Tu me montres, oui !

Lorsqu'il se décide enfin à enlever ses mains, les larmes montent. Derrière le comptoir se dresse une superbe vitrine en verre épais. Toutes mes médailles, toutes mes coupes que je croyais perdues dans l'incendie, sont entreposées là. Je les contemple comme si c'était la première fois. Celles du collège, puis celles du lycée. Les ceintures des compétitions, salies par la suie, sont parfaitement propres.

— Dès que les experts de l'assurance sont venus et que

l'enquête était close, j'ai demandé au lieutenant si je pouvais récupérer tes trophées. Je les ai gardés dans ma voiture jusqu'à ce que je trouve un endroit pour les nettoyer.

— Tu as tout nettoyé ?

Certaines coupes ont subi pas mal de dégâts, mais le résultat est incroyable. Il a dû passer un temps fou pour les remettre en état.

— Oui. Une pincée de patience, un soupçon d'huile de coude et l'aide de quelques amis.

— Des amis ? Tu ne vas pas me dire que Mélanie a participé. Elle me hait !

— Non c'est vrai, mais eux si.

Alex et Jessy apparaissent derrière moi. Suivis de près par Yann, bouteille et verres de champagne à la main.

— Allez, fini de discuter ! On a des choses à fêter ! lance Yann avec enthousiasme.

Il étale les verres devant lui, ouvre la bouteille et sert généreusement. Jessy se charge de la distribution. Sam décline lorsqu'elle nous chuchote :

— T'inquiète, c'est de la limonade. Je l'ai échangée le temps qu'il servait les autres verres. J'espère que tu aimes le sirop de pêche.

— Ça devrait faire l'affaire, la remercie-t-il en souriant.

Jessy est la seule, à part moi, au courant de son problème avec l'alcool. Il ne se cache pas, mais c'est compliqué pour lui d'expliquer pourquoi il ne boit pas.

— Levons nos verres, commence Alex.

Tout le monde l'imite. Une main sur son cœur, il prend un air solennel et s'éclaircit la voix.

— Levons nos verres pour l'ouverture prochaine du Club. Et pour vous deux.

Il désigne Sam et moi, avec un sourire.

— Il va me falloir du temps pour m'y habituer, poursuit Alex. Mais je suis content pour toi, Will. Et… je suis désolé si je t'ai fait douter.

Pour m'avoir fait douter, il l'a fait, cet abruti ! J'ai cru qu'il serait le premier à m'abandonner. Je le prends dans mes bras, une accolade chaleureuse et réconfortante qui signifie que tout est pardonné et que quoi qu'il arrive, nous serons toujours frères. Les liens du sang, les liens d'amour, les liens d'amitié, un tout qui constitue une famille. Ma famille. J'aimerais avoir mon fils, là, à cet instant, ainsi que Toby et ma mère.

Je me suis égaré pendant un moment et Sam l'a remarqué :

— Ça va ? me demande-t-il, inquiet.

Sous le regard des autres, je dépose un baiser sur sa joue en lui assurant que tout va pour le mieux. Une première étape pour assumer qui je suis.

***

La journée s'est terminée dans une brasserie où tout le monde s'est lâché. Se détendre et décompresser, voilà ce dont on avait tous besoin. En particulier, Alex qui a travaillé d'arrache-pied pour boucler l'enquête qui nous concernait.

Sam, épuisé, n'a pas dit un mot pendant la route. J'ai insisté pour conduire, il a refusé catégoriquement donnant comme excuse que j'avais trop bu. Ce qui n'est pas totalement faux. Il n'y avait aucune animosité dans sa voix, seulement une constatation.

— Tu veux monter ?

— Si je monte, je ne redescendrai pas !

— C'est vraiment un problème ?

Il rit et gare sa voiture sur le parking d'en face.

Le calme de la rue, la brise fraîche sur le visage, un instant paisible. Sans un mot. Juste lui et moi, main dans la main.

— Tu sais, j'ai toujours été à l'écart de tous et m'intégrer dans un groupe c'était pénible, pour ne pas dire impossible, finit-il par dire. Mais ce soir, c'est la première fois où je me suis senti aussi bien.

Je stoppe le pas et me place devant lui. Je prends son visage entre mes mains :

— Ils t'aiment beaucoup.

— Et pas toi ?

— Hum... (Je lève les yeux). En réfléchissant bien, il se pourrait que moi aussi.

J'embrasse son sourire avec douceur. Il m'interrompt, intrigué par quelque chose derrière moi.

— Qu'est-ce qu'il y a ?

— Il y a un homme sur les escaliers de ton immeuble.

— Oh ! C'est sûrement mon voisin. Il aime s'asseoir là pour fumer sa clope.

Cet homme s'avance vers nous. Ce n'est pas Antoine, mais un homme que je connais, un homme que je n'ai pas vu depuis des années, un homme habillé d'un costume bien taillé, de chaussures hors de prix, qui inspire la méfiance. Je me place devant Sam, comme pour le protéger d'un potentiel danger.

— Christian, qu'est-ce que tu fous chez moi ?

— Bonsoir, mon neveu. J'aimerais qu'on discute. Aurais-tu un moment à m'accorder ?

À SUIVRE...

Remerciement

Pour commencer, je tenais à remercier mon entourage pour leurs encouragements, leurs soutiens pendant l'écriture de ce premier volet. Sans eux, il ne serait jamais sorti.

Je remercie ma famille pour m'avoir aidée pour le choix de la couverture. Un choix crucial où il a été difficile de trancher.

Je remercie mon mari, qui a été là tout au long de l'écriture. Ses critiques, ses remarques n'ont pas été faciles à entendre, mais ça m'a permis de progresser.

Je remercie également mes relecteurs, Sabrina, Jade, Sandrine et Dominique, qui ont été d'une aide précieuse pour l'amélioration et de me permettre de donner le meilleur de ce texte. Merci à eux, merci pour le temps qu'ils m'ont accordée.

Je remercie mon illustratrice Coko et ma correctrice Emilie Robert qui ont fait un travail formidable.

Et enfin, je remercie William. Grâce à lui, j'ai renoué avec ma passion.

Note de l'auteure

Je tenais tout d'abord à vous remercier pour votre lecture. C'est une concrétisation pour tout auteur. Il y a deux ans que cette histoire a vu le jour et aujourd'hui elle est entre vos mains. Merci d'avoir découvert ma plume et j'espère vous retrouver pour la suite de ce Tome.

Si vous avez aimé cet ouvrage, n'hésitez pas à laisser un commentaire sur les plateformes comme Amazon, BookNode ou Babelio, et d'en parler autour de vous. Merci pour vos partages, vos commentaires. Le soutien des lecteurs est primordial pour les auteurs.

Vous pouvez également me retrouver sur ma page Facebook ou sur Instagram. N'hésitez pas à y faire un tour pour découvrir de nouveaux contenus et suivre mes actualités.

Et si vous aussi, vous avez un projet d'écriture et vous ne savez pas par où commercer ou simplement si vous souhaitez échanger avec moi, rendez-vous sur mon site internet dans la rubrique « contact ».

Bien à vous,
Noémie Barronie.

www.noemiebarronieauteur.com

barronienoemieauteur

noemiebarronieauteur

Couverture et illustrations :
COKO ART

Mise en page :
Chut ! J'écris ! Noémie Barronie

Dépôt légal : décembre 2022

Printed in Poland
by Amazon Fulfillment
Poland Sp. z o.o., Wrocław
16 November 2022

267ee57a-c724-49df-a144-acf52dc40d16R01